诗人文摘书系

东墙西向

吕刚文论选

吕刚 著

陕西新华出版传媒集团
陕西人民出版社

图书在版编目(CIP)数据

东墙西向:吕刚文论选/吕刚著.—西安:陕西人民出版社,2022.5
ISBN 978-7-224-14382-9

Ⅰ.①东… Ⅱ.①吕… Ⅲ.①中国文学-当代文学-文学评论-文集②散文集-中国-当代 Ⅳ.①I217.2

中国版本图书馆 CIP 数据核字(2022)第 028294 号

策划编辑:张孔明
责任编辑:彭 莘
整体设计:杨亚强

东墙西向
DONGQIANGXIXIANG

作 者	吕 刚
出版发行	陕西新华出版传媒集团 陕西人民出版社 (西安市北大街 147 号 邮编:710003)
印 刷	西安市建明工贸有限责任公司
开 本	880mm×1230mm 32 开
印 张	12.375
字 数	260 千字
版 次	2022 年 5 月第 1 版 2022 年 5 月第 1 次印刷
书 号	ISBN 978-7-224-14382-9
定 价	49.00 元

如有印装质量问题,请与本社联系调换。电话:029-87205094

序一

终南山讲稿

周公度

为什么要看书评呢?

在我看来,这个问题比读什么书还能说明"人"的问题。读书,或缘自求知,完善自我;或安逸此心,物我两忘;或如密友相逢,叙旧印心。

而书评,作为媒介,如果仅仅作为阐释某种图书非凡意义与价值的途径,便只是一种桥梁。中国古代大量文史札记多属于此列。但我们阅读书评札记,如果是为了获悉某种观点,肯定某种事物的重要性,那么历代典籍只读提要或梗概就足够了。这也是当今国内众多文学评论的弊端。观念盛行,满纸大词。

作为一种文体,图书、作为评论写作者的学者诗人作家、公众,三者之间,我所说的"人"的问题,在评论中,本质是解决人为什么要阅读,以及评论的目的究竟是什么。

从《文心雕龙》《诗品》到《艺概》《人间词话》,在每一则札记中,均看得见作者、原著、时代的气息。优秀的评论是一种发现,一种印证,一种拓展。中国古典的札记,或许源自易学的传统,是对象与爻辞的解说。可详可略,一切尽在意会之中。

意会存身于象征之内,象征属于美学的范畴。写作评论的传统,即是个人美学理念的梳理,融汇了今生的所见所感。而理性的介入,使得美之体系的认知成为可能。《文心雕龙》表面上一部以文体品鉴为心的中国古典文学美学史,细推而来,根本上是中国古典心灵史。《人间词话》也是如此,以感性的短章梳理出自己"美存身于真"的世间善意。

吕刚的文章,在我看来,他在印证这样一种传统。在他的文章中,少有明确的观念叙述,逻辑的层层分析,浮夸的言辞。他轻笔而叙,但每每如见其人,见作者,见良知,见天下。一如推窗遥望晨曦,虽然一片混沌之色，但你清晰知晓那是钻石般的一日之始。

写书法家李正峰、散文家匡燮、诗评家沈奇，以亲近的探访入手。

写梁实秋、汪曾祺、海子，摘引诗文，只作极简的引语，但行文成篇，气脉浑成。他更多的是写读书，却是以自身代入，契入自己的内心。往往同样的一本书、一首诗、一段话、一个细节，别人通达了论点，他重现了不可捉摸的美之韵致。

他的朋友，他心慕的学人，所读的图书，这几部分其实是吕刚的各个组成部分，在交会中回答他为什么是今日的模样。每一部分都体现了吕刚自身的行迹。

在轻盈的文体、淡雅的风格中，观点的传递又是精确的，水流花开似的自然。所以，无论是被评论的书与作者，都是鲜明的。这很接近卡尔维诺的文学观念。却实实在在地体现在古典主义的吕刚身上。仿佛用旧日咖啡种植出最好的玉兰花来。

有一个细节，外省的朋友来西安，让我们介绍终南山，我们从不会说它有多少溪流与峡谷，多少古树名木、野猪与羚牛，而是说西周的沣河旧址，秦朝的故道，说汉代的上林苑，唐代的宫殿。我们希望来访者自己钩织终南山的形象。吕刚的文论也是如此，我们不能讨论他的结构，有无晓畅的观点，论证是否完备，等等普遍的常识。因为隐藏了自身，用感性把理性减到了最少，以感性的方式去再现一部书一个人的真切。也就是说，他突破了机械的学术规范，创建了自己的评论秩序。

在看似散漫的群星中，以现代之心，回归了古典的美学体系，让众人对评论的阅读从此也津津有味起来。入心得理，多么让人赞叹。

想起有一年我们去秦岭北麓看桃花，在杜甫祠读诗。当时灼灼的桃花可证，山中的溪水之盛。但枝叶尚稀。我明白其中的道理：春风之中，有冬日的秩序，也有夏日的消息。

2022年3月2日

（周公度，诗人、作家。著有诗集《夏日杂志》《食钵与星宇》、随笔集《机器猫史话》、小说集《从八岁来》《鲸鱼来信》等。译有《鲍勃·迪伦诗歌集》（合译）、《旋转的月亮》《俳句之书——杰克·凯鲁亚克诗选》等。）

序二

另一种诗人散文

宋宁刚

美国已故批评家苏珊·桑塔格,曾写过一篇文章,叫《诗人的散文》。在这篇文章中,桑塔格对19世纪和20世纪诗人笔下的散文,做了言简意赅的深透论述。其中提到,有一类诗人所写的散文,"不仅有一种特别的味道、密度、速度、肌理,更有一个特别的题材:诗人使命感的形成"。这类自我崇高化甚至英雄化的诗人,其散文"主要是关于做一个诗人……被描述的自我是诗人的自我,日常的自我(和其他自我)常常因此被无情地牺牲"。

显然,诗人吕刚不属于这一类。虽然他的诗里也有一种"特别的味道、密度、速度、肌理",以及,将一个不那么特别的题材处理得别有兴味的能力。

写诗作文三十余年，吕刚终于坐下来，编辑整理了自己的第一部"文集"。虽然书的副标题为"文论选"，但实际上更称得上是"散文选"或"散文随笔选"。除了不少篇什的写人叙事之外，在论及一些文学和学术问题时，多是以散文随笔的写法，将问题融入别有兴味的叙述中。甚至有时也不像文论那样正面迎着问题而上，反是旁敲侧击，甚至绕开正题本身，只谈自己兴之所至、心有所会的那些关节。换言之，他的写法是诗人作家式的，而不是学人论者式的。吕刚在大学的讲台上站了三十余年，却始终没有学会——甚或不屑于——专家的腔调。

呈现在读者面前的这部诗人的文集，分为三个部分。

卷一多写人记事。读来或令人莞尔，或令人悲从中来，或令人悲欣交集。尤其所叙写的那些已然离世的人，无论老少，都令人难忘，心生感慨。作者是深情的。他将身边师友的旧事记录下来，既是述怀，也是永久的纪念。诸文中，不经意的幽默，克制有度的情感，不仅对写作者自己有意义，对读者的心灵也是一种润化。

卷二主要书写自己的阅读经历与心得。其中有故事，亦有论说。只不过，这些论说也都融于娓娓道来的倾谈中，同样有令人惊叹缘分不可思议甚至堪称惊艳的际遇。不信可试将该卷的《梁实秋散文及其他》与前卷的《杭州故事》比对着读读。

如上所述，吕刚不属于那种自命为诗人、自我期许很高的写作者，更不是那种追求"绝对"、追求"或者全部或者无"的天才诗人。相比之下，他要温和得多。一路在写作中成长，在成长中写作，更像是一个渐进的、累积的、经验性的写作者。及至如今过了知天命之年，仍然于文事诗艺上有所精进。在相当程度上，他都更像木心笔下"自我教育式"的写作者。从生活形迹来看，也确乎如此。

三十多年前，吕刚大学毕业，被分配到另一所大学任教。新世纪初时，曾中途辗转换过单位，依然是在大学教书。只是，他没有像身边的很多人那样，为了跟上形势"自我提高"，去读什么硕士、博士。他坚持着自己的"不上进"，坚持着自己的"落后"，终至自觉地"退步"。不少同龄人，或更加年轻的同事，都成了高学历的人才，他却仍然谨守着自己，有所为有所不为。在这个过程中，他似乎真的落后了。然而，吊诡的是，有时"退步原来是向前"。他已然成了大学中文系当中，为数不多的、始终对文学葆有浓厚兴趣的老师。几十年中，他一直保持着纯正的文学趣味，以及对文学最基本的敏感与判断。

卷二中《我所读过的汪曾祺》一文，或可印证上述所言不虚。文中作者写道，因为学生借走了自己手头一本汪曾祺的书，而想去书店另买一本。可是他这个汪曾祺的热爱者、在阅读和写作中自我教育的年青人，却不顾出版社信息（这是一个经过严格学术训练的人文学者绝不会忽略的），看到书后就满怀兴奋地买一本回家（想象一下这情形）。等到仔细阅读，发现目录与正文多有差错时，才想起看看，这到底是哪家出版社印的书？！于是生发一个曲折而引人入胜，甚而令人失笑的故事。

从买书的细节看，这是个"不专业的"，内心却充满对文学之爱的读者。他就是在这样凭着自己的爱和投入去阅读，通过这样的阅读来完成自我教育。从文章来看，这个"爱美的"（Amateur）的学者，却是个好作家。他不怕将自己身上的"糗事"写出来，写得那样幽默、曲折，读来令人忍俊不禁。甚至你会在莞尔之后心生疑问：这是真的吗？但你不能怀疑作者的真诚。

除却上述两卷，这部选集的卷三，才是真正的文论。但如前言，这些文论实际上还是作者以散文的笔法所做的文章。也因此，论析的文字并不坚硬，而仍然是娓娓道来。这些文字读来，有事理，有趣味，不仅悦目，而且赏心。自然，有时也会给人以豁然开朗的启发。

关于诗人所写的散文，布罗茨基说过一句决绝的话：诗人转向散文写作，永远是一种衰退。吕刚不会为此感到紧张，因为他没有"转向"。他只是在写诗的同时，顺手写下了一些散文（对读者来说，颇为遗憾的是，他写得太少）。同样是布罗茨基，在为《曼德施塔姆夫人回忆录》所写的序言中说，诗人的诗歌写作，充其量是自己生活的十分之一，其余的十分之九，都要靠自己或他人的散文（包括他人的回忆）来补充。就此而言，吕刚的散文也扩展了自己的生活，为自己作为一个写作者，作为一个人的过去，留下了更多的饶有兴味的记录。

相信吕刚也不会因为布罗茨基的话多么高兴——更不用说自傲。同为诗人，他会保持对一个同行的敬意，却不见得会谬托知己。他写自己的诗、自己的文，无意写成什么，却自成一格。读吕刚的这些行文畅然、别有意趣的文字，我们有理由说，这是诗人的散文。是另一种诗人的散文。

2021 年 12 月 15 日

（宋宁刚，哲学博士，西安财经大学文学院教授、硕士生导师。出版有诗集、诗论集、随笔集、译著等十余种。）

目 录

卷一

阎先生的诗心 3

与李先生的一个下午 10

寻字记 15

美丽的错误 19

夜色里的朱鸿 23

朋友王筠 29

广州纪行(两篇) 34

我的大学时代 40

搬家记 47

做梦 *55*

儿子的诗歌年代 *59*

狗与同行 *66*

杭州故事 *71*

装修日记 *83*

苍蝇与上帝之手 *124*

墙东与墙西 *127*

世上曾有朱林多 *129*

卷二

我与《鲁迅全集》 *151*

我所读过的汪曾祺 *156*

梁实秋散文及其他 *161*

五四青年的爱与不爱 *166*

荒原上的湖泊 *170*

谈散文写作 *177*

文章千古事 *184*

旧读碎屑 *191*

关于诗的通信(二则) *198*

人生三事 *205*

青瓷人生 *210*

人与命运的言和 *215*

送你一朵花 *218*

文学的香火 *221*

卷三

沈奇诗学批评的批评 *227*

时代的和声 *242*

王朝政治的病与痛 *250*

每个诗人都是自己的方向 *265*

诗的想象力与幽默感 *277*

小中见大 以选寓史 *285*

一首难得的现代剧诗 *292*

诗的用典与不用典 *296*

一个偶像破坏者　304

看见另一个我　312

细节,还是细节　318

张魁的字与诗　325

时间累积的爱　330

我的七般慨叹　336

我的浅草矮木　342

吃蜜交上了养蜂人　347

附录　完美追求与悲剧命运　364

后记　375

卷 一

阎先生的诗心

阎先生属我的师爷一辈儿。

我念大学时,刘明琪老师教我写作课。刘老师念大学时,阎景翰先生教他写作课。

我生也晚,没赶上听阎先生的课,也没在师大校园见过他。

我和阎先生见面多起来,是在他退休以后。后来刘老师也退了。师徒二人都在陕西师大老校区住,我常和刘老师去看阎先生。陪他们坐,听他们说话。

阎先生过去教学生写作,退休以后,自己一直笔耕不辍。这个传统已经传到刘老师那儿了。我想,将来也会传到我这儿。近几年,阎先生年事渐高,老朋友走的走,病的病,少有人能与之畅快交流,加之他患有动脉硬化、脑梗塞等疾病,耳朵也背,听力受限，写作几乎成为他加强记忆，与外界交流的唯一方式。

我们每次进屋，先生都是从书桌的电脑前移过步子，坐到客厅沙发里，笑着问话，侧耳倾听。我们要把声音夸大，他才听得清。后来干脆多听他说。我们只是点头，只是微笑。这几年，阎先生每年都会出一两本书。临别前，他拿刚刚印出的新作，签名，钤印，嘿嘿地笑着，递到我手里。

阎先生有个笔名，叫侯雁北。他每次送我书，都签这名儿。可我发现，他送我的书，有的署名侯雁北，有的署名候雁北。这是怎么回事呢？

我想起与先生的一次谈话。

说到他的笔名。阎先生说，1949年春上，路见大雁北飞，猛然想到《吕氏春秋》里"候雁北，草萌动"的句子，心里一阵喜悦，遂为自己取了"候雁北"这个笔名。一日，寄给报纸的文章刊出来，编辑误以为他把姓字写错了，将此"候"改成了彼"侯"。于是，他也将错就错，成了作家侯雁北。侯先生的文名，陕西文学圈里五十岁往上的人都熟知。这几年，先生的书更是一本一本地出，也一本一本地送人，但熟悉的人，依然习惯称他阎先生。

阎先生主要写作散文与小说。近年来，他送我的书，除过一部长篇小说《天命有归》外，《华山卵石》

《楼谷纪事》《静夜的钟声》《月夜》等都是散文、随笔作品。但我看他的散文，有些是短篇小说的笔法，有些直是诗的调韵。

我和阎先生纯粹是人文之交。我们见面，谈得最多的是文学，是写作。先生知道我写诗。聊到现代诗，他总说自己不大懂。愿意多听我说。但有一次，阎先生说他看到我发在晚报上写杭州名胜的一组小诗，读到《灵隐寺上香》那一首，禁不住笑了。我觉得先生是很懂新诗的。

遂想起几年前的一天上午，我拿本刚刚印出的诗集去拜访阎先生。阿姨说，先生出门遛弯儿了。我留下书要走，阿姨执意要陪我去找找。没有找到先生，我就告辞了。晚饭时，接到阎先生的电话。他说，回到家，他就看了我的诗，并嘱我记下他的几句话：

  这本诗集的封面是太阳晒过的黄土地
  这本诗集里的每字每句也是太阳晒过的黄土地
  黄土地上没有草
  连一点苔藓也没有
  但一棵心花
  却在怒放

我说这是一首诗，绝不为过。要知道，这是阎先生，一位八十多岁老人的情思与语感。完全是诗的节奏与表达。

阎先生怎么不写诗呢？我想。

我终于找到了答案。

一天，读阎先生的文章，看到《师情偶忆》一篇，我才清楚地知道，先生读初中时，就受冰心《繁星》《春水》的影响，写过一册名《CD园》的新诗，还登在年级的墙报上。他的老师宁品三先生知道了，就鼓励他，推荐他读泰戈尔的《飞鸟集》、宗白华的《流云集》、法国人果尔蒙和比利时人凡尔哈伦的诗。后来，他也读艾青，读臧克家，边读边写，诗作陆续发在省城的报纸上。但阎先生为什么又不写了，否则，他准能成为一个新诗诗人呢？

他没有赶上好时代。

他说，50年代，那群曾经写诗的年轻人，因为写诗沦为反革命分子，他便与诗诀别了。

所以，阎先生的诗笔不是他自己扔掉的，是被人为折断了。

虽然如此，我总觉得，几十年来，阎先生心中的那份诗情没有断。

读阎先生的散文，读着读着，我就读出诗情诗意来。

他早年一篇文章中的一个意象,至今还深刻在我脑海里。他写一次从树下经过,抬头看见,碧绿的叶丛中,有一片叶子变黄了,忽而想到自己久病的姐姐。他很心伤。为什么病的是姐姐呢?就像这片叶子,她不该到衰病、零落的季节啊?

近日,我又读到他的《娟姐》。

那位叫娟子的堂姐姐,每次回娘家,"都要坐在二门内那块空地上,悲悲切切地哭泣"。那块空地,"原是娟姐的生身之地,是她爹娘年轻时居住过的地方"。阎先生写,"娟姐哭着哭着,泪水洒在了光溜溜的砖块上","犹如洒在爹娘的肌肤上,胸脯上,因而便越哭越悲痛,越哭越伤心"。

这都是抒情诗的笔法,与格调。

还有《我的拐杖》,就是一篇不分行的散文诗。

文章起笔写道,"现在,我每次出门,都要扶着拐杖","整个白天它都伴着我,成了我的形影不离的伙伴"。到晚上,"我睡了,它也睡了"。"它是站着睡觉吗?"这么一问,一下子把读者提醒了,原来一根拐杖也如人一样,是有生命,有性格的。

接着,文章写到拐杖的前世与今生——"我不知道我的这根拐杖,原是怎样一棵树上的一个枝杈","它被斫下来了,做了我的拐杖,不能再开花,不能再结果,我不知道它会不会感慨自己的命运的乖舛"。

最后，作者竟然为一根拐杖的未来担心——"有时候，我不免想，当我离开这个世界的时候，我将怎样处置我的拐杖呢？将它留在这里呢，还是带它去那个地方？这似乎都有些残忍"。此乃把拐杖当人来写。阎先生对自己所持一物的情感，竟如此之深，如此之烈。这不是诗的境界与精神？

忘了是谁说过的话，诗和散文从来就难自形式上划分得开。柏拉图的对话是散文，但写着写着就有了诗；庄子的哲学是散文，写着写着也便成了诗。陶渊明呢？他的《桃花源诗》像散文，而《桃花源记》倒是诗。我觉得，阎先生的散文也一样，写着写着，就入了诗境。

阎先生的写作自新诗始，而以散文、小说行于世。他内心深处有没有一丝遗憾呢？

也许有吧。

前天晚上，我收到刘老师转来阎先生的一首新作——《夜话》：

两只鸟在枝头
夜间对话
你冷吗
冷
你向我靠近靠近

两只鸟在枝头
夜间对话
你还冷吗
冷
那么明天
咱们筑一个窝

你看,这不是九十一岁高龄的阎先生,一颗老顽童诗心的直接表露吗?他眷爱生命,怜惜人物,留恋世景。

阎先生一辈子读书、教书,又写书。他无论做什么,无论经历了什么,都永远有一颗诗心在。

2018年9月20日

与李先生的一个下午

初学书法时,听李正峰先生讲过一节课。他说,临帖习字,要学一个记一个;有人临帖时还能一笔一画,等到自己写时又回到老路上。白费工夫。

这是十七年前的事了。其时我还在师大读书。现在,字早不写了,但先生的话还记着。后来,我大学毕业分到师专教书,跟李先生成了同事。说起他到师大讲课的事儿。他仰起头,朗声一笑,说,有过吗?

我请李先生写过两幅字。一个横幅的,太大,没裱;一个条幅的,写了几句唐人的诗,挂在书房里,顿觉蓬荜都生了辉。

一日,住我隔壁的王老师来聊天,说起李先生,才知道50年代他还是个新派诗人。王老师随口背了一段李先生的诗,听来音韵婉转,和谐有致,教人讶异。一次,去见李先生,问起这事,他说,不值一提,不值一提。然后拿他写的几首古诗让我看,直觉得语浅意深,比同古人。

李先生写字,内容多是自己新近的古体诗或小品文章,很少直抄别人的东西。

我搬家以后,忙来忙去,就不常与先生见面,偶然碰上,寒暄两句,便各奔各路。

一天下午,王仲生先生打电话叫我去他那儿领一篇文章的稿费。刚巧李先生在座。王先生开玩笑说,今天这个款子不能白白拿走。

于是,我就邀二位先生到附近的餐馆吃饭。请李先生点菜,推辞半天,要了一盘他最爱的红烧肉。

饭前,李先生问我有什么新作,我便拿写太白山的几首古体诗向他请教。他看了看说,意思还好,只是平仄不合。说着便掏出笔在片纸上画起来,把诗中不规矩的地方一一标出。王先生在一旁笑道,这顿学费没白缴啊。

吃饭时,我说喝点酒,王先生说,他血压高,算了。李先生大概觉得无酒无以助兴,便自告奋勇给大家讲笑话。说黄河小浪底大坝工程开工典礼,某领导讲话,因不学无术,句读之不知,竟念成:黄河小,浪底大……这是我第一次也是最后一次听李先生讲笑话。

听说我搬家,不在校园里住了,李先生便问新屋的情况。我说,留了一面墙,等先生补白呢。他仰起头,朗笑一声,说,回头把桌子撑开,茶水泡好,到家里写去。

2001年的春节还没过完,我回到南郊家里,打算改日去看望先生,谁知不久就得到他去世的消息。事后,我和朱鸿兄讲起这事,他说,世上的事想到了就做,稍一迟疑,便永无机会了。

上面的文字是李先生去世不久写成的。距今已经十年。

十年来,我再也没看过它。

前几日,忽然接到一个朋友的电话,说李先生去世十年了,想纪念一下,叫我写篇东西。当天下午,我把手头的事情放下,把十年前的这篇文字翻出来看。又找出一本李先生的书画诗文集。我随手翻看。

看先生的字。

读先生的诗。

看先生的画。

读先生的文章。

读着读着,生出许多感慨来。我想,要是先生今天还在,我会去见他。先生会拿上好的茶水招待我。

我们会说许多话——关于书法,关于诗歌,关于时事,关于政治。我甚至想象得出,话到兴处,先生会仰起头来,发一阵朗声的笑。

但是不可能了。现在,我独自一人,默默地,在乍暖还寒的午后,只能面对这些清冷的笔墨与文字,想想先生。如此而已。

不错,李先生是书法家,是诗人。过去是,现在还是。这有他的作品为证。但是,李先生曾经是一个热乎乎,活泼泼的生命,现在不是了。

现在,他只活在亲人与友朋的记忆里。

合上书,我又想起一些往事。

一次,和一个搞书法的熟人谈起李先生。人说,他呀,太书生气了!

书生气。我一直在心里问,什么是书生气?

又一次,我到李先生家坐。茶过三巡,日下三竿。看着一桌的笔墨纸砚,满墙的书画作品,李先生忽然发问,你说我的字究竟怎么样?

怎么样?我心下思量,李先生也有这样的困惑?

一个人和笔墨,和文字,打一辈子交道,留下那么多作品。究竟会是一个怎样的心境呢?

我似乎看到了答案。

李先生在辛巳年新春日,给他的孙子写了一个条幅。其文曰：

　　吾年七旬，尚不能从心所欲。言有所失，行由不当。回顾往昔，四十不免于惑，五十未知天命，六十闻而不通，此皆修身不力所致，甚以为愧。

　　李先生就是这么一个人。他非但不在人前自我标榜，还私下里书付后辈，责己以求共勉。这大概就是所谓的书生气吧？这种做法，与时人夸夸其谈、自我标榜的风气太隔膜了。但是，相比时下常常困于一堆熟人与陌生人之间，被不断升腾的烟气与酒味包围，听那些成功与如何成功的高谈阔论，我似乎更加受用一个人与先生默默相遇的这个春日的下午。
　　窗外，天色已暗。对面楼屋放飞的鸽子已经归巢。
　　楼旁的旷地上，一树玉兰，开得正艳。

2011 年 3 月 30 日

寻字记

年前,与小宁看望郭老师。

郭老师,名匡燮。乃西安名作家、名书法家。我们呼他郭老师。

新年将至,郭老师移住新屋,小宁约我同去祝贺。

我们进门,郭老师入厨,亲为掌勺。菜尽酒酣,大家谈兴高涨,郭老师遂展纸挥毫,作《小友来晤记》。读其文,觉词雅气清;观其书,唯墨润势足。与小宁叫笑不已,心喜不已。

三人以茶代酒,又高谈,又细论,夜半始歇。携字出门,包藏紧紧;归家迎客,示人频频。

一日,欲取来再看,却遍寻无迹。问家人,家人无以应;问自己,则茫然不复记忆。数日间,内心惴惴，形色郁郁。告诸小宁，小宁说，再找找。

再找，无果。颇觉怪。时不时嘱家人留心，留意。

见我情状可怜复可笑，家人安慰道，字不长腿，跑不了！其后，每洒扫屋室，皆细为查看。三四月，竟无所见。

后小宁口开风走，郭老师调笑于我，以为不以其字为然。虽情与实违，终张口难辩。此于人，寻常小事一桩；兹在我，心存砾石一块。想起来，硌一下，终觉不快。

前几日，王仲生先生去国归里，有人请饭。席间，沈奇兄诵我一首小诗凑兴。话音落，郭老师曰，这种诗我也会作：

    我们坐在一起
    吃饭
    我们吃
    我们吃

说一句，斜着眼瞟我一下，笑道，吕刚把我的字丢了，把我的字丢了！

心里有亏，我只能绷一丝笑在脸上，陪他。

近来,我颇遭一文债煎熬,昨夜方清。天亦遇风沙侵袭,晨始放晴。开窗净几,温茶展书,忽得一粉红信封,内披淡黄笺纸,心已暗喜。展开看时,惊复叫,叫复跳,叫跳不已,欣喜不已。郭老师的法书失而复得。忽觉古人那句话的妙啊——得来全不费功夫!遂顾不得说话,顾不得吃饭,顾不得告诉家人。伏桌援笔,记寻字事于上,录郭老师《小友来晤记》全文于下:

小友者,一曰吴小宁,一曰吕刚,皆长安市中美少年也,英姿俊态,望之若岚,殊殊然立于流俗之上,别于红尘之中,似山中润玉,恰空中星灿。所以然者,无何,乃出于终南名儒仲生门下者。又沛然有鸿鹄之志,欲升于云表乃耳。冬,大雪后数日,寒林瘦树,衰草明梅,于窗下案前,正枯坐,听柴扉呀响,草径踏踏,远而出迎,迎面来者,二小友也。来即坐地,即啜茗,即闲话。但觉蓬荜生彩,室皆生香。惊愕间,忽悟小友之锦心绣口,满腹华章,遂使吾入芝兰之室矣。于是慌慌然出己之近作,出己之所习之临池,就教于吕刚,就教于小宁。二小友温文尔雅,净手而纳之,视良久,言便

徐徐出，析情入理，由表及根，如杀杂树之逸枝，去玉中之疵瑕。恭听久，遂慨然叹曰：可，后生可畏也。匡燮小记

字有二尺见方，印共圆方三枚。
郭老师字非难求，唯此文难得。
至此，我有两喜两得焉：
一得郭字失而复有，再得我因之有此小文。
嘻，嘻！

美丽的错误

我把打印好的诗稿拿给沈奇看。

我很看重他的批评。

一个星期后的一天早晨,我接到沈奇电话,说,诗的整体感觉不错,很特别。尤其是几首短诗,颇有意味。

说真的,听到这话我心里暗生几分得意。可是当他大加赞扬"玉兰花开"那首小诗时,刚才的那种自得劲儿一下子跑得无影无踪了。这是我自觉最为惭愧的一首小作,躲躲闪闪把它塞进诗稿里是因为有点"私心"在里头,却不防被点出名来,美言一番。我有些失望了。连沈奇这样肝胆直肠的人都开口不讲真话了,还指望什么呢?

几周后的一天傍晚,我应约去沈奇家。这是我第一次以一个诗作者的身份登门造访一位诗歌评论家。说实在的,当时我的心里十分平静,我已不心存太多的指望,故而也无所谓失望了。"不错""挺好"之类的誉词形同口袋里的钢镚儿,虽还叮当作响,可再也不值什么了。

进到屋里,沈奇把我让到一把舒适的藤椅里,背后的书架塞满了各种各样的书,书架顶层摆放着不灰不黄的不知是哪朝哪代的陶罐。沈奇坐对面,身后的墙上挂着一幅精心绘成的"文学树",旁边还是一个书架,大多是些诗人诗集类的书刊。

沈奇递我一支汉中制的香烟,自己也点燃一支,开始谈诗。

说到那首玉兰诗,沈奇竟然有些激动:你这小子,怎么整出这么绝好的诗来?!

他翻弄着诗稿,一脸正经地念道:

看一树玉兰花开
起初　你欲说什么
没有说　后来
你想做什么
没有做

这都很平。他略停顿片刻,接着说,关键是后面——

  再细细看了
  玉兰如玉
  心 如兰

多棒的句子!
沈奇的赞叹并没有引起我丝毫的反响。
不对呀,沉默片刻,我还是开了口,原诗不是这样。
啊——沈奇抬头盯着我看。目光诧异。
我告诉他,这里肯定是打印上的错误,原稿应是:

  玉兰如玉
  心 如玉

心——如玉!
沈奇显然大为失望,像是鼓胀的皮球又泄了气。
那有什么意思?那就全完了!
看着他一脸的沮丧,我突然觉得自己犯了个大错。真后悔把实情告诉他。可是我转念一想,为什么要隐瞒呢,坦坦诚诚不是更好嘛?

我不后悔我的坦诚。

随后我把这两句诗仔细琢磨，也觉得——"心如兰"——真好。

我跟沈奇讲，诗稿打印出来后，校了不知多少遍。最后是我念原稿，妻子对照打印稿，妻子念打印稿，我对照原稿，发现错误，立时都正过了。唯独这一首，这一个字没有校出来。还是粗心犯的错。不过，这个错误，现在看来犯对了。

我的话似乎多少给了诗评家一些安慰。

一个错误救了一首好诗。应属于美丽的错误那一类。

沈奇斜靠在椅上，吐一口香烟，笑了。

夜色里的朱鸿

朱鸿搬来明德门住有些日子了。说去看看。一直没空。

一天下午,我在喀纳斯湖边散步。朱鸿打来电话。信号时续时断。听不清一个完整的句子。可是东立在我前边不远的地方歪着脑袋通话,腔圆字正,不折不扣。

东立笑笑,说,差之毫厘,失之千里,懂不懂?这是科学。

东立是我朋友,数学博士。

我从新疆回来,朱鸿去了鄠县。鄠字在《诗经》里。感觉挺幽远!

就是这样。你有空,他没有;他有空,你没有。所以一直没见。

认识朱鸿总有六七年的光景。我在一家报社做兼职编辑。听人说他文章好，就约稿子。稿子来了，看过，果然好。写拉宾之死。

拉宾是以色列总理。遭人暗杀。震惊世界。

朱鸿的字不如他的文章好。但朱的字迹让我觉得亲切，让我觉着他是个容易亲近的人。后来在西门外一条又窄又乱的巷尾的他的住处，我们果然一见如故。

虽说如故了，我和朱鸿却很少见面。偶尔见了，他总能给我留下很深的印象。

一天晚上，朱鸿约我。我们就到一家饭店谈事。完了，朱鸿见对面一个姑娘，人材好，就说，我保证能叫她过来。朱鸿招呼一声，那姑娘真的来了。

朱鸿说，我们不像坏人吧？姑娘摇头。又说，我们有一事与你商量。姑娘瞪大眼睛，有些犹豫。接着什么事什么事，朱说得一板一眼。姑娘愈加犹豫了，说要跟家人商量商量。

朱鸿说，我女儿比你小，凡事都是自己做主。

姑娘笑而不答，心里的话全写在脸上。

我想不要再逗了。朱鸿还是认真地说。感觉不是玩笑。

姑娘离开后，朱鸿笑说，她肯定以为遇上坏人了。其实我们不坏。

朱鸿常常这样，心生一个想法，就去做。说不上有别的目的，却做得认真而彻底。朱鸿告诉我，有一次在北京天安门广场，碰到一个姑娘，上前搭话。说了，还想说，就只身追到东北，追到人家里，方知是位朝鲜族姑娘。于是跟这姑娘，跟姑娘的爹妈，坐下说话，一起用饭，还在人家住了一宿。与他一起出差的同事得知后，惊诧不已，又莫名其妙。此事陈忠实先生曾在他的一篇文章中提到过。

朱鸿身材不高，但气性极大。一次饭毕，跟朋友说话。说单位领导的所作所为。说到动情处，鼻子眼睛眉毛嘴拳头胳膊腰身腿都动起来。全身的每一个细胞都动起来。那会儿，你忽地觉得朱鸿很高很大。他的血气溢出了他的身体，弥漫在空气里，感染了所有人。那时朱鸿在一家出版社工作。不久，他就离开了。

过了些日子，朱鸿调到一所大学教书；又过些日子，朱鸿搬到明德门来住。这样，我们就既为同行，又是邻居了。

近几年，朱鸿的文章愈写愈多，影响也愈来愈大。

过条马路就是朱鸿的家。这条路却过了十天半个月。

我给朱鸿带了两个石榴。临潼石榴。明天就是教师节了。

看看朱鸿的房子,我们坐下来说话。

书房还没收拾停当。两把椅子,一张茶几。成捆的书堆在地上。

我们的话没说几句,朱子岸推门进来。

子岸说,叔叔,下次拿大石榴来!他把手里捏的一粒粉红色水晶般的石榴籽举到我眼前。说,这个,太小了!我愣了一下,笑了。朱鸿也笑了。

子岸是朱鸿的儿子。四五岁。在一家幼儿园里学习。

跟所有的父亲一样,朱鸿很爱儿子,说起来一脸的豪情与爱意。

一次,朱鸿说,朱子岸跟妈妈回家,路上灰大。朱子岸喊一声,妈妈,我的眼睛灭了。朱鸿是弄文学的,把那个灭字拿出来,再说一遍。

我们继续我们的话。

朱鸿说,他准备写小说。写"文革"。

又说,"文革"的小说不好写。

又说,不好写也要写。

朱鸿让我看他搜集的"文革"资料。有毛主席像章、语录本、粮票、布证、结婚证、介绍信等,一堆堆，一摞摞。几本"文革"时的日记。最有趣的是一封情书，开头和结尾各引一条毛主席语录。这些东西都是朱鸿花钱花时间在旧货市场淘来的。朱鸿翻出一个笔记本，上面记着他走访过的"文革"当事人的名字和电话。密密麻麻。他说，"文革"的好多细节，都慢慢遗忘了。比如同样是红卫兵，高干子弟穿什么军装、佩什么袖标；普通人家的子弟穿什么衣装，戴什么袖标，一样的等级分明。这些都是他调查得来的真实情况。

朱鸿是个认真人。

世上的事就是这样，一认真，痛苦就来了。这不，他的痛苦又来了。

朱鸿是被作为人才引进学校的。但这一段时间他想做的事却不能做，不想做的事又不能不做。混当然可以。但是朱鸿不想混。他说，混怎么行呢！于是他心里痛苦。晚上在城墙上散步，朱鸿时常说起心里的苦与痛。我听他说，但不劝。我相信他有解决问题的能力。况且我明白，痛苦对于别人来讲单是痛苦，对于写作的朱鸿来讲，还另有意义。

我们还说起什么。子岸又推门。孩子要睡觉，我起身告辞。

朱鸿着意去送。

我们一起下楼。一起走到院里。那边黑魆魆的门洞,有男人唱歌。不成调子。有女人劝不唱,语调苍凉。朱鸿停下来,转身朝那边探望。我也停下来。但探不清,也望不明。我们就拐到外边马路上。

马路上没有行人。远处亮灯的地方是夜市。我们朝灯亮的地方走。

忽然有啤酒瓶的暴裂声,有女人的哭声、叫骂声。

走到跟前。一个男的垂头坐着,神情呆滞;一个女的掩面哭泣,悲从中来。二三十岁的样子。几个人劝,劝不住。

我们没有止步,朝前走。

到我住的小区门口。

就这儿了。我说。

就这儿吧。朱鸿说。

于是分手。彼此招手。

朱鸿转身走了。走进夜色里。

看着隐没夜色里的朱鸿的背影,我想,这个爱思想的写作家,他此刻一定在想着什么。那么,朱鸿的心里会想些什么呢?

朋友王筠

王筠现在是我的同事。

过去不是。两校合并以前,她是雒莉的同事。

现在我跟王筠可以说是朋友。

前一阵子还不算。只能说是雒莉的朋友。

雒莉是我妻子。

一天晚上,心里有点烦,就给王筠打电话。听到她在那边说话,她的声音,就不烦了。这还不是朋友?

以前也与王筠见面。她的头发、脸色、衣着和声音,给人的感觉,两个字——干净。在周围的人堆里还没有碰到另一个给我这种感觉的。因为有雒莉在,见了,就调笑,就握手,就寒暄几句。要是两个人单独在楼道里碰见,就只是笑笑,点头,不握手。但心里觉得可以握的。一次,在校园里,远远瞥见一个身影，还没来得及招呼，王筠却如惊鸿一般消失了。心想，如果晚生二十年，给这样的老师做学生，也是一种幸福啊！

王筠爱运动，尤其是游泳。几乎隔天就要下水。有时约朋友，常常自个儿来，游几圈就走。

记得我们第一次坐一起说话就在泳池边上。

那天，王筠约雏莉游泳，听说我闲着，就拽了一起去。我不会游泳，下去一会儿便上来，看她们游。雏莉真是不错，曾经是我教她下水，现在竟能一口气游到头。王筠就游得更好。简直是一条鱼，如鱼得水。四五个来回下来，王筠停住，见我在池边坐着，她也过来坐。我们就这样赤诚相对着，说话。说些啥，记不起来了。就觉得谈得来。有人喊叫了，王筠才说，以后找个机会聊。

一天，雏莉拿回来几本书，说是王筠送的。一本周国平的散文，一本《诗人哲学家》，还有一本是张五常的经济学著作。我还是第一次听到张五常这个名字。翻了几篇他的文章，真是不同一般。比如他讲什么是民主，说民主就是投票表决。明白得很。对于腐败，他有个精彩的比喻：把一个漂亮女人放在我家浴室里，又要求我不要激动，这是徒劳的。雏莉说，王筠喜欢读书，见到好看的，总是多买一本，自己看，也送朋友。

王筠是个自然、率性的人。这多少与她的英文专业有些关系。她喜欢劳伦斯的作品。跟王筠在一起谈性，只感到可爱，不会不好意思。她的言行也影响着周围的朋友，大家觉得，原来人可以这么健康、有趣地活着。

一次，王筠给我看《凤凰周刊》上的一篇文章，作者说"性是一种生活方式"。看来很多人在这个问题上有共识。其实，完全没有必要煞有介事地把一个简单的事情复杂化，这样人与人相处就省事，也省心多了。这是王筠的观点。

王筠身上有股豪气。说话做事，斩钉截铁，雷厉风行。一次，从游泳馆出来，天要黑了。不知谁提议，去山里走走。王筠掉转车头，一气钻进夜色里，钻进沣峪口的深山里。几个人黑乎乎地往山顶一站，碗大的星星就垂在眼皮上。于是，便张开肺叶使劲地呼吸新鲜空气。

半夜三更里开车送人，在王筠是常事。大家替她操心。她说，不怕。拽上门就窜了。

其实，王筠骨子里是很女人的。她那清澈的眼波，甜润的嗓音，以及眉宇间的神情，宝石一般，人见人爱。她懂得男人需要什么。从来不刺痛他们，总是不失时机地鼓动他们。

年前的一个下午，我在长安县做完辅导，一个人在寒风里走，猛然间接到王筠的电话。说是一班美人送上门来，还不见主人的面。不用猜我就知道是怎么回事。于是，笑着、应着往回赶。果然，李敏、娟莉、王筠、雏莉都在。看看桌上的瓜子皮，知道她们已经聊了很久。

不知怎么着话就转到诗上来了。王筠问我诗歌里写不写性，我说写，但不一定看得出。雏莉给王筠唧啾几句，便找到《秋水那边》，翻开《山喻》那首。李敏一读完，就跟雏莉笑作一团，王筠还愣在那儿，不知为什么。这首诗，我给雏莉说过，雏莉给李敏说过。这会儿，李敏再捏着耳朵说给王筠。王筠大笑。说诗原来可以这样写，可以这样写。哈哈！

笑过以后，王筠问我，都是朋友，不能光给李敏写诗。我呢？说实在的，跟李敏十几年的朋友，也没认真写过什么。只不过在送给她诗集的扉页上多写了几句话而已。倒是给雏莉写过。虽然说不上好，还是用心了。但雏莉却不肯认，说谁知道写给谁的？我当然明白王筠说的也是玩笑话。就说，早给你写过了。我翻到《云》那首诗。王筠出声地念：

云信手把门关上
以极其熟练的动作
翻看阳光

翻看温度
翻看花草树木
翻看匆匆的行人
以及整个世界

咿——干吗呀？继续道：

云　懒懒的
坐在山头
点燃一支香烟

啊！——这不就是我吗？

其实，这是十年前的一首旧作。那会儿，我根本不认识王筠。

我一直以为王筠的名儿是云彩的"云"，再不，就加上个草字头。清人沈三白的爱人不就叫芸吗？林语堂说，陈芸是中国最可爱的女子。

我以为王筠也是。

2002 年 3 月 4 日

广州纪行（两篇）

派比安台风

您把台风带来了。燕子说。

到广州第二天，刮起了台风。台风有个洋气十足的名字——派比安。

派比安的劲儿真大。呼啸着从天边过来。高大的假槟榔树（应该还有真槟榔树），茂密的大叶榕、小叶榕被追得乱作一团。没有关上的门和窗撞在风头上，噼啪作响。

我不知是台风，也不懂得它的厉害，依旧出门，坐在从鱼珠去往长洲的轮渡上。风越来越疾，天愈来愈暗，豆大的雨点砸在船身上人身上，赫然有声。

我把燕子给我的雨伞撑开。粗大的雨伞把整个身体遮住，心里安稳了许多。船上的人大都躲在自己的雨伞后面。茫茫江面上时起大浪，船身左右摇摆。那景象极似影视作品里旧时代中国时局的黑暗与动荡。恍惚间我心里一热，仿佛自己是前去投奔革命的青年。

忽地，船一转弯，风从相反的方向扑过来，夺人雨伞。我使出浑身的力气，总算把伞收住。转身，再撑开。很多人也努力着把伞收住。转身，再撑开。旁边一个女人的雨伞被拦腰折断了。

下船后，我去黄埔军校。

一路上，风扯着我的衣衫，雨水从四面八方浇我的身体。我全不理会，只管走我的路。我小心翼翼地避开散落地下的树枝，在布满雨水的路上找容易落脚的地方。刚才一道上岸的人四散而去，街上余下我一人。还有，狂风和暴雨。但我有我的目标。我不觉得孤独。相反我内心很热。因为我的双脚已经踩在军校的路上。

当年投奔革命的青年也是这样的心情吧！

革命。狂风暴雨。

总把革命比作狂风暴雨。

我没有革命的经历，狂风暴雨我经过了。

派比安——这三个字,刻在我心里。

晚上与燕子看新闻。

新闻里说,派比安从茂名登陆。当地风力六到七级。两只渔船遇险,九十一人遇难。

新闻里还说,广州街头,一棵大树被吹倒,砸伤一个骑摩托车的老人。画面上,闻讯赶来的儿子,手里提着父亲遗落的鞋子,一脸茫然。

寻访鲁迅故居

人说读书能读出病来。我觉得,我就读出一个病。

鲁迅的书读多了,满脑子都是鲁迅。连旅游都以鲁迅为中心画圈圈。

上北京先去阜城门外鲁迅旧居。到上海第一站是山阴路大陆新村鲁迅居所。三年前只身赴绍兴,偏遇鲁迅故居翻修,硬是回想着书本里三味书屋的样子,在大门外端坐了半个时辰。三十多摄氏度的高温也耐得。但这样以后的确也心安了理得了。

燕子知道我的病。铺开地图来找。
这儿,鲁迅故居。白云路。

于是，我们去走白云路。

跟西部城市比，广州的现代化至少早过二十年。光是交通就发达得多。地表、地下和地上，全方位，满负荷。单是地上，高架桥已经架到两层。汽车是在楼顶与楼顶、树梢与树梢间穿行。这样也未必解决了交通的拥挤与堵塞。该挤的照挤，该塞的常塞。却还带来另一个不便——看看白云路在那边，就是过不去。问七问八，拐来拐去，总算两只脚随白云落下。踩一踩，是路。

鲁迅故居就在白云路口的白云楼上。一座邮电公寓。楼体是黄白间隔的色调，不高，一棵高大的小叶榕树遮掩着。安详，古朴。楼口一块不起眼的方形牌子，有几行说明文字。

1927年，鲁迅到中山大学讲学，不久移居此楼26号二楼。写下《野草·题辞》等文字。

我忽然想到，也许就在春末——假如此地有春天的话——某个黄昏，白云路上，鲁迅与许广平散步。许拨开浓密的榕树的枝叶，问，先生不想说点什么？鲁迅抚了抚他那黑而密的一字胡须，抬头望着望不断的昏黄的天空，说，当我沉默着的时候，我觉得充实。再抚一抚，低头道，我将开口，同时感到空虚。

这便是《题辞》开首的两句。

鲁迅《野草》的二十三篇正文都是在北京写的。此处的介绍有误。也许是有意无意的误笔。

既然说是鲁迅故居，就想上去看看。燕子上前推门，楼门紧闭。到隔壁打问，多时没有消息。我也移身过去。见燕子与小卖部老板谈得正兴。老板是位干瘦的老者，但精气十足。操一口广味极浓的普通话。

什么叫故居？别人在你家住几个月，你家就成他故居了？

燕子微笑着，说，是。说，是是。

老者愈加亢奋起来，鲁迅住这里干什么？与许广平拍拖，方便啊。那儿，他用手指指高架桥的方向，许广平就住马路那边。

燕子看他手指的方向，低声应和着。我也转过头看，除了桥上匆匆忙忙的汽车，天上一堆懒洋洋的云朵，什么也没有。

老者边忙他的生意边说，有人总想沾沾名人的光！

燕子笑笑，不说什么。

我也不说什么，笑笑。

跟老板告别，我和燕子从南向北，走完一条白云路。

丁字路口是不大的鲁迅广场。这里游人少，花草多。不高的人工瀑布，哗哗哗地流，落下水来，溅起一朵朵浪花。两个孩子,一男一女,在池边嬉戏。我坐在近旁一个石凳上,不远处是黑色花岗岩雕刻的鲁迅头像,足有一人高。

我看着鲁迅,鲁迅看着熙熙攘攘的街面。

我想,鲁迅在想什么呢?

又想,其实他不想什么。鲁迅是一尊雕像了。

可是,我还是想,假如真的鲁迅在想,他会想些什么呢?

我的大学时代

我有过两次高考的经历。1982年，我参加了第一次高考。结果，失败了。

1983年，我上了大学。这是国家恢复高考制度的第六个年头。

那年秋天，我从一个偏僻的乡村来到省城西安，到陕西师范大学中文系报到。我的大学生活开始了。

记得很清楚，那时候学校所在的长延堡一带还很冷清，很萧条。隔着马路，师大西门就朝着农民的菜地。相对繁华的是小寨与钟楼附近。大家要买稍微贵重点的东西或是得闲逛逛街，就花一半毛钱，坐3路公交车，朝北去。80年代初，大家经济都紧张，很多同学，宁愿走路，或者搭乘农民的马车，也要把车资省下来。其实，乘坐马车也不是什么丢人的事情。坐在车上一面跟车主聊天,一面听马蹄敲打柏油路面的踢踏声——反倒格外有一种情调在。朴实的农民也很乐意替大学生捎脚。尤其是漂亮点的女大学生。

说大学生是天之骄子,现在的年轻人很难理解,更无从体会。打个不恰当的比方,时下走红的超男、超女在那些粉丝们眼里的分量,能否比得上当年的大学生在国人心目里的分量?我看不一定。原因是,人们对于知识分子、大学生,除了羡慕,还有敬意在。自然这与整个国家的政治政策,以及由此形成的社会氛围有关。

那时的大学生一进校,第一件事儿,先把校牌戴在胸前。出了校门,个个抬头挺胸。鲜亮的牌子在阳光下一闪。那个自得啊!其时,街上的行人、商店里的售货员,一见大学生,眼睛就亮,笑容就往脸上挂。(不要以为售货员没什么,柜台里的货品不是她家的,你得隔着半人高的台子,央求呢!)这些是虚荣。还有实惠呢。

恢复高考制度的最初几年,大学生都享受着国家的"统包"政策,即不收学费,统包分配。进了大学,如同进了保险箱,四年出来,肯定人人有工作。哪像现在的毕业生托人情、跑市场,惶惶不可终日。至于师范学校的学生,就更是待遇有加了。除了免学费、住宿费外,伙食费都是国家补贴的。我记忆不错的话，男生一个月，饭票三十斤，菜票二十五元；女生，饭票二十八斤，菜票三十元。基本上不花家里一分钱，省点的，还有节余。我还清楚地记得，在第一封家书里写给母亲的就是吃饭的事——天天像过年，米饭、大肉和包子，顿顿有。那时西安市内的高校，属陕西师大的伙食好。一毛五分钱的土豆烧肉，四毛钱的清真小炒，刚出炉的新鲜面包，能当点心送礼。真正的质优价廉！一到周末，附近高校的学生就来这边找老乡、会同学，打定主意吃食堂。临了，嘴一擦，屁股一拍，送上一句，不愧是陕西吃饭大学啊！

当然，优遇的不止是食宿。最重要的还在于校园的文化氛围，思想之宽松与自由。大学毕业后，我一直在高校教书。几十年来，我越来越觉得今日的高校逐渐丧失了往昔那种好的氛围，空气变得凝重而稀薄，人们时常感到一种无形的、沉重的压力在心上。难道真是所谓的"此情可待成追忆，只是当时已惘然"吗？我看也不尽然。

1983年，我们刚进校就赶上反"自由化"思想运动。当时表面文章也做。大会领导说，小会辅导员讲，哪些书能看，哪些书禁读。但是私下里，同学们争相传阅的都是不准阅读的戴厚英的《人啊，人！》、张笑天的《离离原上草》等禁书。学生会组织的活动很多。记忆最深的是著名诗人牛汉等人在联合教室里做报告。他们拿着已被禁的最后一期《中国》杂志，告诉同学们什么叫作黑白颠倒——那本杂志的封面是黑的，封底是白的。这些事情都是在公开场合——领导和老师的眼皮底下进行的，大家不觉得会有什么问题。只能说，那时候人与人心是相通的。80年代初的国人，刚刚告别了政治运动，大家心里很清朗。所以，学生关心国家的前途，关注民族的命运；老师关心学生的成长，关注学生的将来。师生之间，同学之间，充满了宽容与理解、真诚与默契。

一次，我和几个同学去看录像《红与黑》，没有参加周三下午的政治学习。因为我是班干部，影响不好。第五辅导员就在班会上批评说，于连·索黑尔给了你什么？事后，第五老师跟我聊天，说，于连，我也喜欢！

教写作课的刘明琪老师对学生更是关心备至。常跟我们几个爱写作的男生围坐一起，吃食堂、聊天，也带些文学社的同学外出游旅、参观、搞社调。有心相印的情分，无你我、师生间的隔膜。那时高校老师的工资不高，但我们时常得到刘老师的资助，搞活动、办刊物；他也肯带领我们这些热心于文学的学生，跑报社、杂志社，游说编辑，推荐发表作品。我的处女作，就是经刘老师的推介，印在1987年5月份《西安晚报》副刊上。到手的一点点稿费被几个舍友狠狠地敲了竹杠。

说实在的，我们那一代大学生是有福的。青春的花样年华，正赶上国家政治趋于清明、文化经济日渐复苏的好时候。大的社会环境是宽松的、自由的，大学生的地位与身份是尊宠的、优越的。但绝少有人放纵与堕落。相反，学习的风气很浓。那时候，教室和宿舍二十四小时不熄灯。大家彼此暗地里攀比，看谁起得早，看谁睡得晚。师大图书馆的自习室是个读书学习的好地方，时常人满为患。只有抢占，方能得到一席之地。在学习方面，老师的要求毫不含糊。至今还深有印象的是，七月热火天，跟同舍的同学坐在一棵雪松下紧张备考；外国文学考试，全班有三分之二的人被放翻补考。实话实说，那时候男女同学在一起，都是暗地里拼着学习来吸引对方，少有直来直去的告白。等到醒悟过来，才发现花已有主，堪折未折，悔之晚矣。前阵子，几个大学同学聚在一起，说起陈年往事，依然是感叹、唏嘘，自然也少不了感动与感激。

如今我们这批20世纪80年代初期入校、80年代中期毕业的大学生，业已人到中年，大多成为各自行业与社会、家庭的骨干。如果说，在这批人身上还依然葆有一份社会责任与良知的话，那么不能不说与他们当年所处的环境、接受教育有关。诗曰："投我以木桃，报之以琼瑶。匪报也，永以为好也。"我理解其中的意思，既不是施恩求报，也不是知恩必报，而是物质与精神上的互通有无，维系并构建一种和睦、和谐的人际关系。我想这种关系，不仅在人与人之间，也应在国与民之间。有人时常责备现在的大学生少有政治热情，缺乏社会责任感。客观地讲，我有同感。但我觉得责任先不在学生，而在教育政策的制定者与教育管理的实施者那里。我不明白的是，80年代初，国家在何等困顿的经济境况下，仍能拿出钱来免费或部分免费让学生读书。为什么到了经济好转的90年代，甚至于21世纪的今天，却逐步乃至全部取消了对于大学教育的支持，尤其是对于贫困学生的大力资助？高收费，大扩招，高校变成了市场，教育演化成商业。据说，今年教育部有新政策出台，师范院校可以招收部分免费生，条件是毕业后要到指定的地方工作若干年。这似乎是一个不乏善意的举措，但我总觉得其间隐含着斤斤计较的市侩之考量。那些制定政策的人，有没有谁设身处地想一想，这些贫困大学生将在怎样困顿的心境下完成四年的学习生活？上计利于下，也就难怪下谋私于上了。话至于此，唯余感叹与唏嘘了。

在那个令人难忘的黄金时代，我们这些被称作天之骄子的80年代的大学生们最爱唱的歌是"再过二十年，我们来相会"。如今二十年过去了，回顾国家和自家走过的路，虽说内心免不了惆怅与喟叹，但是想想曾经的青春年华的自豪与自信，也足以令人欣然与感奋。

2009 年 5 月 15 日

搬家记

年初那场大雪一停,我就搬到雁塔路与建设东路路口的建大家属院新起的一栋高层上住了。

建大是西安建筑科技大学的简称。20世纪60年代初,家父在此读大学,那时的校名是西安冶金学院。后来改为西安冶金建筑学院。2004年,我从西安文理学院调过来,就是现在这个名字。我在原来那个学校教了十几年的书,烦了,想动一动,刚好建大从学院扩成大学,成立中文系,缺人,我就来了。父亲知道了,说,过去好,过去好!

我知道父亲说好,其中一个原因,建大是他的母校,有感情。可是,谁也没想到我过来的第二年,学校就启动高层住宅建设,在图纸上分房子。父亲知道了,说,过去好吧?过去好!

好是好。可是几十万的房款，也好烦人啊！最后，贷的贷，借的借，总算对付了。按合同，交房的时间是去年3月。3月没交，又说5月。5月没交，又说7月。7月中，终于领到了房钥匙。暑假开始装修。紧锣密鼓。进行到年底，还没彻底完工。后来，因为儿子读高中，功课日紧，寒假还要补课，住在外边实在不方便。于是，也就顾不得甲醛不甲醛，气味不气味，硬是搬进来住了。

这是我第三次搬家。该是这辈子最后一次了吧。我想。

二十多年前的1987年，我大学毕业，分到师专（西安师范专科学校的简称。2000年，与西安大学合并，改名西安联合大学。后再改名西安文理学院）教书。先是住三人一间的集体宿舍。几年后，要结婚，没房子。我就和系里的一位女同事商量，两人合分了一间房子，做休息室用。女同事住校外，房子的使用权自然归我。这就是我的准新房了。其时许多人都这样做。也是没有办法的办法。人多，房少。只好自己想着法儿解决。学校也不横加干涉。

当年，我们管自己住的地方叫大平房。这座据说建于上世纪四五十年代的砖木大瓦房，我刚去时是一处教工食堂，后来简单地改了改，成为现在这个样子——南北两排是几十间十几平方的小房子，中间是东西通透的走廊。可容两人并排通过。住的多是年轻教职工。

大平房确是简陋。土墙，竹席棚的屋顶。尤其是我住的北厢房，不大的窗户被浓密的梧桐叶子遮着，一扇旧木门开在过道里，即使大白天也见不到太阳。但是，那时我们似乎并不在乎这个。只要有个窝就行了。不久，我和女友一起，自己动手，把墙壁粉白，把门窗漆白，连屋顶都用白纸一张一张地糊白了。然后，把红天鹅绒的窗帘挂起来。我们用自己的双手筑起——"爱的小屋"。那个激动，那个兴奋啊！

当兴奋的兴奋了，激动的激动了，之后，就是具体的日常生活。

生活，自然有苦有甜，有乐也有烦恼。

先说苦恼。说睡觉。

大平房的邻里之间，或是一墙之隔，或是一条过道、两扇木门之隔，都是隔眼不隔音。不要说家里有什么大动静，就是有人睡觉打呼噜，说话声音高一点，临屋的人都听得清，想得见。那时候我爱熬夜，看书写东西常到三更。有一回，新婚不久的小两口住进我隔壁，就无意间给我添些苦恼来。开始是两人愈来愈热的温情话，继而是男孩女孩的生产经，接着给未来的宝宝取名字，从小名到大名，热议到凌晨。搞得我心神不宁，又无法制止，只好带上门，到屋外抽烟、看月亮。直到有一天,有人用录音机把两人的谈话录下来拿给他们听,小两口才不好意思地息声宁人了。

其实,大平房里最闹心的,不是人的声响,而是老鼠的动静。每到天黑,老鼠就特兴奋,走马灯似的,噔噔噔,从屋顶的这端跑到那端,噔噔噔,又从那端到了这端。永不停歇。住大平房的人,家家都有一根竹竿或是木棍,白天树在门后,晚上放在床头。老鼠一有动静,就狠狠地捅一下。再捅一下。再捅一下。直到老鼠吓跑了,或是不知什么时候,自己也累得睡着了。后来,事情反映到学校,到处放些老鼠药,情况好一些。不久,鼠情又犯。这次是许多人家纸糊的屋顶,被老鼠一块一块嚼碎了,露出个大窟窿。

大平房里还有一件难办事,就是上厕所。那时候不要说平房,就是新建的教学楼,都没有卫生间。下课铃一响,老师、学生一起跑公厕。大平房人习惯就近到花圃的隔壁上公厕。花圃在校园东北角。于是饭前、饭后,那条小道上来来回回的人,无论男女,多是细碎而紧张的步子。就是熟人照面,也少言谈,至多点头、微笑,彼此打个招呼。免除不必要的尴尬。但事实上,恼人的尴尬事儿总难避免。比如早起倒夜壶。夜壶——多么雅致的名字!我一早起来,端着夜壶,边走边想。早啊!听到有人打招呼,抬头一看,是对门小亓。他手里提着倒过的夜壶,对我微笑。我赶忙应了声早,两手端稳,急急地去了。还有更难堪的。是你偶尔碰到哪位同事的女家属,半道上迎住你,客客气气地问话,没完没了地说事儿,夜壶端在手里,愈来愈沉,愈来愈重,走也不是,不走也不是。那一刻,仿佛全世界人的眼睛都在盯着你看!

大平房里没接自来水。洗菜刷碗都在屋外的一排公用自来水池里。饭前饭后,大家洗洗涮涮,说说笑笑,水池边也不少热闹。可是冬季一到,天寒水冷,这寻常的活计就变得很严酷。有时水龙头冻住了,要费一壶热水才能浇开。洗涮完毕,时常冻得手红脚麻,苦痛难当。

说说有趣的乐事。

大平房特殊的环境,造就了那些年月里特殊的生气与乐趣。我们在大平房住了七八年。孩子在那里出生,在那里成长,自己的生活和生命也在那里展开和深入。留下终生难忘的印迹。

我跟同事小王是邻居。两家人常来常往,情投意合,成为要好的朋友。我儿子与她的女儿,姐弟一样,一同玩耍,一起长大。两家大人更是无话不说,无事不相帮。后来经年,虽各自都搬了几次家,但过节或闲暇,都不忘问候,相互走动。对门小亓,是学文的,跟我有相同的爱好,经常一起谈诗论文,每每到了忘情尔尔的境界,不是耽搁了备饭,就是迟接了孩子。招致夫人的埋怨与不满。记得那一年,小亓全家下了广州,我还暗自伤神了许久。有诗为证:

  我的朋友搬走了
  节令也就到了冬季
  那扇水一般流淌的门
  结成冰 从此
  只有我这扇门
  兀自开着
  穿堂风怎么也穿不过去
  打个转
  又呜呜地出去……

小亓后是大李,是老邓。

陆续地,许多人家搬离了大平房。

后来,我也从大平房里出来,挪到东排的平房里住。这是我第一次搬家。

我住东十排的平房里,房子的面积没大多少,但坐北朝南,总算见了天日。心里欢喜。还有,我屋门前一棵梧桐树,有碗口那么粗。春天到了,梧桐的新叶生出来,接着是紫色花开,散发淡淡的花香。随后，桐花落了，叶子肥了，遮出一片夏日的阴凉。我的日常生活里，有了一棵大树的影响与记忆。记得一年秋天，突然刮起一阵狂风，竟然把碗口粗的桐树连根拔起。树倾倒下去，压坏了屋檐与瓦片。那情景，令我想起杜甫的《茅屋为秋风所破歌》，也猛然替诗人生出一个切实的诗的灵感——什么时候才能住上像样的房子啊？进而，我也替自己想：什么时候才能住上像样的——有暖气、能洗澡的房子呢？

这一天果然来了。

记得那几年，大宣传，市政府给百姓办实事。

新世纪头一年，我还真就住进了明德门小区——西安最早的教师安居楼。

因为是安居工程，房子面积不大。七十几个平方。麻雀虽是小了点，但五脏齐全——客厅、餐厅、卧室、书房，应有俱有。尤其是，有书房可以看书，有浴室可以洗澡。

记得搬家是在2000年的最末一天。屋外寒风凛冽，屋里暖气正好。全家人所做的第一件事就是舒舒服服地洗了个热水澡。然后换上干净轻便的衣服。那感觉，仿佛是一下子洗掉了一个世纪的尘垢，脱掉了几十年生活的疲累。后来，随着社区道路的拓展，周围环境的整治与绿化，明德门小区一天天在扩大与变化。冬去春来，不知不觉间过了七年。儿子从一个三年级的小学生长成一米八五的中学生了。他的书桌明显变小了，床铺仿佛也缩短了许多。看来我们的房子的确得再阔大一些了。然而，即使这样，我也没有要换房的迫切念头。我实在不想离开那个已经熟悉了的生活环境。

然而，还是那句老话，形势比人强。最终我还是搬家了。

搬进新居相当长的时间，我都没有找到"家"的感觉。总觉得心不在焉，魂不守舍。我问家人，都说习惯就好了。现在入住新居一年多了，我好像还没找到"习惯"的感觉。但我知道，一切都会慢慢习惯的。

2008 年 10 月 11 日

做　梦

我从小就爱做梦。

有人说,梦多是因为身体不好。

记得小时候我经常头晕,眼前总有一些蚯蚓状的影子飘来飘去。小伙伴们玩得正起劲儿,我一个人在一旁犯困。大一那年暑假回家,隔壁的三婶说,没想到你还能长成个大学生。三岁时,连台阶都爬不上去。

身体不好,就想睡觉。一睡觉,便做梦。几乎天天晚上有梦,从小到大,没断过。后来看一份资料,说做梦与身体好坏关系不大。说梦多的人,小脑活动频繁,聪明。我不知道自己的聪明在哪里,只知道后来身体慢慢康健了,小脑的活动仍然很频繁。

很早我就有个想法,把自己做过的梦记下来,编一本书，就叫《我的梦》。

前几年在报社做编辑，开过一个专栏，就写我的梦，很受读者欢迎。可惜报纸后来停办了，我的梦想也夭折了。

弗洛伊德说，梦是愿望的达成。常言道，日有所思，夜有所梦。的确，我的好多夜梦都与白天的活动有关。

在报社那会儿，市面上几家报纸竞争得很厉害。天天为报纸的头条犯愁。一天晚上，做了个奇怪的梦。我带着儿子（大约三四岁的样子）在学校的花园里散步。忽然，迎面过来一个人。走近了方看清，是个身着长裙的女学生，脸面竟是一张模糊的阴影。我心里多少有点紧张，拽着孩子就躲闪。结果还是与她撞了个正着。她倒很客气，弯腰扶起孩子，说声对不起，便朝教室那边走。我有些纳闷儿：她没嘴，拿什么说话？没有眼睛，如何看人？脑袋都没有，怎么思考？她竟然与人说话，和她的同学打招呼，像个正常人一样。我本能地反应，这是个绝好的新闻，可不能让人抢了先。得拍张照片啊！想到照片，我心里一急，就醒了。那阵子，编辑部开会就说头条。说头条，就说照片。没照片，新闻就少看点。没头条，报纸就没卖点；没卖点，报社就没效益。第二天，我把这梦说给同事听。他们说，这么辛苦，老总得给你加薪。

梦有没有色彩？有人说，梦没有色彩。可我梦到的彩色的梦不止一次。

一回夜梦。梦见自己在一条河流上飞。河里的水是蓝色的。天上的星星映在河面，发出金色的光芒。飞着飞着，觉得不是自己一人在飞，旁边还有一个人。这人似乎从来没见过，又好像很面熟。就这样飞着想着，想着飞着。耳边隐隐地响起了歌声，很熟悉的流行歌曲的调子。这才反应过来，身边的人是音乐学院的一位女学生。这是我印象最深的彩色的梦。

梦对人思考有一定的帮助，但不大。我做过几回梦，在梦里作诗。不过很少有记住的。有一回在梦里作了一首诗，奇怪的是自己也知道是梦，生怕忘掉，就不停地在心里念记，醒来还是忘了。前几天晚上又梦到写诗，很长的一首。正得意时，不知谁把一只苍蝇丢到我脖颈里，心里一急，满满两页诗，只落下两句：

九月的手
握不住六月的苍翠与寂寞

有人说晚上梦见孩子，白天会遇小人。我不大信这个。但这话确实有心理暗示作用。一次，梦里得了个女儿。妻子说真是做梦。白天就自觉不自觉地回想那个梦境，脑子里模模糊糊现出梦中女儿的模样，以致上楼过了家门口都不知道。心里觉得好笑。这要是在街上走路撞人遭骂，或是闯红灯被警察训斥受罚，自然就会把罪责怪在梦里那个无辜孩子的身上。

记得小时候有段时间迷恋做梦。白天盼着天黑，天黑即便上床。睡前一定先在心里许愿——做个梦，做好梦。果不然这一晚好梦联翩。中途憋尿，也坚持着不醒来。醒来也不即起。脑里还在回想那梦境。现在虽说不那么迷恋梦，但依然多梦，且不厌烦。梦境，一个瑰丽多彩的世界。我经常替那些没有夜梦的人惋惜。白天忙忙乱乱，夜里怎能没有一场梦来慰藉呢？

2002 年 1 月 13 日

儿子的诗歌年代

儿子作诗的灵感来得早,去得也快。

记得那一年春天,二弟和弟媳从天津回来,全家陪着他们去兴庆宫公园。弟媳抱着儿子过一座桥。

儿子说:二娘,我给你作首诗。

好啊!他二娘有些兴奋。

一朵花
落下来

儿子慢条斯理地说。

怎么了?二娘问。

落在二娘头上

好啊！二娘高兴地搂紧了，要亲他。

还有呢。儿子扭过脸，兴犹未尽。

哦？二娘瞪大眼睛，等他继续。

乱了

说完，儿子用手轻轻地拨弄二娘的头发。

天哪，真个是天才！二娘说着，把他搂得紧，而且久。

说实话，听他最后说出个"乱"字，我心里一惊，觉着是诗！

那一年，儿子才三四岁。

有了这次经历，我再也不怀疑神童和天才的说法了。我甚至觉得我们家出了位诗歌天才了。

儿子的诗都是随口说出的。他那时没上学，不会写字。灵感来了，他口述，我记下来。就是这样。

有一次，回家路上，他说，爸，我有诗了。我赶紧停下来，掏出随身的纸和笔，他说一句，我录一句：

当我长大

第一次离开家时
我看见
天上的小鸟正飞回家
我看见
地上的乌龟往回爬
可是
我还是坐在一起
想家

觉得"我还是坐在一起"有点拗口。我就问,是"坐在一边"吧。儿子说,是"坐在一起"。儿子随口吟出的句子,他从来不改。也不让我改。我只是给诗取个名字。这首叫《回家》。当然要经过他的同意。

一年秋天,我坐在院里看书。儿子过来,说要作诗。我没带纸笔,就说,你说,我用脑子记。他说得很慢,说一句,再重复一遍。他怕我记不住。诗是这样:

秋天到了
我心中的小草已随着风
飘远了
慢慢地

我心中的草随风落到了地上

慢慢地
春天到了
小草又随风
飘回我心中

我问他,题目叫心中的小草行不?他说,不行,叫我心中的小草。我说,那就叫你心中的小草吧。他说,不对。是——我——心中的小草。我说,噢,噢,我心中的小草。

有一回,儿子一口气作了首很长的诗。

那天傍晚,我和两个朋友去吃饭。儿子也去了。我们边吃边谈,他对我们的话题不感兴趣,就在一旁翻菜单。饭后,我骑车带儿子回家。一路上他一言不发,我以为他累了,没多问话。到了家门口,他从车后溜下来,说他要作诗。

真的?我问。

真的。他说。

我赶紧开门,进屋,随手拿起支笔,铺开纸张,趴在桌上记。没想到这首诗很长,一页纸不够用,又续了一页:

每当我看书时
总有一只蚊子
在我心中
嗡嗡嗡嗡嗡嗡
不停地叫着

写到这儿,我笑了。说,是我的句子。他说,就这两句。他接着说,我接着写。果然,是他自己的话:

上次我借了一本新书
我在写字台前看书时
那只蚊子
就在我心中
嗡嗡嗡地叫
左一巴掌
右一巴掌

我又笑了。这两句还是我的。他说,就这两句了。他继续说,我继续写:

可是我无法打中那只蚊子

我毫无办法
　　就听着那只蚊子
　　嗡嗡嗡嗡嗡嗡地叫
　　睡着了
　　虽然我睡着了
　　可是那只蚊子
　　还在我心中
　　嗡嗡嗡嗡嗡嗡地叫

　完了？我问。
　完了。他说。
　我倒有些不敢相信。让他重复一遍。儿子几乎是一字不差地重复了一遍。我打趣说，诗写得不错。但有几个句是从别人那儿拿来的。他说，就用了你两句——左一巴掌，右一巴掌。我说，还有嗡嗡嗡呢？他说，那不是你的，那是蚊子叫。我知道他在狡辩。
　觉得孩子有天分，我就和他妈妈培养他。读诗经，背唐诗，也念顾城、北岛的诗。后来，我的邻居王老师知道抱朴作诗，就把他以前的几个作品拿到一份小学生报上发表出来，得了二十块钱稿费。儿子一看作诗能挣钱，就更来劲儿了。决心要多作诗。
　不久，抱朴上学了。功课一多，再也没有作过诗。

一次,我问他,怎么不作诗了?

他说,诗不是想写就能写出来的。

事实上,抱朴自从做了小学生,就忙得很。白天上课,晚上回家做作业。节假日要上兴趣班。真是连玩的时间都没有。而作诗,须有闲暇的时间才行。

2018 年 9 月 5 日

狗与同行

你走你的路。没错。

可是,一条狗硬是跟上了你,那就注定跟上了你。甩掉它,可不是一件容易的事情。

那天,我们就被一条狗跟上了。一条半大子灰色杂毛狗。

我们下汽车,走土路,过一个村院的时候,听到一阵狗吠。然后就看见两条狗盯着我们看。一大一小,一白一灰。没有谁去留神它们。我们的心思在前头,在山里。

走了一阵子,不知谁喊了一声:狗!大家回头一看,全乐了:狗东西!

那狗看人们立定了看它,也立住了看。大伙回身赶路,狗也加快了步子。脖颈上的绳套拖在地上,长长的,时不时地被一只脚踩住,影响它的步调。

又走一阵子。下一道坎沟,上一条坡地。秋阳里的山梁,山梁间的柿树,黄的柿叶和红的柿子,一簇一簇的,现在眼前。

找块平坦的地面,坐下来。大家喝水,拉话,吃东西。也有谁起了兴致,层林尽染、谁染霜林醉地大发诗情。没想到那条狗也跟上来,蹲下,眼睛盯着我,不,盯着我的包看。

猛地,一句话现在我脑子里:肉包子打狗。于是乎,一股肉香味窜进我的鼻腔里。

每次出去游玩,我们都乘车先到县城,然后在一家饭馆吃包子。完了,再带些。

这肉包子就在我背包里。

于是我把包子拿出来分给大家。那狗也离开原地,往前凑了凑。但是,包子是有数的,不能给狗。

我咬了一口,舌头、胃、肠全动起来。

那狗看着我。直着眼看我。歪着头看我。摇摇尾巴看我。看我手里的包子。看我咀嚼的嘴。看我蠕动的肠胃。看我看它的眼神。

我看不下去。撕了一块给狗。

狗等得太久,太饿了,嘴舌还没怎么动作,就下肠胃去了。它抬起头来,看我。我的手里已经空了。它看我空着的手。

终于它看出结果来。一块面包。赵老师扔的。

这可是十九粮店的。赵老师笑说。

十九粮店是有名的。小时候在语文课本里读过，傻傻的脑子里想象过。现在它烘的面包在我手里。我的手在一条狗的眼望里。

我瓣下一块抛到空里，那狗跳起来，直直地吞下肚去。我再瓣一块，再抛，那狗跳起来，再吞。一块面包三下五除二就没了。

赵老师看着好玩，也瓣一块抛向空里。

那狗像个饿汉，没完没了。包子吃，面包吃，橘子也吃，蚕豆也吃。不一会儿，原先瘪瘪的肚皮竟然鼓起来了。

这狗真是三生有幸呀，它把别的狗一辈子见不上的东西全吃了！

晓娜说的是那条狗，没有跟上我们的大白狗。

吃饱了肚子，又喝了山上流下的泉水，那狗就卧下身子歇着。眼睛时不时地注视着。

我们起身要走，那狗没有要离开的意思。军辉示意我们先走，他和狗留在原地。他想甩掉它。听到狗的叫声，看到军辉的身影，我的心底还真生出一丝悲怨来——干吗呢！

狗还是跟了上来。

军辉也不过试试狗性而已。

还怪了！有人动员都不来，这狗反倒赶不走。奂奂说。她是说刘艳和李勇。今天他俩没来爬山。都有事。一个考试，一个踢球。没他俩的确少一些气氛，现在似乎弥补了好多。因为一条狗。

不能缺了这条狗。大家很快习惯了眼前身后跑着一条狗。

原先爬山就是爬山，说话就是说话。现在不同了，爬山与说话间还有一条狗，说话与爬山间也有一条狗。原先你上得去的坡坎别人上得去，你直着身子过不去的灌木丛别人也过不去。现在不同了，人上去了，狗上不去。狗过去了，人过不去。原先你累了别人也就累了，一个人歇了，大伙就都歇了。现在不同了，人还没累呢，狗先累了，人还没歇呢，狗先躺下了。

狗走不动了。狗太小！军辉说。

军辉说了话，大家就原地站住。站住了，就回头看看。还别说，秋天的山里风景真不赖。一片铁红，一片锈黄，一片芦苇在傍晚的阳光里泛着融雪的色彩。看久了，感觉是幅图画，在瑟瑟的风里。

到底是秋深了，一阵风来，身上有些泛凉。

因为狗不能带回城去，我们只好顺着来路往回返。

狗似乎也觉着跑得太远，玩得太野，该回家了。一副兴奋的嘴脸。一会儿跑前，一会儿跑后。当然，最多的时候还是挤在人堆里。

嗨！没准这狗是赖上咱们的队伍，就像当年的红小鬼，不回了。赵老师说。

我看是真的。晓娜说。

大家说着走着，走着说着。

那狗猛地从后边冲了前去，愈跑愈快。抬头一看，哈哈，它家就在眼前了。

这狗东西！晓娜骂它忘恩负义。

其实这也是意料中的事。狗不嫌家贫。再说了，也没谁愿意带它走。只是觉得那些包子、面包、橘子、花生，它消化得快了点儿！

那狗进了院子，穿过一道窄门，不见了。

大白狗看见人，又叫起来。脖颈上的套绳绷得紧紧的。主人出来吆喝一声，那狗就闭嘴进了屋。我朝那边望望，回头走我的路。

啊，小灰狗！这狗又回来了！

还是晓娜。这回她是激动。她看着狗，狗看着她，似乎在明证什么。

说实在的，大伙都被感动了。但是，感动归感动，一条狗怎么在城里生活呢？我们还是喊叫主人，把他的狗拽了回去。

离开村子很远了，狗早都看不见，连叫声也听不到了。大家还在说狗。说那条小灰狗。杂毛的。

杭州故事

下午,西安开往上海的特快。放好行李,我在下铺靠窗的位置安坐下来。

对面,一个小姑娘抽泣。一阵紧,一阵松。妈妈劝她不哭,她反而哭出声来。爸爸劝,哭声愈巨。坐在旁边的奶奶不劝,只催儿子、儿媳下车。结果,爸爸、妈妈下车,走了,小姑娘不哭了。火车一动,自己拿出本子,写作业。我瞥了一眼她的姓名——常一芳。

我跟老人搭话,知道她去苏州看女儿。老人笑着问话。我说,去上海,咱们一路。老人笑笑,说,好,一路。

8月1日星期几呀,奶奶?常一芳抬头问。

不知道。奶奶说。

又回头问我。我一下子答不出来。

常一芳,我故意叫她的名字。

你怎么知道我名字呀?小姑娘的眼睛真大。

我知道啊!我装作本来就知道的样子。

骗人。常一芳说,你偷看我本子。

哎,我问她,一芳同学,你怎么7月写8月的日记啊?

反正老师也不知道!常一芳抬头,大睁着眼睛,看我。

你知道呀!我盯着她的眼睛看。

小常不好意思地笑笑,干脆把本子合起来,不写了。

小常不认生,是个见面熟。

叔叔,我给你讲个笑话,脑筋急转弯吧。她的脑弯转得快。她说,一条路上都是粪,很臭。一头驴子走过去,三只脚粘上粪。为啥?

我假装想了想,说,不知道。

小孩子就是小孩子,她急急地告诉我。你看,小常一只手捂着鼻子,粗声粗气地说,驴子得这样,一只手捂着鼻子才能过呀!所以是三只脚粘粪了。

常一芳能哭,也爱笑。这会儿她笑声不断。她的笑声吸引了过道靠窗坐着的姑娘——约莫二十出头,白净的皮肤,时尚的衣着。姑娘笑着,看我们说笑。

叔叔,你属啥?一芳问。

我没有想到十来岁的小姑娘问这个问题,又不想照直答她。脑筋一转,掏出脖上挂的玉坠,说,属这个。

玉坠是只蝉。

其实,我平素不佩什么饰物。这次出门,妻子让我戴这个。不好意思拒绝,就戴上了。一只雪色的玉蝉,额头微染烟黄。形体不大,神态逼真。是妻在蓝田讲课时买下的。蓝田日暖玉生烟。虽说蓝田的玉自唐采到今,绝少佳品,但这枚玉蝉真不坏。

姐姐,有属蝉的吗?常一芳看看我的蝉,把话头给对过的姑娘。

姑娘笑笑,瞥了我一眼,说,有吧。

常一芳不信,去问奶奶。

我起身招呼窗边的姑娘过来坐。我老早就有意招呼她过来。这会儿刚好是搭话的机会。姑娘笑着坐过来。寒暄了几句,知道姑娘是杭州人,姓黄。在一所师范学院教书。因为是同行,言语就多起来。我说我此行先去上海,然后是杭州。

小黄很热情,说,好啊,欢迎来杭州。

我问小黄可不可以留一下联系方式。小黄爽快地答应了。我有些激动,急忙从包里掏出一个小本,翻开，给她。

看小黄细长的手指压着笔杆，一笔一画地写下她的姓，再写她的名，我一下子惊呆了。小黄的名字竟是雪婵两个字，与我佩戴的雪蝉，几乎一样。怪不得她答小常的话犹豫了一下。一定是某种东西触动了她。我的心不由也动了一下。看她写在本子上的名字。我不知道这是不是天意？甚至我想，这是常说的艳遇吗？

这次外出，临行前，几个朋友小聚。有人问我去哪，我说去上海，再到杭州。又问，跟谁？我说，一个人。想艳遇啊？我说，艳遇是遇着的，岂能找得？不承想，这不真的遇着了。

这时，常一芳过来，看着小黄，指着我说，叔叔骗人！

小黄笑，我也笑。大家逗着一芳说了很多话。

车到苏州，常一芳和奶奶下了。我想要是我也下去，就到苏州了。常言道，上有天堂，下有苏杭。我想，我还是去上海，去杭州吧。

车到上海，是第二天中午。天气酷热。手触在金属护栏上，有火灼般的感觉。我跟小黄出车站，在一个路口道别。目送她横过马路，消逝在人群里。

照朋友吩咐，在国权路附近的一家旅馆住下。当天下午就去鲁迅公园。这是我的习惯。每次去一个地方，先找我心悦的熟人。算是报个到。从公园出来，去了山阴路鲁迅故居和多伦路文化街。仿佛一下子回到20世纪30年代的上海。

在上海一共待了四天。第二天，朋友约我去徐家汇——上海最大的商业街。然后去了向往已久的南京路。街边高楼林立，人头攒动，各式各样的商品广告，令人目眩。说来也是，脚踏在硬邦邦的路上，身陷在密麻麻的人流里，脑子里过电影似的晃动着十里洋场、地痞流氓、霓虹灯下的哨兵、南京路上好八连这些顽固的名词。想象中的上海不是我看到的上海。我看到的上海不是想象里的上海。黄浦江水很浑，对面是洋葱般的东方明珠塔和笋子一样的金茂大厦，高高地俯视着，说，看吧，这就是上海！晚上，一个据说事做得很大的朋友带我们去笋子一样的金贸大厦。乘电梯到五十四层，耳膜感到沉沉的压力，到八十七层，说话都费劲儿。低头朝下看，灯火辉煌，光芒万丈，像天堂，又像是地狱。对于商业的上海，我想，许多人跟我一样，除了惊讶，别无好感。我更喜欢小巧的、宁静的，比如朱家角那样的水乡。那是我想念的江南。在那里，我似乎真正理解了戴望舒笔下那悠长悠长又寂寥的雨巷，懂得了卞之琳的你站在桥上看风景看风景人在楼上看你的诗句。记得那天独自在巷子里转悠,朝一扇门里望望,恰巧一位白发的婆婆也在打量我这个陌生的异乡人。我感到她的目光的抚触,还是赶紧收回步子,移开了。

朱家角在青浦,离市区几十分钟的车程。

上海像一本厚书,一口气读不完。粗粗地翻阅,于我又不相宜。先就此打住。第四日下午,我与朋友中华约好一起去杭州。

中华在上海做生意。听说我来,就约了见面。又听我说要去杭州,就约好同去。

这么多年在外跑,没去过杭州?我问。

汽车跑在沪杭道上;匆匆匆!催催催!没看见诗人徐志摩看见的一卷烟,一片山,只看见几点云影。

路过过,没去过。中华指着远处一片碧顶红墙的建筑群,说,这哪是江南啊!

是啊!我脑子里满是徐诗人笔下的一道水,一条桥,一片松,一丛竹,自然也有同感。不过,话又说回来,眼前的江南虽不是诗里的江南,但毕竟与北方大不相同。偶尔瞥见远处的一池绿荷,池边几间乌瓦粉墙的屋舍,好像这分明就是江南!

哎,我在路上认识一位杭州姑娘!我想尽量调动自己的好情绪,就冒出一句话。

是吗?联系联系。中华一下子兴奋起来。

我说车上偶遇,怕太冒昧。

中华说，试试。

我就发条短信试试。心想，试一试，不成就拉倒。

没想到的是，过了一会儿，小黄回过话来，问我们多久到，在哪见面。

中华那个兴奋啊！狠狠地捶我一拳。

我们估计好时间，约在离她家不远的武林广场见面。

出了车站，拐个弯不远就是武林广场。

为什么叫武林广场？比过武的地方？还是有人叫武林？

我和中华把行李放在广场东面中国电信的台阶上——最醒目的位置——等。这会儿虽然还不确知西湖的位置，但肯定就在这座城市，离我们不远的地方。看着眼前这些高楼大厦，除了招牌上的字号，心里感觉这与别的城市没有很大的区别。我以为只有到了西湖，才算真的到了杭州。

我和中华展开地图，查看去西湖的路线。忽有遮阳伞的影子罩过来，抬头一看，小黄站在面前。还那样羞涩地笑。我把中华介绍给小黄，也把小黄介绍给中华。小黄带我们去一家餐馆吃饭。之后，又带我们找一家离西湖不远的宾馆住下。一路上，听她用我们听不懂的土话跟出租车司机说话,跟餐馆宾馆服务员说话,真是有说不出的惬意。

常说无巧不成书。其实生活中的巧合比书多。我们落脚的中华宾馆离西湖有半里地。

中华,住你家了。我说。

真巧啊!小黄说。

这么美的城市,这么美的姑娘,不巧行吗?中华说。

小黄一笑,脸一红,像古诗里说的映日荷花。

歇了会儿,喝口茶,就去看西湖。

西湖正在整修。绕过长长的挡板,碧绿清澈的西湖水,成片成片的莲荷,远远的水墨西山,雷峰塔的倒影,一下子全涌在眼前,反而不知该从哪儿看起。这就是西湖。柳永苏轼白居易徐志摩汪静之,历朝历代,许多诗人经过看过写过的西湖。诗的西湖。一时间,我觉得满眼是诗,却又感觉作不成诗。因为天热,游人不多。中华正好给我们照相。小黄也给我们照。我也给小黄和中华照。其实,照得最多的还是西湖。西湖太美了,怎么照都是美的。小黄走着指着,指着说着。像个全职的导游。那是苏堤。那是白堤。那是断桥。断桥没断啊?冬天一落雪,拱桥上的雪化了,远远看去就像是断了。原来这样!

走到柳浪闻莺,中华已经热得不行了,找了个地方喝冷饮,休息。小黄说,晚上断桥最好看,现在可以看看雷峰塔。我们去雷峰塔。看了看。没上。小黄说,不用上,看看就好。小黄又说,清河坊是仿宋一条街,值得一游。

于是,来到清河坊。已是日落西山时。夕阳的余晖里,清河坊竟然有点清明上河图的意思。只是气势小一些。古色古香的店铺,一串串热烈的大红灯笼,一面黄色的定胜糕旗子招牌,一袭青衣店小二招呼你吃茶饮酒。恍惚间,真以为时间隧道把你带回那个填词唱曲的朝代。眼睛兴致再高,腿脚不乐意就没治。我累了。中华也累了。小黄没说累。陪我们转了一天,得请小黄吃个饭。于是,找了一家饭馆。

要不,送小黄回家?中华说给我,也说给小黄。没关系,陪你们去断桥吧。见她说得一点不勉强,就好好好地应了。

断桥上人多。

我想,白娘子送伞给许仙那会儿没这么多人吧。

什么样的伞?肯定不是小黄手里的遮阳伞。是戴望舒戴诗人说的油纸伞吧?心里这么乱想着,就到了桥的那一头。桥头树一块石碑,借着灯光,看见苏小小墓几个字。苏小小不知什么样儿?小黄那样儿吧?胡说!我在心里骂自己,不觉骂出声来。中华走在前边,以为说要回去,就说,回吧,明儿再来。于是,一起送小黄回家。我们回到宾馆，已是后半夜。躺在床上，还说小黄。

中华说，小黄，好姑娘。说着说着，就睡了。

睁开眼，黄亮亮的日光抹在墙上。

今儿个小黄不来了吧？中华问。

不来了。我说。

说着，都爬起来。收拾东西，吃早点。又去西湖。

今儿的西湖和昨天不一样啊！我说。

咋能一样儿！中华说。昨天有西湖，有小黄。今儿个只有西湖。

两个男人，一边走，一边开着暧昧的玩笑。

我们走外湖，行人多，游客少。觉得时候早，就脱了鞋子，盘腿坐岸边，看风景。静静的两人，看水面垂柳的倒影，碎影里忽上忽下的游鱼。看对岸断桥，断桥边开过来的荷花。看桥头看花人。看什么也不看，你看我我看你的男女。忽然，手机响了。小黄的短信。说她刚刚起床，问我们在哪儿，去孤山了没有，岳庙不去就不去了。又问我们什么时候回家。我回了几句话过去。中华说，不回了。我说，不回了。中华说，给小黄说不回了。我给小黄说不回了。小黄说，那就不回了。哈哈！我说，你开个店啊，在湖边。我来帮你。小黄也来。中华说,在湖边。好啊!开个店。不一会儿,小黄又说,要尝尝东坡肘子的,还有西湖醋鱼。

我们走到楼外楼,走不动了。找了一个靠窗的位子坐下,吃醋鱼,看西湖,看西湖,吃醋鱼。那心情,无以言表。

吃完西湖醋鱼,我们上孤山。

孤山上只见"孤山"两个字。大而且红。宋朝诗人林逋的一点痕迹也没有。梅妻没有,鹤子也没。孤山孤立着,看我们来,送我们去。

中华有急事要回上海。我们从苏堤往回走。

中华一米八几的身躯倏地消失了。眼前是漫漫的人流。

现在,这个城里剩下我。不,还有小黄。对,我和小黄。

多好的城啊!

但我也要离开了。

我掏出手机。手有些颤抖。机屏上显示小黄的名字和号码。我决定发个短信给她。打开短信栏,摁了一行字,抹掉。又摁一行,又抹掉。终于还是发出了。

豪华大巴把一片一片的楼房抛到身后。

小黄告诉我好好玩,别忘了喝绍兴老酒,吃茴香豆。怎么会呢?我回复道,一定,一定。

又接到小黄的信息。看了几遍她的回复。几乎每句话里都有一个"呀"字。真是见字如面。小黄的样子不时闪现。我努力地把自己的思绪调整过来,回头看看窗外,汽车把一片一片的池塘、水田,还有路上三三两两的行人抛到落日的余晖里。

车子朝着日落的地方不断前行。我努力想象着绍兴这个叫人神往的地方——乌篷船、绍兴老酒、茴香豆,还有鲁迅故居、会稽山、禹王庙……

可是令人沮丧的是,第二天一早,我来到鲁迅故居,正赶上景区维修,大门朝我紧闭着。徘徊了一会儿,我就势坐在门前石阶上。坐在S城三十摄氏度的高温里。坐在半个时辰大脑的空白里。猛然间,我的思维又拽了回来。回到我此次的江南之行。回到火车上巧遇小黄。上海约见中华。小黄陪我们游西湖。

想起小黄,我便起身去咸亨酒店。要了一碟茴香豆、一碗绍兴老酒。一边品尝,一边写了一则手机短信。告诉小黄,我这会儿啊,和孔乙己孔老兄凭窗坐着,喝老酒,吃茴香豆,说渔樵闲话呢!

2003 年 11 月 10 日

装修日记

序

七年以前装房子。发誓说,再不装了。
七年后,又装房子。

按说有了新房子、大房子,应该开心才对。但我不那么开心,甚至有点烦。但烦也罢,不烦也罢,事儿摆在那儿,就得做。于是想到一句老话——诸事不烦。还真是,想一想,真不那么烦了。

7月24日
下午在校门口遇见老韩,说装修的事。
韩说,烦得很。

烦也得做。我说，诸事不烦。

对。烦不烦，都得做。不烦，不烦。老韩笑说。

8月3日

下午，带小宁去看房。

小宁说，书房墙薄，挂不住门。

我问咋办。

小宁说，要么加厚，要么砸掉。

砸掉了麻烦。想想，说，加厚吧。

加厚，房子就小。小宁说。

我这才明白，把墙壁做薄的道理。图纸上房的面积大了。真是！

8月4日

上午把装修图印出来。

下午去交大找小宁。常璐和卢倩都在。晚饭一起去吃骨头庄。

看卢倩啃骨头的劲儿。

我说，什么叫啃硬骨头？看看卢倩。

常璐和小宁笑。

卢倩也嘿嘿地笑。手里举着酱骨头。

8月6日

夜里一场雨,空气湿润。很舒服。

中午,去王老师家。想与王欣聊聊,无料她已到上海,准备返美了。饭后,王欣来电话,说了几句道别的话。

下午,到指挥部把维修漏水的事落实了。

8月7日

中午,与周坚、周强兄弟吃饭。周强现在美国,看上去比其兄强壮许多。

下午去新房,楼上的水还往下滴。下楼到指挥中心。工作人员给个电话,说找小张。

给小张电话。一会儿说他人在咸阳,一会儿说通知维修员了。

半个小时过去,再打。说通知过了,维修员就到。

出门喘口气,碰到一个拎桶的工人,看见桶里的錾子。问是不是来维修漏水的?一边说是,一边上楼。进屋就干活。前前后后不过二十分钟。问题解决了。

晚上,跟小宁,还有几个学生,喝酒。

8月9日

一觉醒来,九点。

问隔壁张老师装修情况,顺便要了几个工人的电话。

下午,大雨。和小莉去南大明宫建材市场。看木门。看上的,价钱贵。便宜的,看不上。

空手而归。

8月10日

十点,送小莉、儿子去天津。

今年暑期计划——小莉先送儿子去天津他二爸家。她和娟莉再去大连。我在学校装房子。

小莉穿一双凉拖鞋。出租车来了,脚下一急,差点摔倒。上车后,儿子催妈妈换旅游鞋。儿子大了,知道关心人。

下午,和李阿姨去民生商场。看家具。光明、双叶都是实木家具。柏家居纯是柏木。价格高。香港左右沙发。半价,六千元朝上。

晚饭在王老师家。阿姨包饺子。

王老师说,跟宏先生通国际长途,半个多小时。讨论吕刚的诗。

饭后。魏奇来聊天。王老师转述小顺顺的话——女人是水和牛奶做的,男人是土做的。

魏奇舅舅是什么做的?我问顺顺。

土做的。顺顺说。

土脏不脏?

脏。

顺顺眯着眼想了想,过去拽魏奇舅舅的手,要他坐到地上。大家笑。魏奇真的一屁股坐到地上。大家又笑。

8月11日

上午。请人在厨房墙上打烟机孔。

你们这墙厚。打孔的说。

啥意思?我问。

加五个元。

加。

付过三十五元。装修算是开始了。

中午去王老师家。红葡萄酒。米饭。菜若干。

下午与姚师傅谈水电改造事儿。开价九百。最后八百元说定。去另一栋楼看他的活。还好。

姚开了水电料单。

楼下见到继武。建议我去家世界。说，虽然贵点，没假货。

8月12日
七时起床，胡乱吃点。把水电料单分写两份。
九点到学校。取了两千块钱。
给指挥部张姓处长打电话，要了另一把钥匙。
上楼时，见一个五十开外的男人蹲在院子梧桐树下。叫上去砸墙。二话没说，拿起榔头就跟我上去。
书房的隔墙，砸掉三十厘米，屋子亮堂许多。

去西郊家世界买料。
乘K606，半个多小时到家世界。车内十八摄氏度，很舒服。K606的口号是，有一个乘客站着，售票员绝不坐着。
家世界很大，货品齐全。不一会儿，要的东西备齐了。电线、插板、弯头，两包。一千多元。看看小票，工业制品，贵呐。一个内牙直通，十二块八。一个等径三通，十八块九。一个带座内牙弯头，二十六块九。买馒头，一箩筐！

午饭在立得面馆。一碗油泼面。几筷子下去，除过星星点点几许葱花，就是白面。

菜呢？我问。

下面。领班说。

把面挑起来。不见菜。领班不说什么，把碗端进去。又端出来。丢几片青菜叶子在上面。

8月13日

七点起床。八点到新房。

九点。九点十分。九点半。姚师傅没过来。打电话过去，说是在路上。

到十层。看一位老师的房子。实是消磨时间。

十点钟，姚终于来了。

平素最不喜欢人不守时。但许多话在嘴边，想了想，没说。

清点完水电料。姚蹲在地上，不做活。半天吐出一句话来。说，把前期工做完，付他七百块钱。

知道会有这么一档事，没想到这么快就来了。

我说按规矩，只能付一半。

姚沉着脸说，七百。

这样吧，我说。活做得好，先付六百。

姚翻了翻眼说，六百五。

你是怕我不给钱还是你不想做后面的活?! 我有点生气。

不是。姚说。

那么六百与六百五有多大区别？我的气有点大。

姚嘴里嘀咕着，就是不干活。

这样吧，活干好，不要说六百五，七百我都给。

姚低着头，不吭声。

十一点了，干活吧。我语气沉缓下来。

说到这分上，姚大概也感觉无趣，慢腾腾起身找工具。机器声一响，声音刺耳。我听得出姚心里有情绪。

不要带着情绪干活，钱，我一分不少你。我安抚道。

机器声又响起来。姚的情绪缓解了。

我的情绪也缓解了。

午饭后上楼，姚还在工作。槽刻得深而规矩。问他不去吃饭，回说，待会儿。

想着小宁下午来，坐北窗下，看金性尧新注《唐诗三百首》。

8月14日

早九点，到大明宫看法拉第的橱柜。

见到小韩。憨憨的。声音沙哑。沙中带甜。从电脑里调出几款不同的样品。式样尚可观，就是价格贵。不到四米，将近七千元。

上二楼，定了燃气热水器。万家乐，八升的，一千四百五。

去看德意油烟机、灶具、消毒柜和水槽。原先预定的都有。想问问情况，没有人。问旁边一个胖的女销售。说，我给你问问。

哎，走哪了，有顾客。女销售在电话里喊。她们似乎很熟。女人把电话给我。说，你和她说。

我是李经理啊！我大声朝那边喊。

嘿嘿嘿。女人的笑。

对不起，对不起。我们上午开会。

你贵姓啊？我问。

免贵姓朱。

小朱，快跑。我说。

嘿嘿嘿。女人的笑。

从大明宫出来，乘5路公交到新房。

姚停下手上的活，跟我说，工程上开的几个空调孔洞位置不对。

我问，怎么办？

找人重做。姚说。

那就重做。

姚说他认识打孔的小陈。于是联系小陈。不一会儿,小陈进来,红衣短裤,手里一个酒瓶,晕乎乎地说话。三个孔,开口一百二。我说,你走吧。小姚说,昨晚喝酒啦。打孔的事回头再说。我准备要走,有人咚咚地敲门。我示意姚继续干活。我到东面阳台去。怕是巡视员找事。前天就有两个脖上挂牌子的学生模样的人进来,拉个脸,说这说那,一副严肃认真的样子。

咚咚咚。又是一阵敲门声。

姚到门口,大声问,谁?

打孔的。人答。小陈叫我来的。

于是,我请这个四十来岁的男人进屋干活。三个孔,打了足有三四个小时。我二话没说,付他九十块钱。男人接过钱,塞进上衣口袋,笑说,这活对工具磨损大,一般人不愿干。

我说,谢你了。

不用,不用。男人说,咱就是干这的。

忙了一天,累了。

晚饭后,靠床头看曹乃谦《到黑夜想你没办法》:

> 楞二妈跨坐在锅台边,瞪着眼睛出神地想。想一会儿撩起大襟揉揉眼。想一会儿撩起大襟揉揉眼。……

曹是山西大同的警察。三十多岁开始写小说。语言温婉，婆娑。把一些乡土题材的故事，写得有诗意。

8月15日

九点，去大明宫看洗浴用品。便宜的，不入眼。入眼的，要价高。胡乱转转，十一点许。空手而归。

上楼。进屋。

姚师傅把线槽开完，开始穿线。他把一根塑料管在需要的地方折成九十度，随后像磕头虫磕头那样把穿进的线从另一边磕出来。穿一根线总要磕上十几、几十个响头。

为什么不穿了线再弯折呢？我想。

他这么做一定有他的道理。我又想。

没看懂。忍不住问，为什么不穿了线再折弯呢？

姚白我一眼，说，线穿了弹簧咋进去，没有簧咋弯？

没有簧就不能弯。还是不懂。只见姚把一根系着绳线的弹簧从管子里抽出来，丢在地上。不搭理我。

我也不理他。但心里想着不耻下问究竟不错啊。

晚上，与天津二弟通电话。得知弟媳领着儿子和小侄女去了北京,看故宫,爬长城。心里宽慰很多。放下电话,我想,小莉与娟莉去大连。此刻,她们一定在船上。船在海上。

黑茫茫的海啊。

睡前,朱鸿兄自婺源发一首短诗:

> 小河小鱼嬉,吾鱼在哪里?
> 日出万山醒,日落一川碧。

像是有趣的歌谣。还像曹小说家说的——麻烦小调!

8月16日
一早,去门口小店吃碗豆腐脑、一根油条。
一块四。女人说。
我给了一块五。说,不找了。
女人笑笑,接了。右手捋一下垂落的头发。

乘车到三森国际家具城。什么巴黎厅、米兰厅、香港厅。眼花缭乱。去香港厅看门,什么免漆门、烤漆门、实木门,品类繁多。贵的一两千,贱的六七百,价差极大。造门的厂家,多是浙江与四川。

为什么没有本地的东西?我边看边想。

门没有看上。在米兰厅,买了两套淋浴花洒。

下午,天福一家来。各处看看。美霞连说好。又说,他们家的房子她不喜欢了。天福只是笑。儿子钊儿不说话。个子见长。脚蹬一双白船般的运动鞋,在满是尘灰的地上移来移去。

8月17日
早上去大雁塔市场。买一根四米长的线套。
无法乘车。只好徒步。两只手拉着,托着,前后闪着,躲着。到楼下,又无法乘电梯。再双手举着,楼梯里绕着。三转五转。终于整到屋里。
这一趟来回,手软,腿酸。真心理解劳力之苦累。
午饭后,想好好睡一觉。睡不着。

下午天热。我拎了半块西瓜来。小姚进屋。我招呼小姚吃瓜。
姚说,刚吃过饭,胀。你吃吧。
我吃过了。这是你的。我把瓜放在窗沿上。
哦。小姚应着,没有过来。机器一响,干活了。
他开始装客卫的淋浴器。划线。打孔。切管。接头。置卡。我看小姚不紧不慢地做活,就说,小姚的活,很细。

小姚抬头,笑笑。说,我做活漂亮,你看过的。

就是脾气大。我说,动不动,急。

小姚抬头,笑。不说话。

人啊,有能耐,就脾气大。我懂。

姚说,有些东西大概一说,都懂。太具体了,反倒不好搞。

是呀。我说。馒头好买,方馒头、圆馒头,反倒不好买。

说话间,淋浴器装好了。一试水,好家伙,喷劲真大。

歇歇,吃块瓜。

你吃,你吃。

怕啥呢?我又不扣你工钱。

小姚嘿嘿一笑,蹲下来吃瓜。

再来一块。

小姚又来一块。

姚边吃边说,他今天有点事,想早走一会儿。

我说,行。你走了,我也解放了。

我们一同下楼。各自回家。

8月18日

早晨七点半起床,八点出门。到大雁塔市场,买对丝和阀门。问一个店老板对丝咋卖。说三块五。又问另一家。说五块三。

人家才三块,你就卖五块?我说。

有三块的,要不?说着,男人从柜台里拿出一个对丝,泛着黄铜的亮。顺手把一块磁铁扣在上面。

铁的。男人说。

嗨,这么哄人。有没有好点的?我问。

金德的。现在都认这个。男人把一盒金德对丝拿给我。

多钱?

八块。

便宜点?

都这价。我看男人的态度,根本没有回旋的余地。只好付钱进货。

我把两样东西一掂量,怎么就比一斗麦子还值钱?

下午三点,小姚来电话,活干完了。

我上楼,屋里屋外看看。验收完毕,付清工钱。

姚很高兴,答应回头来做水电的后期安装。

8月19日

上午去大雁塔,跟小谈核实了台面的面积与

价钱。

下午打一通电话,要了水泥和沙子。

难得的半日闲。

8月20日

早上八点许,送水泥、沙子的师傅来电话,说就到了。

没想到这么快。

我到楼下,见有人从车上卸货。旁边一个女人坐在沙包上。一问,是王师傅。

于是我上楼,找到一根粉笔,准备在屋墙画正字,记下沙子和水泥的袋数。这时,一个男人抱一袋沙子进来。从他下腰的程度,沉沉的脚步声,似能感到那袋沙子的重量。我赶紧指示倒沙的位置,使他暂时得以解脱。干活的两个男人,一人进,一人出。出出进进。一会儿工夫,几个房子堆满了。

然后是水泥。

这时,王师傅进来。坐下说话。我问王师傅哪里人,回说丹凤人。

那你跟贾平凹老师是同乡。我说。

是。王师傅有些激动。话匣子开了。说她念初一时,在老家听过贾老师的报告。说那时候贾老师,小平头,没这么有名气。

丹凤厉害啊。不是出名人，就是出能人。我说。

哪呀！咱是下苦人。不能比。

有啥不能比？一样靠气力吃饭。

说得入巷，王师傅把她儿子的短信念给我听。问我，儿子不做保安了做啥好。我哪里知道呢，就说，只要孩子喜欢，做啥都行。

像你这样正正经经做生意。不是挺好嘛？

是。我做生意不愧人。

水泥上完了，王师傅招呼工人把一堆垃圾顺带下去。

我给王师傅结账。三方沙子，二百二十五。二十三袋水泥，三百九。总共六百一十五。

王收下钱款，说，今儿高兴，我请他们喝啤酒。

下午，艳子来。饭后，同去万邦书店。买了巴别尔的《骑兵军》，还有一本久寻未得的——《沉沦的圣殿》。

傍晚，朱兄发来一诗。有"不觉归期近，真意才得尝"句。晚七点，来短信。说他于草丛中遇见花蛇一条，结果是各行敬爱，人虫两安。临睡前，又得其转发刘炜评七绝四首。遂回四句道：

茶乡水碧山色匀，助君妙笔著诗文。

为有刘郎情意切，四七二八殷且勤。

朱复：四七二八句，甚妙。

8月21日

上午，小谈说送过门石来。我翻一本闲书，坐屋里等。

许久，等来谈的电话，说，下午来。

遂去家世界。退了二十个卡子、一个桥弯、一个三通。买了两个插座、两副浴杆和浴帘。花了两百多。

下午四点许，过门石送过来。颜色有点不对。

小谈说，没问题。是我看得不对。店里灯光下，总有误差。

我想想，也对。便不说什么。

8月23日

天阴。九点许，吊顶的料来了。不巧的是，一部电梯停止服务。另一部电梯挤满了人。送货的师傅把所有东西——两三包塑钢壁板、四捆木龙骨、阴角条等——扛上五楼。付了三十五块搬运费。

料备好。明天干活。

8月24日

上午,吊顶与铺石材的师傅都来了。

起初,我还怕一个人照顾不周。谁知吊顶的雷师傅看了看情况,说,最好把卫生间与厨房墙壁的瓷砖补贴好再吊,否则很难看。于是,照他说的办。这样,今天要做的就是铺石材了。

十点钟,不见小谈那边的动静。电话问了,说人在路上。一会儿,小阚来电话——小阚是小谈的丈夫——说,十一点到。十一点,又来电话,说,十二点。我正准备去吃午饭,车来了。

小阚说,因为拆迁,老头、老太太堵路,绕了一大圈。

料搬上楼,小阚跟一个师傅,不喘气,不喝水,一口气把活做完。时间已经六点许了。

8月25日

早九点,见过小宁介绍的瓦工。看了活计,讲好价钱。

明天开工。

8月26日

上午八点,杜师傅来做活。

说话间,知道师傅是江苏人,心里莫名踏实了许多。

九点许,朱鸿兄来诗一首。午间,又一首。后两句:

武陵忍下两行泪,明德尽吐一腔情。

我复两句:

王裴诗酒频唱和,从来长安古意多。

中午,去娟莉家吃面。

下午三点许,师傅已经铺完阳台与主卧。与杜说话间,忽地雷鸣风起,黑云压城,暮雨欲来。

8月27日

一早,车上得一电话。楼上同事说有几袋多余的沙料给我。于是,叫工人从二十一楼把一袋沙子、半袋水泥搬下来。

中午去交大,与小宁吃饭。

后到北大明宫,买了十包劈开砖。货车到校门口而不得入。门卫让走东门。我说这个门更方便些。门卫说,这是规定。没办法。遂令司机进东门。

交了三元进门费。

钱不算多。但装修期间,买料、入货。这进进出出,可不是一次、两次。

但到哪去讲道理!

8月28日

九点许,杜师傅让买一包贴砖用的卡子。

楼下没有。去大雁塔市场。十块买了一包。说是一百个。

杜师傅又说,再买一桶810胶与刷墙用的磙子。

我晕了。

刚才就在市场啊。我说。

楼下就有。杜笑说。

下楼没有买到。又跑一趟大雁塔。

午饭在王老师家。有肉。有酒。

饭后,王老师让我看他新写的一篇文章。李阿姨笑着说,现在王老师的文章都得你改。我说,哪敢呢?

阿姨把他们此前装修没用的磙子送我。

我只花十块钱买了一桶胶。

买胶时,我问售货姑娘,要一桶810胶。姑娘反问，108吧？我说，师傅说是810呀。姑娘说，810，108，胡乱叫。一个东西。

我苦笑不得。

回去把一桶108交给杜师傅。

杜说，是这个。

8月30日

一早大雨。

杜师傅的墙砖铺完了。一个女人抹缝子。不知是谁。也不问。

下午。小宁来。啪，啪，啪，七八块砖用粉笔勾出来。像老师在作业本上画叉叉。

水泥抹抹，就好。杜说。

那就抹抹吧。我说。

小宁不语。

杜师傅和女人出门。雨很大。

8月31日

十点许。大雨如故。

杜师傅的活完了。结了工钱。送他出门。

小宁精心设计的装饰墙，让杜干砸了。

大家心里不悦。

9月1日

去小寨万邦书城,买一本北岛的《失败之书》。又到中国银行,取了两千块钱。

下午,陪王老师去北郊市图书馆讲苏轼的词。王老师演讲很投入。动情处,常常扬眉撩发,声落屋瓦,引人入胜。

讲座结束,他被老老少少的听众簇拥着,多时不能脱身。

9月2日

上午,和小莉去家世界买灯具、晾衣架和吊顶用材。

买灯时,看好一个品牌,价位也合适。没想到,选择款式时,我说要圆的,她说要方的,意见分歧。后来竟至一言不合,情绪大坏。真是乘兴而来,败兴而归。

一宿无语。

9月3日

上午,古代文论课。

课后,与雷师傅说好,明天吊顶。

午饭在他大妈家。贝贝要上大学了。想着和雒莉带她去省博围墙外数旗子才几天的事。真是有苗不愁长。

9月4日

七点半，乘401路中巴，赶到新房。雨渐大。雷声自远而近。等雷师傅。

坐窗边，在手机上，敲几句诗：

天怨雷声响，地恸雨沧沧。
唯觉中心悲，不知长恨谁？

九点许，雷师傅进屋。卸下雨具，二话不说，开始工作。

雷干瘦而黑。整料，做活。雷厉风行。干净利落。射钉枪啪啪啪地响。卫生间，吊打木龙骨。

下午五点，两个卫生间的工程完成了一大半。

厨房的料不够。雷说，尽快补上。明天家里有点事儿，后天再做。

送雷下楼。雨住天晴。云霞当空。

9月5日

上午补料。三捆龙骨、平板木线等，一百三十元。

下午。去三森看门及衣柜。时间仓促，没定

下来。

贝贝明天上大学。去万邦书店。买了汪曾祺散文等几本书送她。

晚上吃葡萄，肚子坏了。浑身乏力。

9月6日

晨起。看《失败之书》。

北岛与美国诗人金斯堡，一个内敛，一个张扬。

十点许，到新房。两个卫生间顶已吊完了。雷师傅正搭厨房的龙骨架。

为了整体效果好看，必须把烟道升高。雷说。

就要事先把烟管放到吊板上面。雷又说。

于是，我给德意公司打电话。

于是，我乘车到信号厂家属院德意公司销售部，把烟管取回来。

午饭后，到院办公室休息。雷师傅来电话，说，要补四张塑钢板。又去大雁塔市场。六十五块钱，买了四张塑钢板。

心想，这下没问题了吧？

谁知，师傅又说，上次买的桑拿板有问题。

刚巧，小莉从学校赶过来。于是，一同去西郊家世界。调换桑拿板。

上了K606。女售票员见我抱一捆木板，言语颇不爽快。我说，606不是文明线路吗？女售票员似乎意识到了什么，回头对我说，对不起，她刚才声音大了些。见姑娘面有难色，我笑说，没关系。

忙了一天。晚上，小莉做酸汤挂面。吃了两碗。有点撑。

9月7日

七点钟，闹铃响。硬是没起来。

八点半到新房，工人已经做工了。

雷师傅给我介绍跟他搭班干活的纪师傅。

纪白而瘦。年纪轻。让我称他小纪。

雷和纪不作声，两人各干各活。偶尔沟通一下。

一会儿，接系主任电话。说贾院长的母亲去世了。我径直到院办，交了百元份子钱。顺便把两份教学日历交给教学秘书。

忙完这边的事儿。回到新房，活已接近尾声。我各处看看，无大问题。两位师傅收拾东西，我付过工钱。送他们下楼。

两点许回家。饭后，倒头就睡。

一觉醒来。忽然想到个问题——纪师傅做桑拿板门墙时，好像电话线头没有甩出来。

打电话一问。果然，纪师傅说，他给忘了。

9月8日

九点许,小孙来刷墙。今天先铲墙皮。

铲墙皮前先喷水。水喷在墙上,墙皮像豆腐一样。一蹭,唰一片,唰一片,落在地上。

小孙瘦又小。

小孙说,他说他是山东人,人家不信。

我说我也不信。

都说山东大汉。你又瘦又小。

小孙干活很麻利。

小孙说,他跟小蒋五年了。

蒋为国。小将涂装的老板。年轻有为。

交代了一下,我走了。留小孙继续铲墙皮。

午饭后,小憩一会儿。

下午,纪师傅赶来,在桑拿板墙上开孔,把一根电话线甩出来。前后不到二十分钟。因为忙乱出错,多跑一趟路,多赔笑脸,多说许多抱歉话。

9月9日

小孙把刷墙的泥子粉卸在楼前。几十袋。一大堆。

小孙让我借辆车子。

我说,试试看。

看到45号楼前有辆车子。给个工人模样的人打声招呼，竟然答应了。

车子来了。孙装了满满一车，推到电梯口。再有一车就完了。

小孙刚装两袋上去。看门的瘦老头怒目斥责，过来就夺车子。

车子是我借的。我说。

借什么借！老头像一块干硬的木头，每一根纤维都风化成刺。

完了我就还回去。我尽量言语和缓，避其锋芒。

还什么还！一把木刺直刺过来。

老木头不由分说地把车子抢去，停放在一堆破砖烂瓦旁。

老木头胜利了。他蹲在地上，怒气未消，看守着那辆空车。

我帮不了小孙。看着他把剩下的几十个袋一袋一袋提进去。

中午，把新买的汪曾祺的书给贝贝送去。贝贝翻看书的扉页上我写的赠语。很高兴的样子。

小王盛情地用一大碗卤面招待我。

下午，跟小莉去三森。订了林得源木门。这是一家本土小企业的产品。实木，烤漆。价格能接受。心里一下子轻松了。

晚上，小宁来电话。请看戏。白先勇的青春版《牡丹亭》。心中大喜。

9月10日

早上，走进教室，一个女生送把鲜花，祝我节日快乐。

哦，今天教师节。

我谢谢同学们。开玩笑说，希望以后没有教师节、妇女节和儿童节。希望天天都是快乐节。

教室里笑声一片。

午饭后，接一个电话。伊特莱的。来量衣柜的尺寸。

赶紧上楼。见小孙还在抹墙。

伊特莱的小伙子很精干。一根烟工夫就量完了。

小孙开始给书房东墙批泥子。一刀一刀。很细腻。

我把学生送的苹果送给小孙。雪青色的纸花留下。还有学生写在小纸片上的话。

9月11日

中午回家。下碗挂面。刚挑起一筷子。王老师电话。说阿姨病了。

撂下饭碗,就往翠华路家属院赶。到楼口,见王老师扶着阿姨下来。小外孙女顺顺跟在后边。

郭匡燮老师也开车来了。

有郭老师开车,方便多了。

王老师陪阿姨先去检查。我带着顺顺与郭老师等在外边。

我陪阿姨去CT室看片。王老师带顺顺与郭老师等在外边。

阿姨说,我不是怕死,是怕疼。

我说,咱死都不怕,还怕疼?

CT片子等了半个小时才出来。报告单说,肺部有个不大的阴影。

呼吸科的大夫说,说不准是啥,要做进一步检查。

阿姨更紧张。紧张得话语多起来。

我说,不紧张。不会有事的。

我怎么知道有事没事呢?只是不希望有。也觉得不该有。

下午四点多。又赶到四医大。

我和王老师去找阿姨的一个学生。现在都是教授了。不巧得很，人不在。

王老师在电话里把情况说了说。那边说，问题不那么严重。

有了这个答复，大家一下子轻松了许多。阿姨的神情也安稳了些。

回家路上，和郭老师尽量说些与病无关的轻松话题。

9月12日

上午两节文论课。

课后，到房里看工人干活。小孙在批最后一道泥子。

和孙寒暄几句。去行政楼地下室指挥部办理天然气开通事宜。

下午，到三森看博古架。没有满意的。

找人设计。也略无新意。

后来静心一想，家里又没什么古董、玩件，何必要博古架？花钱做格断，纯属劳民伤财。置一盆花木靠墙，不仅将客厅与餐厅分开，而且有绿意，有生气。

就这么定了。省钱，又省事。

晚上，小宁给了几张《牡丹亭》的票。

9月13日

一早,接校物业办电话。打空调孔的事。叫去物业一趟。

一位刘姓师傅。态度极和悦。说,按照要求,私自打孔,要求整改。于是,让填写一份整改通知单。

整改就整改吧。刘师傅说了,好几家都被通知整改。

嗨。脑子一热,干的蠢事。

午饭时,还在埋怨自己。

下午等雷师傅。未果。等来小宁来电话,说,记得明晚看戏啊!

怎么能忘呢?!

一直等着呢。

白先勇指导的青春版《牡丹亭》近来声名大作。这次是以高雅文化进校园的名义在交大演出。

和小宁说了些戏文的事儿。心中的不快一扫空。

9月14日

上午,叫小孙把几个孔洞堵塞了。

汇丰的小桑来复尺寸。

中午十二点,跟小莉去大雁塔市场退货。路遇木工雷师傅。小莉与他折回,修理门铃线。我去退余料。

午饭在学校附近一家小餐馆。一人一碗腊汁肉面。饭后,小莉与俩闺密去商场购物。

我在系办小憩一会儿。五点许,直接到交大见小宁。

傍晚时分,小莉与俩好友过来。大家一起到交大宪梓堂,找到位子,按号入座。偌大的礼堂,看客满盈。男男女女,老老少少,脸上洋溢着欢快与喜悦。

小宁的一个女弟子坐在我们旁边。拿一册剧本介绍材料,随手翻阅。我瞥了一眼,竟有唱词的英译。小宁会心一笑,对学生说:

不用看这个,问吕老师。他是专家。

学生说,唱词看不懂!英译还明白些。我说,译的只是大意。味道少很多。还是要读原文。多读几遍。

学生频点头。

忽而,灯光暗,锣鼓起。大戏开演。

满场姹紫嫣红,一夜精彩绝伦。

演出结束,演员谢幕。掌声雷动,观众久不散去。

好在这是头一场。还有明晚、明明晚。

9月15日

上午去三森。把储藏间的柜子、鞋柜订了。三千八百多。又看了看沙发与方桌。不知不觉就下午一点多了。饭还没有吃。下午粘石膏线的时间肯定不够。晚上还有戏。不能耽搁。

便饭后，去王老师家。聊昨晚的戏文。聊白先勇的小说。

五点许，小莉电话。李敏开车，带我们到交大。

不一会儿，王筠、武越、东立、娟莉都到了。

小宁带大伙入场。

刚坐下，小宁的学生过来。送我一册剧本介绍材料。

才翻了几页，灯光便暗下去，锣鼓声起。好戏开始。

《牡丹亭》戏文，读大学时，学过几折。教书后，给学生讲过几折。但看戏与读剧本很不一样。戏台上，那种直观，那种情境，极富代入感。尤其是这个青春版的戏，演员的扮相、唱腔，与舞美设计，给人强烈的视听震撼。加上昆曲独特的水磨腔。沈丰英、俞玖林的精彩表演。是多年未有的观剧经验。美美的享受。

回家路上，睡觉前，还兴奋，还说戏。

9月16日

上午，去大雁塔市场。两家做石膏线的。说好了一家。等不到工人。于是,加点钱,请另一家工人做。

下午,不到两点钟,客厅与餐厅,全部做完了。

打扫了一下卫生。看看已经五点许。安排好儿子,跟小莉约东立、娟莉,去交大看戏。

最后一场了。

先到小宁办公室。看他的书法:

婉转婀娜万情种,只为魂梦付三生。
丰英曲演入神处,楚楚丽娘出戏中。

小宁的字,洒脱,有味。大家商定,演出结束,一定送沈"丽娘"。

戏开始了。我和小宁坐在前排乐队的后面。因为是最后一场,都目不转睛,格外专注。看到动情处,不知不觉,几滴泪下。我假意举手整理头发,顺手抹之。扭头瞥一眼小宁,见他也眼有泪光。心想,这个平时嘻嘻哈哈的家伙!

三个小时,九场戏。结束了。

演职人员,一一登台谢幕。

观众报以热烈掌声。经久不息。

散场后,我们到后台,见到昆剧院的蔡院长。送上小宁书写的条幅,还念诗给蔡听。蔡满脸笑意,表示感谢。有人嚷嚷着想见沈。蔡指着池边卸装的女子说,她就是。大家也就远远地看了一眼。

9月17日
上午。两节古文论课。讲孟子。
去新房。小孙上第三遍泥子。
下午睡觉。梦及丽娘并春香。
觉醒,得小宁短信,说,心里空落落的。
晚饭时,与小莉闲话。及此,她笑说,都病了!

9月18日
上午,桌前读书。忽闻警报声。凡三起。
今天"九一八"。
读汪曾祺《晚翠文谈新编》之评阿城及阿索林文。
读《论语》之《阳货》章。子曰:"饱食终日,无所用心,难矣哉!不有博弈者乎?为之,犹贤乎已。"
人不能无所事事。
想孔子说这话,必是终日见些无所事事人,心里慌。

9月19日

上午两节课。讲庄子。

小孙第三遍泥子完。

午饭做好了。小莉又说不回来。只好自作自受。

下午三点去学校开会。院长讲话。无非是课题、科研、论文、核心刊物那一套。

晚上。看电视片——《昆曲六百年》。

9月20日

上午无事。

下午。和小莉去新房。德意的消毒柜、灶具、水槽到了。烟机没货。说是得等一阵。吃一堑,长记性。付款时,少给他两千块。货到清账。

明天要装橱柜,把厨房齐齐擦洗一遍。

好多了。小莉醒来说。

这几天真是累,爬在凳上,她就睡了。

六点半。与儿子一起乘车至小寨。匆忙吃了点东西,七点十分。他去附近的补习班上课。

我和小莉先到万邦书店转转。也不买书。就是等时间。

从书店出来。坐在国贸大厦台阶上,吹吹风,看闪烁的霓虹灯,来来往往的人。

九点刚过,见儿子跟一个男生说笑着过来。我问是谁,说是小学同学。

打的回家。刚好赶上了看《昆曲六百年》第二集——《迤逦之声起江南》。

昆曲,源于苏州昆山市的昆山腔。明时,经魏良辅改造,水磨调成为唱腔正宗。影响始大。魏被誉为曲圣。

9月21日

晨起。给小桑电话,问橱柜的事。

说昨天我电话不通,没安排工人。明天。

谎话。明天就明天吧。

宋雯说来。小莉叫收拾屋子。

又说不来了。一位女同事车祸遇难。这年月,车祸猛于虎啊!

学生吴莹来。快毕业了。跟我说考研的事。

下午,去附中开家长会。从四点半开到八点。校长讲了主任讲,大会讲了小会讲。都说是课改。名义上减负,其实教学任务愈加地重,学生负担不断增大。教数学的杨老师说,过去学生学五本书,现在是十本。

回家九点许。看《昆曲六百年》第三集——《不朽传奇》。说汤显祖《牡丹亭》。汤在五十岁时,辞官写戏。借杜丽娘之口，鼓吹爱情，激荡生命。有意思的是，与他同时代的英人莎士比亚也写出同主题的爱情剧《罗密欧与朱丽叶》。更有意思的是，东、西方的两位大剧作家，都死于1616年。

9月22日
上午装橱柜。

中午去友好阁吃饭。几个大学同学商量国庆聚会的事。

下午，跟小莉去二十所，给咸阳奶奶过生日。

9月23日
上午课后，回家。写文章。还顺。

下午去大明宫看家具。给儿子订了多喜爱的床、书桌与衣柜。蓝白两色，款式简洁，做工精致。六千多。不算太贵。

10月17日
上午，古文论课。

下午四点半。文明校园评比动员会。动员男人刮胡子。

会后，办公室小谌电话。说有我的杂志。

到办公室取杂志。是一册《延河》。发了那组写新疆的诗。翻开看,无感觉。

10月18日
九点到学校。去娟莉家拿了一捆旧报纸。
小孙用报纸糊窗户。
孙说,《华商报》糊这个最好。大,结实。
又说上次他来,门没上锁。他一插钥匙,门开了。
怎么可能?我说,每次我走,都把门拉上,再推一下。

我去上课。小孙把报纸一张张展开,糊窗户。
十点许,韩老师来短信,说《水泥报》向我约稿。
水泥报?有意思。我想,难不成还有钢铁报、木材报?
中午。四两饺子。小憩半点钟。
下午。东校区两节大学语文课。黑压压一片。正眼听讲的没几个。
约好明天上午装衣柜。
晚上,陪儿子吃肯德基。看他吃得香的,似乎忘了待会儿要上补习班的课。

10月19日

上午九点,装柜子的工人来了。

半天房门打不开。急人。

试了几次,终于开了。得用巧劲,不能使蛮力。

俩人分头工作。我一打问。有经验的"老"工人,才二十几岁。年轻的,二十不到。

两个人埋头干活,很少言语。

一会儿工夫,柜子的样子出来了。

再一会儿,柜子靠墙立起来。

等我和小莉吃饭回来。另一个柜子也立起来了。

接着,是鞋柜。在门口。有半人高。

俩工人手脚麻利,活干得不错。小莉满意。我也满意。

签字。付账。工人收工。我送他们下楼。

一个收破烂的女人来,把一屋子的纸盒子整整,全部拿走。还给了二十五块零零碎碎的钞票。

六点钟. 儿子放学,过来看看。然后一起用餐。送他去补课。

晚九点回家。打开电视,《昆曲六百年》播完了。换几个台,没什么好看的。看看书。洗了,睡。

2007年10月

2021年7月修订

苍蝇与上帝之手

天阴得重,有风。

不想看车上人的脸,扭过头,看见一只苍蝇。

不大不小的苍蝇,伏在窗玻璃上。

苍蝇抬起后脚,整理翅翼。窈窕的身体,优雅的姿态,让我想起一位女舞蹈家。

苍蝇不是舞蹈家。不会觉得自己的窈窕与优雅。它开始往上爬。行行停停。到了玻璃上端,抬头看见摇晃的树枝,以为到了出口。刚一抬脚,叽里咕噜,滚下来。

苍蝇翻过身子,抬起后脚,整理整理翅翼,继续往上爬。行行停停。到了玻璃的上端,抬头看见摇晃的树枝,以为到了出口。一抬脚,叽里咕噜,又滚下来。

苍蝇似乎没有放弃的意思。它翻过身子,抬起后脚,整了整翅翼,继续往上爬。

看着这个小小的生灵,薄薄的翅翼,匀称的身材,忽然想起古希腊的一个传说。

苍蝇本是一个曼妙的女子,名字叫默雅。默雅迷住了月亮女神的情人。女神气坏了,施展魔法,把她变成苍蝇,人见人厌。

想到这儿,我有些感动,就把窗子打开一道缝儿来。

或许是苍蝇感觉到风,边往上爬,边朝这边挪着身子。到了玻璃的上端,抬头看见摇晃的树枝,以为到了出口。一抬脚,叽里咕噜,又跌了下来。

苍蝇的力气差不多耗尽了,翻转身子都有些困难。但是它没有要放弃的意思,继续往上爬。我不明白它为什么那么执着又那么愚蠢,其实只需朝着这边挪挪身子就可以了。我也没法让它明白。

苍蝇还是往上爬。行行停停,到了玻璃的上端,抬头看见摇晃的树枝,停下来。我真想喊它一嗓子。可是苍蝇哪里懂啊?苍蝇有没有脑子?也许没有,也许有吧。

不知道苍蝇是动了脑子还是感觉到风,它振振翅翼,飞走了。

我长长地出了一口气,又吸一口。
天阴得很重,有风。我把窗子关上。

课堂上,我问,什么是上帝之手?这就是。
学生笑了。

墙东与墙西

课后,一个人在校园里转。转到一个废弃的大厂房前,立住。

厂房里空荡荡的,一缕阳光从破损的窗沿斜下来,停在一堆垃圾上。

高大的门楣,依稀可见斗大的标语——工业学大庆。猩红色的。于是想象当年的情景,机器轰鸣,人声鼎沸。

几十年前,家父在一墙之隔的构件公司上班。过去叫厂不叫公司。

白天,大人们抓革命或者促生产去了,小孩子们就在一起玩耍。小伙伴中,有个叫四念的,印象很深。她妈妈喊他的名字,拖很长很长的后音,把四念喊成四眼儿。我们就跟着喊他四眼儿。四念戴一副眼镜，也就是四眼儿。有一次，大家玩飞片。薄而锋锐的废钢片扎在四眼儿的脸上，大家吓坏了，一哄而散。从此我再也没见过四眼儿。

没有小朋友玩时，我就一个人坐在沙石堆上，扔石子。有时抬头看看天。我常看见银色的飞机在天上，一动不动，像是停在那里。我想，飞机怎么停在天上呢？想不明白，也不问，改天还看，看了还想，飞机怎么停在天上呢？想不明白，就不想了，依旧把手里的石子扔下去，打先前扔下去的那个。

厂子里的沙石堆又多又高，最高的差不多有墙那么高。站在上面，看得见墙那边的汽车、瓦房，还有人。房子是不动的，有人从房里出来，有人进去。一辆汽车发动起来，绕过房子，不见了。

看着看着，电线杆上的高音喇叭响了。钢琴伴奏《红灯记》。我从沙堆上下来，拍拍身上的土，回家吃饭去了。

现在，我站在曾经望过的墙的这边。热闹的厂子倒闭了，成了寂静的校园。想起一句老话来，三十年河东，三十年河西。

是啊。几十年过去，我到家父求学过的大学教书，也就是从墙东到了墙西。

2005年12月26日

世上曾有朱林多

一

中秋一过，天就凉了。心里洞然若失。想起林多来。

去年这个时候，林多还在。她笑着，走着。做着一个少女的梦。她不知道自己已身在绝境，生命快要到了头。

她依然那么走着，笑着。做着女孩子都做的梦。

为什么不呢？

如花的少女。生命才刚刚绽放。

朱林多，在这个世上二十年。留给我们太多美好的记忆，和永久无言的伤痛。

二

多年前的一天,大约秋学要开了。小王见我说,给贝换个名儿吧,她升中学了。

贝贝学名朱彤。在学校,孩子们淘气,喊她"猪头"。这事儿,我听贝贝说过。现在儿子他大妈又郑重提起,我也就认真想了想,说,叫林多吧!树林的林,多少的多。

林——多——。小王从心里念出声来。

对。我说,一林两木,一多两夕,一左一右,一上一下。好写,好看,也好认。

于是,朱彤变了朱林多。

名字一变,好像人也跟着变。林多一下子出落成白净、文气的大姑娘了。

林多很喜欢她的新名字。初中到高中,高中到大学,一直用。原先我想,林多这个名字会长长久久陪着她。陪她毕业、工作,陪她恋爱、结婚,陪她生孩子、做母亲。

……

谁知这一切,突然落空了。

林多走了。离开我们,永不会回来。

二十岁。一朵花。砰然坠落在秋风里!

三

我给林多画过一幅画。那是我创作的唯一的一幅钢笔画。

二十年前的一个傍晚,隔壁小王把她不到半岁的女儿抱过来,让我们照看。那时,我和妻子结婚不久,闲来无事,看见襁褓中的婴儿,喜欢得不得了。就哄着孩子玩。不一会儿,孩子累了,睡了。妻子小心翼翼地把小家伙放进被窝里。看着孩子可爱的模样,我不禁心动,拿了纸和笔,把她熟睡的样子画下来。题上一行字:贝贝在休息。(日期。署名。加朱印。)

我把画拿给妻子看。妻子说,像。嘴角那颗痣,特别像!

这幅画我一直存着。心想,等贝长大了,给她看。又想,等贝出嫁时,装裱起来,当礼物送给她。

谁知道,这个时日没来。林多却走了。

四

妻子怀孕了。

我说，女儿吧？

妻子说，女儿吧。

一天，我从医院回来。去小王家说话。两岁半的贝贝坐在床头，见我就问，二爸，二妈生了没？我笑了，说，还没呢。

后来妻子生了个儿子。她说，贝贝。串串。一儿一女，多好！

我说，一儿一女，好啊！

这个女儿是我们认下的。

儿子走路了，我带着他和姐姐出门。人见了问，都是你的？我说，是。其时，心里的喜悦满满的。

贝贝是个有心的孩子。一天，我坐在院里看书。不知什么时候，她站到我身后，说，二爸，你有白头发。我说，哦。于是，贝贝用小手轻轻拨弄我的头发，屏住呼吸，猛地用力，一根白发如丝横在我掌心上。

贝贝常给我拔头发。引得弟弟也来凑热闹。有时俩人比赛，看谁拔得快，拔得准。

贝贝大串串两岁。俩人都上学了。放学后,我常带他们上公园,下饭馆。

一天中午,我带姐弟俩在一家餐馆吃饭。外面下着大雨,俩人说笑斗嘴,不亦乐乎。后来,我作了首小诗——《在丁丁小面屋》:

一碟菜
刚刚摆上桌
贝贝说
我要上厕所

是不是雨下到身体里
你就想尿
串串在一旁
诡秘地笑

……

五

林多上大学,我买了几本书送她。林多学的是英文,但她的中文很好。

至今我还记得，林多念中学时，一天，小王拿女儿的作文本给我看。林多的一首诗作。大意说，雪是一种玩具，北方孩子的玩具，南方的孩子没见过。诗写得很好。文字的敏感与想象力带给我无比的喜悦。但我看了老师的朱批，很失望。那个老师不懂诗。

我一直遗憾没把林多的诗句留下来。

也许，那是她唯一的诗了。

六

贝贝和串串自小一起长大。亲如姐弟。俩人不见面就想，见了面就闹。自然总是弟弟"欺负"姐姐。可是欺负归欺负，要是别人说姐姐个"不"字，他绝对不依。

一次，奶奶逗串串，说贝贝不漂亮。串儿当真起来，说，姐姐是世界上最漂亮的！立时就声泪俱下。

20世纪八九十年代，我们和小王家住在一间大平房里，足有六七年。又在一个院子里，有两三年。孩子们天天一起玩耍。

后来两家住开了，不常见面。弟弟时常念叨姐姐。姐姐也想弟弟。到了节假日，一有机会，两家总要聚聚。姐弟俩凑到一起，叽叽咕咕，有说不完的话。

再后来,我们住到明德门,小王家搬至李家村,七八年间,两家人时常走动。

2007年年底,我们又要搬家。大雪天的,我收拾好东西,出门时,抬头一看,门背后,不知道什么时候,儿子用彩色吸片拼了大大的"林多"两个字。

七

林多出事后,我们很难过,也很矛盾。不知道该不该把这事儿告诉儿子,如何告诉他?

后来我们做了一个至今不知是对是错的决定——瞒着他。

他要高考。

林多在医院抢救。

打仗似的。

那几天,我上完课就去医院。很多人守在医院狭窄的过道里。一面希望能有好消息,一面见人人脸上写着坏心情。

其时儿子复课也紧,回家就要吃饭。要做作业。好在医院离家不远,我和雏莉总能对付。一次,儿子问,最近为什么这么忙?

我说,学校有事儿。那时起,学校里的事儿真的越来越多。

又一次,他问,你俩很忙?

妈妈说,来了个老同学。

在医院,看着女儿的情况一天天不妙,心里难受。回到家,还要装作没事一样,面对儿子。真叫人不知如何是好?

八

女儿还是走了。

十月二十九日。星期四。

好像谁说过,星期四是黑色的。

但是没有。这一天,太阳照常升起,街市熙熙攘攘,人来车往,跟往常一样。

然而,世界究竟变了。

走在路上,我感觉秋阳如何灿烂也照不亮我心里的黑暗,对面熟识的形容如何生动皆与自身起了隔膜。

第二天傍晚,我们几人在李家村附近一家店里准备女儿的后事。忽然间,雷声炸响,狂风怒起,枯叶纷飞,大雨如注。感觉天地都要倾塌、坼裂了。

我活到四十多岁,如此景象,从未经过。难道这真是天意?

难道这不是天意!

九

送走女儿的那个午后,我和雏莉回家,见儿子脸色阴沉。

妈妈问,考得不好?

不是,儿子答。没有多余的话。

不一会儿,有吉他声从儿子房间传过来。一阵阵,低沉而哀婉。

儿子许久不弹吉他了。

几年前,一个学生大学毕业,把他的吉他留给我。儿子一时兴起,自己摸索着弹了一阵儿,竟能像模像样地弹出个调儿来。后来功课一紧,吉他又孤零零地靠在墙角,布满灰尘。

吉他声停下来。

我过儿子的房间,看到东边的阳台上,一本杂志翻开着。儿子刚刚弹过的曲子,歌词是:

> 黑黑的天空低垂,亮亮的繁星相随。虫儿飞,虫儿飞,你在思念谁?
> 天上的星星流泪,地上的玫瑰枯萎。冷

风吹，冷风吹，只要有你陪。

　　虫儿飞，花儿睡，一双又一对才美。不怕天黑，只怕心碎……

儿子午睡起来，坐到沙发上。跟我们说话。

他说，他做了一个梦。一个有逻辑的梦。

他梦到贝贝姐姐、爸爸、妈妈，还有他自己。在一架飞机上。飞机突然起火，他把爸爸、妈妈拽住。然后就醒了。

他没提到贝贝。我们也没敢问。我们怕他说贝贝，就把话题岔开了。

儿子上学走了。我们呆坐着。

莫非他预感到了什么？

莫非真有心灵感应？

也许吧。

也许。

我和妻子。呆坐着。有一句没一句。像是对话。又像是自说自话。

十

十一月的头一天。大雪突降。

许多树枝压断了。

我和雏莉从一棵雪松下过。有孩子打雪仗。

想起林多的诗,雪是一种玩具。

可是,林多不能玩了!永远不玩了。

十一

我做了个梦。

梦到林多。她小时候的样子。大平房。五六岁。

——贝贝跑来要我的手机,给她妈妈打电话。说着说着,我们站的地方变了样儿。前面是一座冰山。巨大的冰山垮塌了。冰水汹涌而下。

——贝贝还在那里说话,好像没看见这一切。我大声喊她。她听不见。我想跑前一步拽她。我的腿脚很重,动不了。我一急,醒了。

窗外,月清光冷,像是梦中融化的冰水。

一天,雏莉告诉我,女儿给她托梦了。

梦里,贝贝回来看大家,还是从前的模样。

——贝贝劝妈妈不要哭。雏莉说,小王不住地抽泣。

——贝贝说,你再哭,我就不回来了。贝贝朝她走来。白皙的脸,乌黑的长发。还穿那件银灰色风衣。

——贝贝搂住她，贴着耳朵说，二妈，下辈子，我给你当女儿。

一次，小王来。我把我的梦说给她听。
雏莉也说她的梦。
小王说，你们都梦到贝贝。我怎么没有！
我们劝她要好好休息。睡着了，女儿才好托梦。
可是谁都知道失去女儿的母亲如何能睡得着呢？

十二

有一阵子，我的情绪非常低落。朋友说，出去转转吧。

于是，我们爬山。

我们常一起爬山。

十几年了，秦岭北坡的几十个峪口，差不多跑遍了。每次爬山，大家都有说有笑，开心得很。可是那一次，我的心怎么也开不了。走着走着，就掉队了。

我看远处的山峦、草木。看一看，就现出林多的样子来。

她笑。她喊我。

她朝我走来。忽地又消失了。

我知道那是我的幻觉。

我眼前没有林多。只有坚硬的石头，呆立的树木，和冰冷的水流。

一次，给学生上课。看着教室里的女生。我说，点一下名吧。

听着女学生一个接一个答"到"的声音，总觉得林多也在其中。

是啊，世上曾有朱林多！

十三

我的书架上有两样东西。一幅卷轴《清明上河图》，一盒云南滇红。

画是复制品，是我多年前花五十块钱在路边购得的。茶是正品，是林多从云南旅游带回来的。

这幅图，林多曾经展开看过。五米长的画轴，她和弟弟蹲在地上，仔仔细细地辨认，扳着指头，把画上的人物马牛舟车树木桥梁一五一十地数过去。

这盒茶，我还没来得及品尝。我再也不忍打开它。

我把这幅画与这盒茶放在一起。书读累了，字敲烦了，就拿画来看看，拿茶来闻闻，仿佛是和古人在一起,仿佛是和女儿在一起。

十四

林多去云南旅游,是大二的暑假。

一次,小王悄悄告我,贝贝好像恋爱了。

我说,恋爱好啊!这么乖的女儿,没人恋爱才怪了!

林多病时,一个男生从早到晚片刻不离地守在床前。我想,病中的女儿,此时此刻有人疼着、爱着,是不幸中的幸,是灾祸中的福。

可惜林多不能知道这一切。

也许她知道这一切。

十五

去年秋学刚开,有学生送来一把紫罗兰。

紫罗兰树在瓶子里。紫色的花把屋墙映得白亮白亮。

第二天林多来。我们吃饭,说话,又拍照。

林多和紫罗兰拍了许多照。

女儿与花,两相映照,艳美无比。

送别林多时,我到花店买花。看见紫罗兰,要了一大把。

我想起那一把紫罗兰。想起林多和它们照相的情形。

现在,那些花在哪儿?林多在哪儿?

我把紫罗兰和林多的照片放在一起。

女儿在照片里笑。紫罗兰看着很悲伤。

十六

现在我们和小朱、小王很少见面。也很少通话。

不是不想见面,不是不想说话。

说什么呢?怎么说呢?

忙完手头的事,闲下来,我会想小朱。

我想,一个四十好几的男人,一位勤勉努力的父亲,突然没了女儿。他还有什么?

我也想小王。我想,一个四十好几的女人,一位淳朴良善的母亲,女儿突然没了。她还有什么?

过去,和小朱他们见面,孩子、大人都开心,都快乐。现在,和小朱他们在一起,也有说,偶尔也笑。但笑得那么勉强,说得那么空空落落。

十七

忘不了小朱一句话,女儿没了,我们从此跟人不一样了!

我们劝他,怎么会呢!

我们明了,怎么不呢?

十八

贝贝病去以后,那段时间,小王想见串串。

我们知道,在她心里,见串串,就如同见到贝贝。

一天下午,小王来家里说话。串串放学回来,推门看见大妈,就笑,就亲近。

好久不见,妈妈说,来,跟大妈拥抱一下。

串串上前抱大妈。抱了就问,姐姐呢?

小王顿了一下,说,去美国了。

怎么不打招呼就走了?

走得急呗。小王尽量镇定自己,照事先想好的说。

串串还问。妈妈催他做作业去。

串串转身进屋。小王的眼泪就来了。
大家的眼泪都来了。

十二月的一天,儿子的生日。我们照样给他买蛋糕,点蜡烛,唱生日歌。我们想着这个时辰快点过去。结果,儿子还是问起姐姐来。
我忘了我们当时是怎么说的。
也不知道儿子究竟是如何领受我们善意的谎言的?
大半年来,我们如坐炸雷。空气仿佛都在颤抖。

好不容易熬过春节。高考过了。按说可以把实情告诉儿子了。但我们还是不忍。我们以为,只要儿子不知道事情的真相,至少,姐姐还活在他心里。

十九

日子就这样侥幸地过去。
这样侥幸的日子没过多久。
终于有一天,雏莉不得不把真情告诉儿子。
那一刻,我不知道儿子是如何承受的。

我们带他去姐姐家。家里没有姐姐。

只有大爸和大妈。一屋子冷寂的空气。

几个人围坐一起。

面前是巨大的空洞!

哭声在空气里回荡。每一滴泪水都无着落。

二十

今天,林多离世整整一年了。

一早,我们去凤栖山公墓,安放林多的骨灰盒。墓地在城南的土塬上,坐西朝东。空旷的原野,寒气很重。太阳起身,把它微弱的光热送过来。

一阵爆竹声。大家聚在林多墓碑前,焚纸,献花。没有言语,只有断断续续的抽泣,一声声撕心裂肺的长号。

墓碑上,林多的名字。1989年9月21日—2009年10月29日。时间的刻痕。生与死的照面。

我的心一酸,泪水来了。

这是送别林多的最后一程。

看两名工人用冰冷的水泥把墓穴封死。我想,从此,林多就在这里了。一枚永不凋谢的太阳花,陪她安睡!

林多的墓碑,简单、素朴。像女儿短暂而纯洁的一生。

黑色花岗岩碑石的背面,刻着两句话——

好女儿一路走好
明日月此间但明

2010 年 9 月—10 月泣草
2011 年 4 月 2 日改定
2012 年 12 月 26 日终稿

卷 二

我与《鲁迅全集》

我的书架上有一套《鲁迅全集》。十六卷本。皇皇巨制。

这是我购买的唯一一套作家全集。

几十年来,我读书全凭兴趣。买鲁迅的集子,也不是要致力于鲁学,做学问,写论文,当学者。全是因为喜爱鲁迅的文字,读起来方便,顺手。如此而已。

说起买《鲁迅全集》,还真有点波折。

1983年我上大学,念中文系。鲁迅的文章读多了,就想有一套属于自己的《鲁迅全集》。可是一个穷学生,这个想法根本无法实现。那时候人多手头紧。家里每月给我的零花钱只有十数块。买这买那,买一本书都要思量半天,一套《鲁迅全集》,十几大本。想一想，还是算了。

四年后，我大学毕业。领了头一个月的工资——五十八块五（我没有记错的话），就兴匆匆跑到北大街的青年书店。那时我们买书都爱去那儿。一则与老板熟，二则文学类的书多。进了店门，就直奔摆着《鲁迅全集》的那排柜架，取一册翻看。我印象很深，那套书装帧、印刷都十分精美。棕色的亚麻布封面。每册书都装在一个制作考究的函套里。典雅，又厚重。我感觉这书即刻就要归自己所有了。心里那个激动啊！可待我看看书的定价，傻眼了——总价七十六块多。这个数目远远超出我的支付能力。只好悻悻而归。

我不是一个任性而无所顾忌的人。我知道自己再怎么渴望，也不能不顾身家生计。后来时过境迁，这个愿望似乎也不那么强烈了。

几年后，我的工资涨了不少。一天进一家书店，看见柜架上一套《鲁迅全集》。问价钱，答曰：一百二十五。我又一次望之兴叹，爱而释手了。其时，我一个月的薪水也就一百二十不到。

90年代初，我要结婚。单位给了一间十五平的瓦房，收拾一下，家里帮着打造的组合柜摆放停当，就是婚房了。我说，可惜没有几本像样的书啊！一旁帮着干活的直说，她刚买了一套《鲁迅全集》，给我拿过来。直是我妻子的小学友，家里经济条件好，喜欢读书，也爱买书。我说，那好啊！

第二天，一套十六卷本的白色亚麻纸封面的《鲁迅全集》就上了我的新书架。顿时，我觉着四壁都生了辉光。当然，鲁迅的书，我也不是拿来装点门面的。那时候年轻，思想上，情感上，难免会有些纠结与波动。不舒心了，就翻开鲁迅的书，读一读。也就是读一读。仿佛找个老朋友，聊一聊心里话，抒发一下。我知道老鲁迅，他的性情，最不愿开导人，给人指路，给人答案的。他讨厌那些自以为可做青年导师的乌烟瘴气的主儿。

直只是把她的书借我一用。不久，那套《鲁迅全集》就物归原主了。书架一空，我买书的愿望就又被激动起来。几年来，我一直留心《鲁迅全集》的价格。我的工资从开始的不足六十块，涨到一百、二百几十块。《鲁迅全集》也从七十几块，一路涨到一百二十、二百五十多。我一个月的辛劳所得一直追不上一套书的价。也是无可奈何的事！

时间过得很快。转眼已是2004年的夏天。那时我住在西安城南的明德门小区，早已升任为一位小学生的爸爸了。生活紧张，然而有序。本职工作之外，为着补贴家用，我也去另一所学校兼课。乘坐班车的地点在陕师大老西门口。马路对面是一家小型新华书店。有空常去买书。跟老板混得脸熟。

一次课后，我没急着回家，径直进了书店。抬头一看，眼就热了。一套崭新的《鲁迅全集》，格外醒目。我自柜架取下一册，翻了几页。再看版权页：人民文学出版社，1981年版，1998年第五次印刷。就是我当年看到的那个版本。一印，再印，印到现在，总价五百八。不过，我此时的工资已过千元，还有额外的收入。终于可以如愿以偿了。

女老板确知我要买这套书，格外热情。不但给了小小的折扣，还手脚麻利地把十六本书结结实实扎成厚厚的两摞，说，这样好提。

那天，我是两手各提着一摞书步行回家的。坑坑洼洼，将近两里长的窄路，我走得从容，而自豪。把书提回家，就地堆在书桌旁。我没有急着把书上架。泡一杯茶水，我想，让这样的好心情多停留一会儿。

第二天下午，我从外面回来，发现放学归家的儿子，书包都没有卸去，端坐在那摞鲁迅的书上，手里捧一大本。儿子告诉我，他把鲁迅的《药》看完了。我说，啊！其时，儿子念小学六年级，功课紧，作业多。书架上的书，他从来没有动过。这回竟坐在鲁迅的书上读鲁迅。令我格外地惊奇。我想，大概是书本堆在地上，才对他有了特殊的诱惑力吧。后来，我把鲁迅的书齐齐整整摆在书架醒目的位置上，儿子再也没有动过。

不久,我搬了家。《鲁迅全集》也上了新书架。后来,儿子念大学。功课忙。偶尔回家,也难得坐在一起说说话。一次,我特想请他坐下来聊聊天,问他看不看鲁迅?话到嘴边,又收了回去。我自己都觉得这是一个奇怪的想法。

但这个想法一直存在我的心底——

这个时代,现在的年轻人,他们不像我们,那么热心于阅读鲁迅。这是幸呢,还是不幸?

或许,再多读一点鲁迅,我便也不会有这样的疑问。

2010 年 11 月 25 日

我所读过的汪曾祺

我手头有本汪曾祺的《蒲桥集》，借给一个学生。学生毕业，书随人走了。再也没回来。

我爱读汪曾祺的文章。就去书店，买了一本《汪曾祺作品自选集》。漓江出版社印的这本书，1996年8月第二版。1998年1月就印到44000册。销量很可观。但我不大喜欢这个本子。原因是太厚，570多页。翻阅、携带都不方便。纸张也不好，粗而脆，很容易折断。当然，我买的是平装本，十九块三毛钱。便宜。精装的要二十四块多。这本书有个好，就是内容丰富，散文、小说、诗歌，都有。叫自选集，文章自然是作者自己认为满意或比较满意的。汪曾祺说，他的作品比较少，选起来有点像老太太择菜，把择掉的黄叶子、菜梗拿起来再看看，觉得凑合着还能吃的，又搁回来。我以为这不是谦虚，是大实话。作家对于自己的作品都是敝帚自珍，舍不得。尤其是本来就认真的作家。真是舍不得。

汪曾祺算不上诗人，所以他诗选的不多。但有一首写《彩旗》的——"当风的彩旗，/像一片被缚住的波浪"——读了，教人过目不忘。汪的小说名篇，如《异秉》《受戒》《岁寒三友》《大淖记事》等，是各种选本都选的。这个本子自不例外。此前，我还买了一本季红真选编的《汪曾祺小说》，浙江文艺出版社，2009年6月版。装帧设计、纸张印刷都很漂亮。但细看选目，一些名篇如《羊舍一夕》《陈小手》《詹大胖子》等，都没选。不知为什么？当然，选家有她个人的观点与偏好，选什么或不选什么，不必强求一律。但大家公认的作家代表作，取舍还似应多加斟酌。

我在学校给学生讲写作课。汪曾祺是经常引证的作家。所以，包包里少不了一本汪曾祺的书。过去有那本《蒲桥集》，薄厚合适，篇目选得也精当，用来很方便，很顺手。《蒲桥集》没了。换了那本《自选集》，就很不顺手。一次上课，举个例子，翻到534页，读道："詹大胖子是个大胖子。很胖，而且很白。是个大白胖子。"学生轰然一笑，我手一松，书本掉下来，正好砸在水杯上，杯倒水流，弄得身上书上湿了一大片。

我不明白现在的书为什么都印得很厚？我看20世纪二三十年代，作家出书，都是薄薄的一个小册子。鲁迅的《野草》不满140页，戴望舒的《望舒草》才60多页，卞之琳的《鱼目集》更少，仅仅55页。我随手举例说说。这些都是现代文学史上的名著，并不因为书薄而稍减它们的思想价值与艺术分量。当然，你可能说我列举的都是诗集。其实，就是那时候的小说、散文集子，印出来似乎都不比现在的厚。书薄一点，读者拿起来顺手，携带也方便。就是读来也没有沉重的心理压力。我这个人可能心理承受能力差，超过300页的书，便生畏惧感。记得大学时，用一个暑期念《安娜·卡列尼娜》，实在是一项伟大而又艰巨的工程。实话讲，文学史上的许多长篇名著，我大都没有读完过。所以，喜欢汪曾祺，其中一个原因，就是他没有太长的作品。

汪曾祺写得最多的是散文和短篇小说。他的散文、小说都不长。因此，他的书完全没有必要印得那么厚。500多将近600页。太费劲了。我总希望能找到一本薄厚适宜、版式精当的汪曾祺的选集。小说、散文，都可以。汪曾祺的小说和散文写得差不多。差不多一样好。一样有趣。像《詹大胖子》。我给学生讲散文的写法，就拿来举例："他偶尔喝一点酒，生一点气,脸色就变成粉红的,成了一个粉红脸的大白胖子。"语言像流水,变动不居,又其来有自。汪曾祺说,写小说就是写语言。我想,散文也是。没有听说语言不好,而把散文写好的。也许有,我没见过。

《詹大胖子》是小说。也可以说是内容复杂点的散文。汪曾祺的一些散文作品,尤其是写人的,寥寥数语,形神俱备,人物跃然纸上,极似小说。如《名优逸事》,写郝寿臣做北京市戏校校长,就职演讲。激动处,老人家一手高举讲稿,一手指着讲稿,说:"同学们,他说的真对啊!"三百来字的短文,一个细节,把个老实人写活了。汪曾祺的语言真幽默。但他不故作幽默。

我拿汪曾祺的文章教学生,是顺手。我的床头、桌边都有汪曾祺的书,高兴了,不高兴,随便翻开看看,都很适宜。我觉着,这样的文章是很合乎人性的。它教人平和、愉悦,产生爱生活、爱人类的情绪。所以,我愿意把这样的作家作品介绍给别人。我也愿意再买一本汪曾祺的书,装在包包里,随手翻阅。

去年,或者前年吧,记不清了,我去长安路汉唐书城,见到一本汪曾祺的散文集《西山客话》。封面素雅,薄厚适宜,定价25元,不算贵,就买下了。回到家,净几沏茶,翻开来看。目录共分五辑——《午门忆旧》《胡同文化》《家常酒菜》《故人往事》

《文章杂事》。《西山客话》是全书的第一篇，写北京的"八大处山庄"。接着是《国子监》《钓鱼台》，以前读过，就翻回去看目录。《人间草木》——30页。翻到30页，不见《人间草木》。是另一篇文章的正文。再看下一篇，36页——《草木春秋》。打开36页，也不见《草木春秋》，排的是《我的母亲》一文。而紧接着正文里的《多年父子成兄弟》，在目录里没有出现。我越看越生气。心想，肯定是盗版。再一想，我们西安堂堂的汉唐书城，怎么会卖盗版书呢？随即把书本合了，扔到一边，端起茶杯喝水。哈！我回头瞥了一眼，差点笑出声来。只见书的封面上印着——中国盲文出版社——几个字。真乃盲文社也！我喊了一句。

气消之后，我把一本书细细地校了一遍，诸如此类的错误，加之书眉、书尾的误排，所在不少。我把它们一一修正过来。我想，多亏汪老先生走了，要是他看到人家这么颠三倒四地编排自己的文章，不知作何感想？忽然记起他在《傻子》一文写的一句话——"北京从前好像没有那么多傻子，现在为什么这么多？"这里，我借用先生的说法问这么一句："国人从前印书没有那么多错误，现在为什么这么多？"

2011年2月21日

梁实秋散文及其他

二十年前，我买了一套《梁实秋散文》。四卷本，中国广播电视出版社出版。这套文集收录了梁先生的《雅舍小品》《雅舍小品续集》《三集》《四集》《西雅图杂记》《实秋杂文》《雅舍谈吃》《雅舍散文》《雅舍散文二集》等主要散文作品。书前配有梁各时期的黑白照片数十幅，书后附有《梁实秋先生年表》。可谓内容丰赡，编选精良。这套书，1989年9月第一版，印了10000册。第二年6月，又印了10000册。可见受欢迎的程度。

一个广播电视出版社，出文学类书，出这么好的书？

这个社不知道现在还在不在，还出不出这么好的书？

梁实秋的书，我后来没再买过。一则不需要，二则也实在没见过更好的版本。

年前，有编辑朋友约我写写关于书的文章。我想到《梁实秋散文》，就到书架查阅。四册书，翻来覆去，找到三本，缺一本。问妻子，说好久没见过了。想想借给谁了？一时竟无线索。于是，只好求助于雯。

雯是我妻子的大学好友，后来顺理成章成为我家的座上客。

雯娴静、雅致，却嗜酒。（好茶、爱书，不必提。）每次闲聚，雯必呼酒问茶。其实她酒量不大，只是好那么一两口，图个气氛。我对酒精过敏，常以茶代酒。雯心会，不以为意。一天，我兴之所至，花二十元钱买了一两碧螺春。这在当时是很大一笔开资，那会儿我一个月的工资也就百十块钱。回到家，妻子半埋怨半玩笑说，明儿后你就省着吃吧。又说，下午你请喝茶。

我心明眼亮，于是，请雯来家喝茶。

现在还记得，雯是被她先生用一辆崭新的自行车带来的。

茶过三巡，人都被熏出些醉意来。雯瘦影横斜，蹙眉凝色道，昨读梁实秋《喝茶》，提到西湖的龙井、云南的普洱、六安的瓜片、北平的双窨，怎么没说碧螺春呢？怎么没说碧螺春呢？

又说，忘了忘了，推荐一套好书，刚刚买的——《梁实秋散文》。厚厚四大本呢。

话题转到梁实秋和他的书上，就多说了许多话。其时，梁名不算陌生，但那个时候，梁的文章很少见，对于我们这些读书人来讲，还很新鲜。为了一睹这个被鲁迅"骂"作"丧家的资本家的乏走狗"的真面目，我狠狠心，花光口袋里仅有的二十几块钱，买了这套《梁实秋散文》。现在还记得，月尾几天，我和妻子把家里的废旧书报搜罗一番，换了几块零钱，省吃俭用，一页一页，夜以继日，翻着梁实秋的文章，硬是熬到了下个月。

我读梁文不但当时惊异，并且现在还受用。比如《雅舍谈吃》，梁把《醋溜鱼》《烤羊肉》《煎馄饨》这类吃喝俗事，写成典雅的文字，真如春风拂眼，心下一时明白了。要知道这种内容与写法，在当时强调大题材、大主题的流行观念里，想都不要想。但梁文摆在那里，生活的气息扑面而来，教人爱不释手，欲罢不能。

梁实秋的文章，尤其是《雅舍谈吃》里的篇目，我们不但读而味之，并且常付诸实践，学而时习之。那会儿北方的菜市场，还不易见到梁文提到的鱼翅、海参、莲子之类的贵重食材，但菠菜、茄子和大肉都买得到。我和妻子就照着文章里的写法,做水煮肉片,做油炸茄子,做烩酸菠菜。虽说盐少醋稀,味常不正。但那种试着把文学还原成生活,把生活提升到艺术的实践本身,是蛮激动人心的。后来,我有一个体悟,烹饪之道一味照搬书本,也不是妥帖之法。比如烧白菜,一定要把菜帮、菜叶分开,帮子切成片,叶划成丝。绝不混做。这并非全盘照搬梁文,而是有我的心性自得在。

现在的年轻人在许多事情上比我们幸运。他们不要看复杂的文字,电视里的美女主持可以直观地教你做南北私房菜。但我想,这里也一定少了些什么。读《味精》一文,记得梁先生说,撒上一小勺,清水变鸡汤。平易、简洁的文字,直留下深永的印象。后来,每当我撒几粒味精到碗里,吃出的还是梁先生文字的味道。

说起梁实秋散文,追忆如烟往事,许多碎枝细节还在,大体却弄不清了。妻子说,水煮肉片哪是跟书本,明明是跟姨父学的,喝碧螺春如何是在秋日!

后来,我们到雯家。一落座,雯便沏上热茶,转身从书架抽出一册《梁实秋散文》,对我说,二十年前鼓吹你买的,二十年后再补齐给你。我高兴地接过书,许诺道:改日请你喝酒,喝好酒!翻开书的扉页,只见一行纤细秀雅的钢笔字,自左而右,斜映眼前。一枚朱底白文的篆刻印章，端端正正盖在 90-11-22 的字样上。

那是我早年研习治印，送给雯的。

2011 年 2 月 18 日

五四青年的爱与不爱

胡兰成在其《山河岁月》里讲五四运动,讲那时年轻人的爱与不爱。

胡说,他跟表哥吴雪帆认识了几个他的同学和朋友,很有几人是因为要逃婚而外出求学的。

义乌人刘朝阳就是。

刘不满意家长安排的婚事而离家到厦门大学求学。读的是数学、天文。他读一年书,须教半年的书。因为学费和生活费全靠自己谋取。刘朝阳有个爱人在杭州。三年间,他年年为此来杭州。刘住在杭州一家小旅馆里,仅有板壁、一床、一椅而已。但他不觉得苦。早晨醒来,日光透过壁板,照在桌上的一册古版《庄子》和一堆烟黄的枇杷上,有一股淡淡的清香。

这次他又来和爱人见面。说到婚姻，女的问及婚后生活的保障，刘登时心里不快，就和爱人分手了。

宁波人崔真吾跟刘朝阳一样，也是因为逃婚到厦大读书的。他和鲁迅一起编《朝花》杂志。后来鲁迅到了中山大学，他也追随至中大。崔真吾有个爱人，被迫嫁了人，他就终生不娶。女的痛惜他，他也敬重女的。一次，女的从广州回宁波，他去送她，一路抱着孩子，略无怨言。两人约定好了马樱花开时，崔到女的夫家的村口去看她。于是年年如此，从未爽约。直到崔在广西被人杀害。

胡兰成的表哥吴雪帆更是一个把爱与不爱看得很重，认得很真的人。

吴是浙江嵊县人。他的父母给他在邻近的村子定下一门亲事。他不乐意，要退婚。父亲说，定了再退，这种话我说不出口。吴雪帆便自己到女家所在的村子和长辈说明。女家的家长同意了，说是不明白女儿心里怎么想。吴就上楼亲口去说。两人在楼上说了半天，家人以为两个人又和好了，再听吴说要女的去读书，便满心欢喜答应了。

后来，吴雪帆送女的到嘉兴妇女补习学校去读书。暑假寒假接送她回家。一路上，上船下车住旅馆，吴雪帆时时处处照顾她，敬重她。平日里，两个人书信往来不断，双进双出，家人以为好事已成，满心踏实。谁知吴雪帆的用意是为使女的开通思想,日后好解除两人的无爱婚姻。

如此两年之后,女的毕业,吴去迎接。两人走到离家不远的地方,女的要在江边麦田塍上坐坐说话。吴雪帆自然陪着听着。忽然女的流下泪来,说:"你不用问,此刻我哭泣,心里很静的。"随即抹了抹泪渍,低头道:"你是待我好的,我做人也无怨了。一次先生讲唐诗,讲到'知君用心如日月',当下我就想到你。可是到下一句'事夫誓拟同生死',我哭了。我没有这样的福。现在想想,有第一句已经够了。我答应你。"

说到这里,她又流泪下来,却抬眼向吴一笑。她说:"世上有一种东西,它是对的,它是好的,只因为它是这样的。此后我仍旧记得你,如同迢迢的月亮,不去想它看它,它也总在着的,而房里是我在做针线。我也不说谢谢你的话了,今日才知道人世的恩情原来还有更大的。"

回到家她就同母亲取了庚帖还给吴雪帆。

后来男婚女嫁,吴雪帆抗战时死在严州,灵柩运回乡里,女的去祭拜,说:"十五年来我没有当你离开了呢,还是没有离开?今后的十五年或二十年里,我也不去想你死了没有死?从前我从你知道爱不是顶大的,现在又从你知道生离死别也可以很朴素。今天来在灵前的,仍是当年的马家女,此刻我哭泣,已不是人间的眼泪,你不用问,我也刚刚还以为自己是不会流泪了的。我给你上香,袅的烟是亮蓝的,我给你献茶奠酒,如同你对我的有礼意。"

祭毕,她又和吴雪帆的夫人相见,又见了孩子,坐一会儿才上轿走了。

五四时代的青年人就是这样。爱就是爱,不爱就是不爱。但一样的做得有分寸,有礼意。

胡兰成说,他们便像这样的,是金童和玉女。

2009 年 6 月 24 日

荒原上的湖泊
关于海子的诗

十年前,我到北京参加一个为期两周的青年教师短训班。其间与河北某校一位诗友聊天。说到海子,她很动情,眼中射出逼人的光芒。我见过海子。她说,眼睛很大,很亮,很可爱。谈到海子的死——这是那时圈里人常议的话题——她竟然有些激动,竭力为早逝的诗人辩护,仿佛姐姐呵护着弟弟,唯恐有人伤他。事实上,那时关于海子的死,确有很多无稽之谈——有说练功走火入魔的,有说女友弃他而去的。最刻薄的传言,是说诗人借此沽名钓誉,抬高自己的诗。后来,我阅读了一些文字,尤其是诗人生前好友苇岸、西川等的回忆文字,了解了一些最近于事实的细节。1989年3月26日清晨五时许,海子在山海关附近卧轨自杀。死时身上带着四本书和一份遗书。遗书上写,他的死与任何人无关。四本书是梭罗的《瓦尔登湖》、海雅达尔的《孤筏重洋》、《康拉德小说选》和《新旧约全书》。

现在回想起来,十年前三十岁的我,头一次来到在歌里唱过用蜡笔画过的首都北京,许多记忆都模糊了,能够清晰记得的是那个有风的夏日的午后,屋外杨柳依依,蝉鸣不已,海子和他的诗在两只透明的玻璃杯间飞来飞去,久久徘徊。

多年来,在不间断地读诗写诗的同时,也常常关注诗坛的动向。我发现我们的诗坛不像文学的花园,而极似拼命的战场。诗人们不在诗艺上"斗智",却极力为声名而"智斗"。于是乎,拉帮结派,攻击谩骂,俨然一个小小的"特色"之社会。回到海子。像许多天才的诗人一样,海子生前备受冷遇,死后遭人猜疑、攻击。近年来,诗歌圈内仍不乏对其贬斥的恶评之声。然而奇怪的是,这些人大多专注于诗人,而太少关心诗歌本身。用艾略特的话说,这不是诚实的批评。

今年《读书》杂志第二期,有一篇出自哥儿们义气的文章,贬抑海子,为一位无名之辈张目。作者说:"海子的诗歌意志是建立在对加速度的崇拜之上的。不仅如此,他所展示的写作方式也充满了这样的暗示：真正的诗歌天赋其实是一种审美的加速度，它以一种尖锐而亢奋的方式纠结着本能、知觉、热忱、激情、认知力、意志。"虽然这段文字有点佶屈、晦涩，但他的意思不难懂：海子的写作只求快，未见得好。不错，海子在短短二十五个年头里——其成熟期的创作仅有五六年的时间——留下了近五百首抒情诗，七部长诗，共计二百多万字的诗文作品。不可谓不快。可是我觉得也不能一概而论。天才的快常常如火山的喷发——磅礴而壮丽，不能比之于庸才的慢往往似牙膏的挤压——生硬而拖沓。实在地说，就诗歌风格而言，海子不是我最钟爱的诗人。他的长诗多不能引起我阅读的兴趣，尽管诗人自己格外地看重它们。但不可否认的是，海子的抒情短诗，不说是全部，至少大多数称得上现代诗中的精品。

记得有一次，我去一所大学做一场与现代诗歌有关的报告，顺路到医院看望病中的王仲生先生。王先生是个极具诗人气质的评论家，对诗歌有着极好的感受力。说起报告的事，躺在病床的王先生问我讲谁的诗。我说徐志摩的《沙扬娜拉》。王先生说他也喜欢这诗。又说，海子的《日记》。他怔了一下，表示没读过。我小声念给他听：

姐姐，今夜我在德令哈，夜色笼罩

姐姐，今夜我只有戈壁

草原的尽头我两手空空
悲痛时握不住一颗泪滴

王先生鼻翼翕动，目光专注。"姐姐，今夜我在德令哈/这是雨水中一座荒凉的城"，他两眼微合，呼吸急促。"今夜我只有美丽的戈壁 空空/姐姐，今夜我不关心人类，我只想你"。当我读完最后的句子，王先生的眼角竟然溢出泪来，连说，这么好的诗我不知道，不知道。他一激动，搞得我手忙脚乱不知所措，连同室的病友也惊着了……

海子的短诗，诸如此类的很多。如写凡·高的《阿尔的太阳》、写梭罗的《梭罗这人有脑子》、写自己的《在昌平的孤独》等，都是既浸染着现实的苦痛，又饱含着希冀之力量的精致之作。风格简洁、自然、明快，也不缺少抑郁、沉思与自省的深在品质。绝非某些人所讥讽的"虚伪的浪漫"。随着时间的推移，事实逐渐显现出它本来的面目。海子无疑是上世纪末继朦胧诗后最为优秀的汉语诗人。

海子是农民的儿子。他歌唱"麦子"与"麦地"，是自然不过的事情。可是，曾几何时，各类诗刊大量泛滥着"复述农业"的仿制之作，有人借此指责海子是"始作俑者",声称要"饿死那些狗日的诗人"。其实,如果这是诗之罪的话,其责并不在海子。它恰恰证明了海子的优秀。因为只有优秀的诗人才遭遇模仿。"月光下/连夜种麦的父亲/身上像流动金子""麦浪——/天堂的桌子/摆在田野上"(《麦地》),"麦地/别人看见你/觉得你温暖,美丽/我则站在你痛苦质问的中心/被你灼伤"(《麦地与诗人》)。今天,我们读这些句子,依然会被那亮丽而苦涩的韵致所打动。海子是真诚的,真诚的诗歌是受人爱戴的。

一次,几个朋友聚会。一个十几岁的高中女生跟我谈诗。谈海子的诗。真让人既惊又喜。我原以为现在的孩子是没有时间,也没有兴趣读诗的。看来我错了。

> 从明天起,做一个幸福的人
> 喂马、劈柴,周游世界
> 从明天起,关心粮食和蔬菜
> 我有一所房子,面朝大海,春暖花开

她说,这些句子读一遍就记住了。"从明天起,和每一个亲人通信/告诉他们我的幸福""给每一条河流每一座山取一个温暖的名字/陌生人,我也为你祝福"。又说,她常常在孤独、郁闷的时候读诗,读自己喜欢的诗。海子就是她喜欢的诗人。我当然懂得一个中学生的喜欢，有她自己的心理向度与审美态度。我觉得无话可说。只是默默赞许。一个中学生固然难能从理论上解得出一首诗的诸多好处，但我以为彼时彼地只要她真切地感受着、体会着便是。为什么一定要解得来、说得出呢？诗歌进入心灵就是它最好的、也是最后的归宿。这个时候，一切额外的解释都是饶舌。

海子是有福的。他的诗被年轻的心灵感受着，也在感动着那些年轻的心灵。诗人的情思经由这些美妙的诗句融入一个年轻而鲜活的生命中。诗人的魂魄不死。

但现实令人痛心。海子死后，汉语诗歌日益落魄，中国诗坛土崩瓦解。广东、北京，一南一北，诗人们拉帮结派，树旗子，占山头，党同伐异。在年年数本的各不相同的年度诗选上，难见几首"有魂"的好作品，常见的是几张"没魄"的老面孔。于是，人们怀念过去，回头看见英年早逝的诗人，越发觉得亲切、亲近。

前天下午，上完诗歌课。一位秀气而腼腆的男生对我说，海子的十五周年忌日到了，要我写篇文章。于是，我写出我对于海子诗歌的印象，一面是应人之约，一面也借此表达我对一个诗人的怀念之情。海子，如同他的名字,是荒原上的湖泊。今天的青年还记得海子,还热爱诗歌。是令人欣慰的。我以为有这样的青年在,我们便没有理由轻视这个时代。虽然,我们常常感觉置身于诗艺的荒漠之中。

我们等待着:

春天
十个海子全部复活
在光明的景色中……

(《春天,十个海子》)

2004 年 3 月 13 日

谈散文写作

我写散文,时间不长。写的也不多。

我爱读散文。中年以后,事杂心乱,但有空闲,就喜欢坐下来,随意翻一两册书,读三两篇短文。我读的也算不上多。但只要遇到合口味的文字,我就读得很细,很认真。一句句,一字字去读,去欣赏。会意处,不免拊掌击节,独自叫好。

我的观念里,散文的范围很宽。除过有韵的诗,有复杂情结、众多人物的戏曲、小说,大凡叙事、说理、议论、描写的文字,都当作散文来看。我抱一种"大散文"的散文观。

我以为,散文本来就"姓"散,也应"性"散才对。

我读散文,就近来说,有两个人的文章、观念对我影响较大。

一是周作人,一是汪曾祺。

周作人在《自己的园地》里,讲了一个问题,一个老生常谈的问题——应该写什么。这个问题很要紧。周把文艺比作自家的园地。他说:"种果蔬也罢,种药材也罢,——种蔷薇地丁也罢,只要本了他个人的自觉,尽了力量在耕种,便都是尽了他的天职了。"那意思很明白,就是写什么都可以。只要作家自己愿意。旁人不必干涉。

周的这篇文章,不会是空发议论。一定是有人这么要求过——要种"社会急需"的果蔬与药材,不种,或者少种蔷薇与地丁。周反对这种做法。作家写什么或不写什么,须由作家自己来决定。读者读什么或者不读什么,选择权也在读者自己。

可是,回顾我们文学的历史,关于这个问题的讨论,其来久矣,于今未绝。所以,我们有"诗言志"的道统,也有"诗缘情"的反道统。有"文以载道"的续统,也有"独抒性灵"的反续统。近来,又有人提出"诗言体"的新说法。林林总总,来来回回,好不热闹。

老实说,文章写什么不写什么,实在重要。但它的决定权应该交给写作者。作家一拿起笔,就知道自己要写什么。这似乎是一个不容讨论的问题。

至于读者,只拿好与不好来做决断。好文章就读,不好,随手丢在一边。

那么,好的标准是什么?最基本的,就是文字。

一切优秀的作家、诗人,可以肯定地说,没有不在文字上狠下功夫的。"语不惊人死不休"的杜甫,字斟句酌、不厌其烦地修改文稿的托尔斯泰,就是显著的例子。

古人说,文章千古事。我们拿一千年、一百年的时间来观察,那些流传至今的经典文章,无论写什么,无一例外的,都是因为写得好。

写得好,就是语言运用得好。

汪曾祺说,写小说就是写语言。他说,我没有听说谁的语言不好,而把小说写好的。写散文又何尝不是这样?语言不好,绝不会有好的散文。

遗憾的是,现在很多人"搞"写作,不大在意语言的运用。以为只要把自己的想法表达清楚就行了。这实在是个误解。

文学写作上的字斟句酌,绝对不是讲究形式,卖弄文采。而是为了更加准确地表达。朱光潜先生是20世纪40年代著名的文体家,主张作文就要"咬文嚼字"。他说,"文学借文字表现思想情感;文字上面的含糊,就显得思想还没有透彻,情感还没有凝练"。写文章,"在表面上像只是斟酌文字的分量,在实际上就是调整思想和情感"。

文学写作中,语言的运用,具体体现在句法与词法两个方面。一个作家独特的文风完全可以从他的遣词造句上见出。

鲁迅的《秋夜》有这样的句子:"在我的后园,可以看见墙外有两株树,一株是枣树,还有一株也是枣树。"如果换一种表述,写成"在我的后园,可以看见墙外有两株枣树",就一点意味也没有了。后者只是叙述一件事情;前者不仅有句式上的总与分,还有语义上的延宕,情趣上的隐与现。另外,也不可以把"株"字换"棵"。"棵"字发音太响,表意太生硬,与整体文风似不相宜。

当代作家中,汪曾祺是语言艺术的高手。他很善于经营文字。无论是小说,还是散文,都写得好看。又耐看。比如他写《詹大胖子》,"詹大胖子是个大胖子。很胖,而且很白。是个大白胖子"。继续写,"他偶尔喝一点酒,生一点气,脸色就变成粉红的,成了一个粉红脸的大白胖子"。文字干净、顺溜,文句短长相宜,读来爽心快意。不留心,会以为这没有什么,一切都自自然然。其实不然。他的文句一定是经过斟酌和锤炼了的。

我在前边说过,散文"性"散。但并不意味着散乱无序。一切艺术生于自由,也死于自由。散文如果是没有约束的散乱，也只有死路一条。散文究竟还是"文"。文章必有其章法。散文的章法，也许有很多。我以为最基本的有两条，即句法与词法。

就句法来讲，散文要讲究长句与短句的交错，整句与散句的配合。

如果一段文字，全用长句，或全用短句，行文就死板，缺少变化，容易造成阅读疲劳。整句与散句的情况也如此。这里需要解释一下。所谓整句，是指两个整齐的、具有对仗性质的偶句。散句就是一个单句。例如余光中在《给莎士比亚的一封回信》里写道："我们是一个讲究学历和资格的民族：在科举的时代，讲究的是进士；在科学的时代，讲究的是博士。"后面两句古今对照，就是一个典型的对句。与前边的单句相接，整散配合，文句就显得活泼而多变。再如汪曾祺《跑警报》："这些防空洞不仅表面光洁，有的还用碎石子或碎瓷片嵌出图案，缀成对联。对联大有新意。我至今还记得两副，一副是：人生几何，恋爱三角。"也是整句与散句配合使用的好例子。不过，"嵌出图案，缀成对联"的整句是嵌在一个较长的散句里的。

说到词法，主要指雅俗兼备。俗语就是口头语，来自日常生活。口语的特点是通俗、新鲜，有生活气息。雅语就是书面语，源自经典作品。其特点是庄重、典雅，有文化内涵，有历史的厚重感。一篇文章，不用当代口语，就会显得死板、凝重，没有生气，跟普通读者隔膜；一篇文章不用雅语，只用口语，也会显出浅薄、油滑，没有文化底蕴，必然不耐读。好的散文作品，大都讲求语词的雅俗结合。

看汪曾祺《岳阳楼记》开头一段话："岳阳楼值得一看。长江三胜，滕王阁、黄鹤楼都没有了，就剩下这座岳阳楼了。岳阳楼最初是唐开元中中书令张说所建，但在一般中国人印象里，它是滕子京建的。滕子京之所以出名，是由于范仲淹的《岳阳楼记》。"其中的"长江三胜""所建"，是很雅的古语；而"值得一看""建的"又是极通俗的口语。再如上文提到余光中那篇文中的一段话："您（莎士比亚）的全集，皇皇四十部大著，果真居则充栋，出则汗人，搬来搬去，实在费事，但在某些人的眼中，分量并没有这样子重，因此屡遭退件、退稿。""居则充栋，出则汗人"这两个典雅的语词之后，紧跟着是"搬来搬去，实在费事"很活泼的口语。

另外，旧词新用。一个习见的语词，打破常规的用法，就有新奇感。如鲁迅在《看萧和"看萧的人们"记》里写——"十七日的早晨，萧该已在上海登陆了""白俄的新闻上，曾经猜有无数的侍者，但只有一个厨子在搬菜"。前句中的"登陆"，多用于物；后句中的"搬菜"，少用于厨子。皆非惯常的用法，所以有新鲜感。

还有词义的拓展。如"团结""最近"之类的常用词,在诸如"蜜蜂团结在墙角""中国历史最近真实的一部分"等句子里,义涵就大不相同了。

据旧词拟新词也是一种。《徐志摩致林徽因》信中的一句话——"我愁望着云泞的天和泥泞的地",很显然,"云泞"一词,是据"泥泞"而来的。但鲜活有趣。张爱玲大约也是据了"胡说"或"张望"之类,而造了"张看"一词吧。

总之,作家一定要有"文章"意识。无论写什么,要讲究语言。这一点,在散文写作中尤其紧要。因为,小说、戏曲还可以凭借故事、情节吸引人,诗歌可以借助形式、韵调感染人。散文呢?差不多就靠语言了。

2011 年 10 月 23 日

文章千古事

今天这个会,我心里是不想来。来了,也不想说什么。只想听听。

为什么?因为觉得无话可说。

首先是面对这个大议题——中国当代散文与陕西散文的写作。

实话讲,我对近年来国内散文家的作品看得很少,对于陕西散文的写作也不甚了解。没有太多的印象,所以感觉没话说。

其次是两年前在这里开首届散文研讨会,我写过一篇小文,谈散文写作。觉得好像把话说完了。短短两年的时光,如白驹过隙,新的想法还没发生,今天再说,毕竟说不出什么名堂来。所以不想说。

我这不是打官腔。我不是什么官。

那为什么不来又来了，不说又说呢？

原因是，朱鸿兄的盛情难却。上星期他发一份电邮通知我。前几日又发短信说，一定要来。这样的再一再二，我就推却不恭了。

可是难题来了。既然来会，就得有文章。这也成了不成文的规矩。现在都这样。不然，大家不好交代。

但我说什么呀？我很为难。

于是，我想到两年前写的那篇《谈散文写作》。两个观点。一是大散文观念，二是文章意识。两年来，我的看法几乎没变。散文写作，就大的方面来讲，无非如此。

为了陈言不复，又必得说话，我仅就自己近来有限的阅读来印证这些看法。

先拿省外作家的作品来讲。

四月初，我购得一本杨绛翻译的柏拉图对话录之一——《斐多》。这是一本哲学著作。写苏格拉底临刑前和几个朋友的谈话。谈的是生和死。主要是灵魂不死的问题。虽说是本译著，但杨先生的文笔俊朗通脱，读来毫无隔膜之感。比如苏格拉底说给西米的一番话——

西米啊，真正的哲学家一直在练习死亡。在一切世人中间，唯独他们最不怕死。你该照这样想想：他们向来把肉体当作仇敌，要求灵魂超脱肉体而独立自守，可是到了灵魂脱离肉体的时候，却又害怕了，苦恼了，他们寄托毕生的希望的地方就在眼前了，却又不敢去了，这不太愚蠢了吗？

一个真心热爱智慧的人，而且深信只有到了那个世界才能找到智慧，他临死会悲伤吗？他不就欢欢喜喜地走了吗？

又如对苏格拉底饮鸩而亡的过程的描写——

他走着走着，后来他说腿重了，就脸朝天躺下，因为陪侍着他的人叫他这样躺着的。掌管他毒药的那人双手按着他，过一会儿又观察他的脚和腿，然后又使劲捏他的脚，问他有没有感觉；他说"没有"；然后又捏他的大腿，一路捏上去，让我们知道他正渐渐僵冷。那人再又摸摸它，说冷到心脏，他就去了。

细致，生动。极具现场感。

《斐多》这书，我是把它当作散文来读的。读了又读。感觉不是它的思想掌握住我,而是它的叙述与描写感染了我。

我想说的是,一本书的思想、观念可以随时因地而失效,它的绝妙好辞则不然。反而历久而弥新。一本西方哲学著作,由于杨先生的热情与认真,竟然翻成一部汉语好文章。

陈丹青的《草草集》。动人心弦的长文《守护与送别》。写木心之死。上下两篇,洋洋洒洒数万字。按说,陈是画家。但近年来移笔弄文,风生水起,也是漫了文台的。为什么?一句话,其情真意切也。

这篇长文,我是一口气、流了眼泪读完的。作者写他在医院里守护病床上的木心,昏迷中谵语的木心,丧礼和追思会上永远的木心。事无巨细地记录当下,回想过去。你不觉得琐碎、冗长,唯嫌日降月升,两个人近三十年的情谊,终究也有叙完的时候。

这是我近年来一次难得的阅读经验——持久而沉迷。文章之事,真如黄宗羲所言:"古今来不必文人始有至文,凡九流百家,以其所明者,沛然随地涌出,便是至文。"陈的《守护与送别》虽不能说是"至文",至少是近来难得的一篇散文佳作。

陈丹青与杨绛,一南一北。他们的作品能否当得当下中国散文创作的一般状况,我不得而知。下面,我谈谈朱鸿与刘炜评的散文观感。这两位是大家熟知的本省作家。一个关中，一个商州。都在西安求学、公干与写作。想必多少能显示陕西散文写作的一个概貌吧。

记得前年这里的会上，一位批评家批评陕西作家不写陕西——对不起脚下这块土地。谁知去年年底，一次朋友聚会，我就得到两位作者赠送的新书——朱鸿的《长安是中国的心》和炜评的《不撒谎的作文》。前者写地理，后者状人情。都是我们熟悉的古长安这块土地上、屋檐下的人和事。当然，他们不是听了谁的告命，而是遵了自己的心写作的。

合起来有八百页的两本书，由春入夏，交续读来，竟不知季节之变换。所知者，是朱文的扎实俊朗，刘文的热情恣肆。文如其人，迥然不同。但我发现，他们的不同中也有同在。这就是"文章意识"。

所谓"文章意识"，有两点最基本，也最紧要：一是真，一是美。

刘文最讲真。他把书名冠以《不撒谎的作文》，就是强调真。读刘持生先生《持盦诗》一文，题目作《有多少文章可以不发》，就是反对假。他写《业师费秉勋》，引费一副自题联："治学好杂管屄他儒墨道法，做人求淡去尿你势位财名。"真到有些"粗"。但粗而不俗，粗中见性。写与被写者，如影随花动，顾盼生辉了。

朱文偏求美。其美在于文气与辞章。朱的每一篇文字，从立意到结构，从字句到声韵，犹如农人种地一般，都是精打细量，精耕细作，一丝一毫也不马虎。《长安》一书在手，展卷读来，起承转合，随顺而下，好比春郊野望，麦苗青青，花黄柳绿，令人气畅而神怡。《白鹿原》一文，写周平王的车队经过浐河、灞河一带，见此地"南接巍峰，北控平原，立而耸，广且平，坦荡如裁，青木繁茂，芳草鲜美，有白鹿游于苑，顿感惊喜"。这种"考古"性文字，写来最易干涩或油滑。但朱文给人的感觉，却是如坐春阳，畅朗甘美。

我这样讲，好像把真与美分开了。其实，正如诗人济慈说的："美即是真，真即是美。"真和美常常不可分，是一回事。因为美从来都不是抽象的。活生生的、具体的事物，都有它美的一面。文章之美也一样，一定是由有生气的文字贯穿而成。

我上面论及的四位作家，有本省的，有外省的，有年长的，有年轻的，有男，有女。如照但丁的话——"吾乡即是全世界"——来讲，我算是把陕西，把中国，甚至把世界都点到了。他们的文章或是译著，或是创作，有很大的不同，但都靠美的文字来感染人、打动人。孙犁曾经说过："散文的语言很重要,一篇短文,语言文字不讲求,是成不了家传户诵之作的。"因为,曾经有人作文不讲求文字,所以才有孙犁的这番话。其实,这样的作家现在还有。有时一些颇有名望的作家,报刊上著文,甚至自己的大作里,也时见语病,乏美可言。

古人云:"文章千古事,得失寸心知。"这"心"既是作者之心,也是读者之心。文章的好坏,作者心里最清楚。所以,托尔斯泰不停地改稿,福楼拜仔细地推敲。认真的读者,也心不可欺。因此,释卷、下架,乃庸书与歹文最合适的去处。再说,千古的文章,尽管要经过时间长久的淘洗与检阅,作成却在当下。因此,作者不能不怀有细心与耐心。

2014 年 5 月 18 日

旧读碎屑
对我影响最大的几本书

上过十几年学,教了几十年书。说自己是个读书人,也不为过吧?

虽说这么多年零零散散、浮光掠影地读过一些书,但从来没有想过哪些书对自己这生"影响最大"这个问题。现在,回想一下我读过的、印象较深的几本书,也算是个梳理与总结。

我最先想到木心的《文学回忆录》。这是我前几年购买、阅读得最多的一本书。木心说这不算他的著作,是他80年代在美国给陈丹青等一帮中国艺术家们讲授中外文学史的演讲录(陈丹青辑录)。书名"文学回忆录",很有意思。

木心渊博的文学史知识就不用讲了。单是他那妙趣横生、纵横捭阖、居高临下的讲法，就令人佩服得五体投地。其中有两点对我影响巨大。他批诸子百家，最赞老子。为什么？他说老子有宇宙观。孔子没有。他说，宇宙观决定世界观，世界观决定人生观、文学观。没有宇宙观，你就站得低了。看不远，看不真。进而他批评鲁迅，说鲁迅没有宇宙观，所以他的文学观是为人生的。有缺陷。以前，也有人说鲁迅的问题。但没有道出令人信服的理由。只有木心。我信。木心讲文学史，不虚无，不迷信。有理有力。给人信心。他说，一位大师，一部巨制，就像一列大山，一座高峰，给你一个平台。让你站得更高，看得更远。所以，所谓"影响的焦虑"，在木心这里，统统化为尘烟。我以为，至今为止，没有任何一位文学史家有他这样的胸怀与远见。我甚至认为，中国当代有木心，作为一个读书人，无愧于任何一个时代与国度。

木心欣赏尼采的一句话——在自己身上克服这个时代。要命！这是木心给我的又一影响。首先是这句话，精彩、深刻。读之爽快，思之受用。另外是木心的读书法。实话讲，尼采的书，我断断续续读了不少，但怎么没遇到这句话！遇到了又怎么样？肯定是轻轻放过去。只有木心把它拿出来，我们才看得见它的光彩与分量。如何在一本书里拈出一句话，如沙里淘金，留给自己，而不是漫天撒雪，落地无踪。我告诉自己，真该好好学学。

关于木心还能说很多。他的散文《哥伦比亚的倒影》、他的诗《云雀叫了一整天》，都给我无比的震撼。他写《我》："我是一个在黑暗中大雪纷飞的人哪。"一句盖天下！

其次是黄灿然译的《卡瓦菲斯诗集》。最先买过一册河北教育社印行的小册子，留在诗人沈兄那儿了。前年重庆大学出版社又出了一套"新陆诗丛"。我买了卡瓦菲斯这一本。比原先那本收诗更全一些。喜欢卡氏有两个原因。一则，他的作品量少质优。一辈子写了一百多首诗。生前发表很少。但影响了埃利蒂斯、奥登等一批诗人。他的诗关注历史和现实。但历史往往虚构，现实极其日常。如《一个老人》《单调》《老人的灵魂》《声音》《欲望》等，写的全是身边、心头的事情。充满深情与诗意。缓慢的节奏，低沉的调子，读来令人心醉。他的诗没有国内诗家常挂在嘴边的所谓庞大的结构、深刻的思想那些吓人的东西。他的诗简易，而不简单；单纯，而不单薄。他有一句诗（见《早晨的大海》）"让我在这里停步/也让我看一会儿大自然"，启发我写出"车子停下来/停在戈壁滩上"那首诗来（其实是事后才发现影响的痕迹。当时并没有意识到）。二则，他对自己很严格。写得勤快，作品保留得少。四十岁出版第一本诗集，才收了十四首作品。他是个孝子。一直和生病的母亲住在一起。

另外，我要提到汪曾祺的文章。当然，喜欢汪不算什么本事。但我要说，汪的文章对我的影响。90年代初读汪的《蒲桥集》，忽然开窍，觉得散文应该这样写。其时心里虽说明了，但运笔依然难能自如。后来又读汪的小说。才发现，什么小说啊、散文啊，都是作茧而自缚。汪的散文和小说一样的写法。甚至他《晚翠文谈》里的评论文字！由此，我渐渐懂得，做文章，无论你是写景、叙事、抒情，还是议论，总归你在作文章啊。所以，你得把句子写好，把文字安顿好。汪说，写小说就是写语言。我想，写什么不是写语言呢？但现在很多人的语言有问题。更要命的是，常有些评论家、批评家认为，语言文字是小事，不值一提。对于语言的忽视，恰如一个建筑师无视建材的品质与特性，又怎能造就文学的屋宇与大厦呢？

当然，优秀作家的语言风格各不相同。我喜欢汪的从容与幽默。从容源于自信，幽默根据宽博。中国当代文学最少从容与幽默，常见悭吝与窘迫。

《朱光潜全集》皇皇二十卷本。是一位多年的老友送我的。爱如至宝。我的书架上除此之外，只有一套鲁迅的全集了。朱的《西方美学史》《诗论》《文艺心理学》《给青年的十二封信》等，都断断续续读过好多遍。对朱的学问我无法评价。但从我粗浅的阅读得来的印象，朱与宗白华无疑是国内最好的两个美学家。读朱先生书，最让我感动的是他的文字与思想。虽说他是一个学问家，但其行文的平实与优美，无与伦比。他是中国古风在当代最好的延续。其《诗论》，语言富有诗性之美。可以说，他是20世纪40年代一位不折不扣的文体家。另外是他的思想。其知识之渊博，论理之周密，可谓征引自如，丝丝入扣。但有时，他一句果决的断语，锐利而深刻，直刺人心。他说，自从有了学校，文章就消失了。六七十年前的一句话，至今如锥在耳，发人深思。

罗素的《西方哲学史》。这本哲学史读物是我了解西方哲学的方便之门。十几年前买的。翻了不知多少遍。但从未一口气读完过。罗素的这本哲学史，好读，耐读。百读不厌。它资料详备，述论生动。他说苏格拉底很丑，有一个扁鼻子和一个大肚子；但他是一位圣者。他用灵魂很好地驾驭了自己的肉体。他讲犬儒学派的狄奥根尼——这个曾因涂改货币而下狱的不良钱商的儿子——立志要涂改世上流行的一切货币。他拒绝接受一切习俗,要像狗一样活着。读这样的哲学史,如同阅读人物传记,有趣,又有意思。难怪哲学家的罗素要被授予诺贝尔文学奖呢!

历史学方面,我要说说斯塔夫里阿诺斯的《全球通史》。吴象婴的译本。这本书给了我一种全新的历史观。例如为什么是全球史?全球史为何以1500年划界?搞清了这些,就不难明白,现在谁还站在自家门口看世界,如果不是别有用心,就是愚蠢透顶。相反,如今我们只有站在世界的角度看自己的历史与现状,才能看得清、分得明。再如它对工业革命和政治革命的叙述。条分缕析,简明扼要。历史就该这么写。这么写就是对历史的尊重,对读者的负责。话说回来,我们什么时候能有一部这样的中国通史呢?

最后,我要提到美国学者宇文所安的唐诗研究专著——《初唐诗》《盛唐诗》和《晚唐:九世纪中叶的中国诗歌》。我不搞唐诗研究。但和大多数读书人一样,喜欢唐诗。自然就喜欢研究唐诗的著作。当然,此前也看过闻一多、林庚先生的研究唐诗的文章。也喜欢。但像宇文这么系统全面地研究唐诗的著作尚不多见。而且这位先生是个美国人。就更加一层神秘色彩。顺便提一下，如同何兆武译罗素，吴象婴翻全球史一样，贾晋华先生的译文流畅而妥帖。为不通英文的读者提供了很大的方便。读这三本书，我最大的感受是，西方学者的思路与视野和大陆学者很不一样。宇文对于唐诗的观念很新，论述极细致。讲到初唐诗，他说，初唐诗歌有自己的特色与成就，它既是唐诗的开端，又是初唐诗的自我完成。初唐诗人不是为后来者开辟道路或者做准备的。他们也是自我艺术的成就者。和我们的文学史家完全两种眼光。

讲到贾岛、李商隐。他说，他们写的是另一种诗。尤其是贾岛的"苦吟"，是对诗歌艺术的精益求精。他才是真正用生命写诗的人——"吟安一句诗，捻断数茎须"。反观我们的文学史叙述，无一例外地用李白、杜甫的标准要求所有的诗人。还美其名曰：百花齐放。所以，看这样的诗学论著，对于我们这些处于蔽塞状态的读书人来讲，正是开了天窗啊！

2018 年 3 月 28 日修订

关于诗的通信（二则）

一

宁刚，好！

一直说把你的《光阴》带过去。临了就忘记。现在这脑子！

昨天见面，尽管说不急，但我还是有空就给你复信。趁着现在读你文字的印象还深，还新鲜。

我对你上次信中的一个比喻很感兴趣。你说，"对象性"写作像是穿过圆的直径。90年代很多"致敬诗"都是这样。太直接，太省心。反而费力不讨好。而"契机性"写作像是切着圆的弧线——很美，有风度——则有避免这种毛病的可能。但这个"契机"很重要。它是写作者寻找自己与对象之间的一个合适的角度，一个恰如其分的点。它需要敏锐的感知与适度的把握。优秀的诗人，如顾城、于坚、海子等人都是这方面的能手。

这次写台湾的组诗，我悦意于每每能够有对于一个"契机"的感知与把握。如此，能够尽力克服自己被写作对象所左右，所遮掩，而力图切入对象内部并与之相契合。特别是写《野柳的秘密》《桃园街景写意》《太鲁阁老兵公路》时。你对这几首的肯定，令我欣喜。尤其是你对《故宫博物院看翠玉白菜与东坡肉形石》一诗的读解。说实话，这首诗很多人并不看好。它的意思在文字之外。是对古老的手艺人的一个遥远的致意。也是对如自己一样的文字手艺人的自我安慰。

的确，去台北"故宫博物院"前，就想起余光中的《白玉苦瓜》。但没有看到那件宝贝。写自己的诗时，脑子里只有当时看到和后来想到的东西。完事之后，又拿余的诗看。觉得是两种不同的写法。《白玉苦瓜》，工笔彩绘。我的诗，则近于白描。不敢，也没有要和余诗人较劲的意思。

现在，该说说你的诗了。《我所敬慕的老人》，初看这个句子，我觉得这不是作诗的题目。然而，看诗，看过两遍，我服了。我想，大约没有什么题目不能作诗。端看怎么作！

的确，你这首诗，从选材，到行文，容易让人想到于坚的诗。但读来没有模仿的痕迹。关键在于，生活是自己的，感受是自己的。实话说，这种从日常生活的根部生发而提升出来的诗意，很不好表达。容易陷入两种窘境：要么是诗意的单薄，要么是诗思的生硬。但你的诗，优游有度，拿捏自如。令人惊叹。

昨天，沈奇兄还和我提到你在写诗与写论文之间的徘徊。我有同感。

应该说，你的诗的潜质是很大的。这一点完全不用怀疑。假以时日，必有所成。所以，我自然是赞成你保持对于写作的热情与用力。当然，现在你所处的工作岗位，又决定了你必须花时间与精力到教学与科研中去。好在，你有这方面的能力与精力。所以，这也不是太难的问题。总之，无论如何人生都免不了要做这样与那样的抉择。真如弗罗斯特所说，在歧路口，我们只能选择。别无他法。

董桥的《橄榄香》，买来看了。没有看完。这位董先生的文字，我有亲切感与信任感。但说不上喜爱至极。每个作家都有自己的性情与风格。我们选择合适自己情性的那个。读书就是交友。以后，有什么好看的书，推介给我。而不是不好意思。学业有专攻，闻道有先后。这和年龄没有关系。

说到散文作家，我最爱的莫过于汪曾祺与阿城。周作人、鲁迅当然不在比较之列。汪的散文给我的影响很深。包括他的文学观念。他六十岁开始写散文，十余年也有大成就。

扯远了。就此打住。

祝春好！

2014 年 3 月 17 日

二

宁刚，好！

四月七日的来信，我看了。最近课忙，没有及时回复。请见谅。

谢谢你的诸多鼓励之词。我把她作为一种爱意与助力，留给自己。

尼采的书我曾经买过漓江社的一套《尼采文集》。《查拉图斯特拉如是说》《曙光》《权力意志》《快乐的科学》《论道德的谱系》，还有《悲剧的诞生》。全没有读完过。对于尼采的一知半解，基本来自陈鼓应、周国平等学者的介绍文字。但对于尼采的悲剧精神，我倒是打心里佩服。这和自己的经历有关。自小体弱多病，又不甘命运之安排，所以时常会如尼采所说，跳出身外，把自己看作人生悲剧中的一个角色，认认真真、轰轰烈烈（今天大概应是寂寂寥寥了）地演下去。尼采之于我的意义大约在此。

说到木心。我完全赞同你的观点。一个人批评一个人，尤其是木心批评鲁迅和孔子，对于被批评的对象究竟无甚改观。但从另一面看，无论是谁，都可以被批评、被评论。只要言之有理，言之有据。这是木心给我们的启示。自然，木心自己也难逃此例。我觉得木心的意义在于，破除我们心中一种固执的观念与偏见——有个神，你碰不得！

北欧诗人豪格的名字我之前好像听说过。今天你又提及。我找来北岛翻译的《北欧现代诗选》。看到奥拉夫·赫格的名字。我想这个赫格应该就是豪格了吧。书上选了他三首诗。我在两首短诗前有过标记。其一《今天我看见》："今天我看见/两个月亮，/一个新的/一个旧的。/我很相信新月，/可我猜它是旧的。"《我曾是悲哀》中的两句："我曾是悲哀，隐藏在洞穴里。/我曾是骄傲，建造在星星之外。"语感轻盈，而曼妙。我喜爱的一类。以后有机会，找豪格的作品看看。他喜欢陶渊明。我想,大家应该引为同调的。

你发来的评论马永波的文章,我看了。一贯的机智、敏锐而深刻。我很吃惊你对于生活和人生有那么深切的感受与表达力。马永波的诗我以前没多留意。后来翻看沈兄《你见过大海》选编的几首,果然和你文章选评的诗作,无论是语感,还是情调,都有了很大的变化。说实在的,我敬佩他的前作,而喜爱他后来的诗风。他的诗,日常、深永、幽默、机智(仅从你的文章看出)。和当下流行的口语诗品判然有别。如你那儿有他的诗,我想看看。

再说说你上次谈诗的修改一文的观感。"秋日的诗意",我看过不止两遍。的确很珍贵。和一位写诗的朋友开诚布公地讨论、修改一首诗作,在这个时代是奢侈的。一次,一位诗友让我给他的诗作写评论,因为吹捧不力,对方心生不爱。所以,我对你们之间的诗谊感佩之至。我特别赞同你对诗歌语言所发表的见解。

你说,日常语言对诗歌语言有极大的侵蚀性。所以,要求写作者对语言要有高度的自觉与矫正力。这是对的。语言的自觉性不高,就会被日常语言的惯性,被大话、套话、空话所玩弄和欺骗。这都是极有见地的观点。其实,语言的惯性说到底是思想和情感的惯性,是生命的惯性。在惯性中生活,自我就消失了。日复一日地劳作,夜以继日地偷闲,都是没有生意的人生,缺乏诗意的生活。所以,诗就是让人回到自己,返归生命的本真。

另外,你谈到诗的细节。诗的细处越具体越好,具体才可感、可触。这些所感、所触之处就像一根根涂有硫黄的火柴头,只有这些"火柴头",才可能在人的心灵的"擦纸"上擦出火花,点燃情感与思想的火苗。这段话说得太好了。一则意思好,二则行文佳。这是中国诗论的传统。我看到了这个传统的新生。在你的笔下。

最后,对于那首诗的修改,我有一点异议,也表达于此。

首先,题目"路上偶见"就不好。改为"偶见"即可。其次,正文部分。"秋风吹散了树叶","了"字多余。"隐约间与天相连","间"字可删。"整齐的稻茬闪着光露出"句,"着"和"露出",去掉。这样,诗的节奏感是否紧凑一些,你说呢?

最近,哪天有空,我们坐坐。

祝好!

2014年4月10日

人生三事
给儿子的信

串儿:

你这次过节回来,本来有许多话想跟你说。没说成。一则你忙,早出晚归,没有充足的时间;二则,我们坐在一起,难改父与子铁定的角色,气场立马不妙。有些话没出口就感觉不对,一出口,只能落个可笑下场。

你今年已二十有六。有些话,作为父亲,无论对错,也无论对你有无帮助,但我还是想说给你听。因为,过了这个年岁说,有益也无用。

俗话讲,做人难,做男人更难。尤其在当今这个世道。但也唯其如此,才要你做。你做了,做对了,更显其珍贵，而有价值。

男人当其二十岁余，应做三件事：一谋一份稳定的工作，糊口养家。二找一个合适的伴侣，成家立业。三定一个有为志向，安身立命。

谋职就是找个饭碗。这个不很难。我想，你把过去所学，用个三五年时间，便可做成你们专业方面的技术能手。你现在所做的，就是这样的工作。一定要细致认真，把基础打实。今后到哪儿都不愁饭吃。这一份职业是人人都有的。

但人一辈子光吃饭穿衣还不够。仔细观察，周围有不愁吃穿，甚至有所谓的有钱人，却郁闷空虚，昏昏度日。为什么？一生没有志向。没有生存之上的更高追求。所以，一个人，尤其作为男人，你得树立一个与自己兴趣结合的志业。不说为社会，单只为自己生活的意义而言。当然这有难度。你得认真思想与考量。得花时间与精力去实施。这不是三年五年，甚至不是十年二十年能够成就的。它要你花更长时间更多精力去经营。当然，在这一过程中，你会获得极大的，别人所没有的苦与乐、孤寂与满足的体会。生命的价值往往不是得一个结果，而是在一个具体的过程中得到成长与强大的体验。

相对于职业与志业，其实人生最难得的是爱情。

有人发财致富,有人事业有成,但兼得真爱的人,少之又少。爱情之所以难得,至少有三个原因:

其一,爱情是可遇而不可求的。爱要自主与自由。为什么?不自己做主张,不由自己内心的喜悦来,能找到真爱,其实很难。所以,一旦遇到可爱之人,绝不能轻易放弃。否则,会悔之莫及。

其二,真正的爱情是两心相悦。这点更难。现实生活中的爱情,往往不对等。不是你爱她多一点,就是她爱你少一点。处理不好,就会起矛盾。有人说,恋爱时不妨选个你爱的,结婚时最好找个爱你的。这种市侩的考量,不足为训。最切实的做法是,无论恋爱或婚姻,都应确认爱的前提与爱的局限性,然后去培养,去发展与完善。爱像一粒种子,只有适合的土壤,风调雨顺,才会发芽,抽枝,生叶,开花,孕育并结出果实来。

其三,爱情会变化,乃至转化与升华。须用心呵护,坚守不移。恋爱时的爱意最浓密,最殷切。随着时间的推移,爱的新鲜感过去了,两个人的感情就会有变。一旦对未来浪漫的憧憬,落到日常冰冷的现实上,难免会心灰意懒。很多人从恋爱走入婚姻,忽然发现昔日的爱情不在,剩下的是油盐酱醋的乏味,与锅碗瓢盆的磕碰。这是最常见的爱情悲剧。那么,结婚后的爱情去哪了？它的一部分衰颓了，一部分转化成了亲情。亲情是从爱情抽发出的情感的枝叶。后来有了孩子，爱情便升华为母爱与父爱。天下父母对于子女的爱，应是最自私，又最无私的。自私是对自己孩子而言，无私是对于自己而言。这是人的感情的一个自然的蜕变过程。

人这一生，谋职为求生存，立志为着更长远的发展，恋爱为使生活有个根底与归宿。三者不可或缺。但最根本的还是后者。有了爱情，生存有依据，发展有动力。生活中的苦乐，才会有分担，有共享。我想，这大概就是人们常说的幸福吧。

作为父母，没有不为儿女的生活幸福而操心，而期盼的。他们会尽其所有，尽其所能，为儿女提供帮助与资助。尤其你是爸妈的独一的根苗。

你在上海一个人奋斗。爸妈懂得你的艰辛与不易。无时无刻不关注与关心你。为你的每一番周折而揪心，也为你的每一次进益而欢情。因此，你也不是一个人孤身海上。这期间，你要一面工作，一面保养好身体，调整好心态。另外，在可能的情形下，也要拓展自己的朋友圈。尤其是结交年长自己二十岁以上有生活经验的长者，与之成为忘年之交。这个经验对年轻人的成长极有用。当然，这种友谊与爱情一样，是可遇而不可求的。

那么，另一个交往方式，简便易行，就是阅读。古人讲，以文会友。读书也是一种交友活动。这些古今中外的智者，因为时空的阻隔，你只能经由文字见得。虽说如此少了会面的亲切气氛，但也少了相互间的客套与絮叨。你只须开卷，便可见其思想与智慧，获取助益。

人在年青时，最重要的事情是，循着自己的心性，依着内心的所好，扎扎实实去做一件事。不计成败。做事，不怕失败。跌倒了，可以从头再来。这个节骨眼儿，最怕的是，缩手缩脚，瞻前顾后，丧失信心。

串儿，爸告诉你，几年后，假如事不如意，只要你还有钱买一张机票回来，都不算丢脸。

你走后，西安一直是阴雨天气。今天更是大雨如注。但雨再多再大，终有放晴的一天！这是一定的。我坚信。

2017 年 10 月 3 日

青瓷人生
王宁和他的青瓷艺术

和王宁先生见过一两面。印象深的是去年秋上那一次。

记得一个周末。天气好。心情也好。和两个朋友去铜川药王山看古摩崖刻石。傍晚下山,一个搞瓷艺的朋友约来见面。饭桌上,朋友介绍王宁先生。算是彼此认识了。王先生衣着素朴,谈吐不俗。席间话语不离瓷艺这个话题。他不断提到的两个名字——陈万里、李国桢——都和耀瓷有关。

对中国瓷史稍有了解的人都知道,耀州青瓷创制于唐。到北宋,已与定、汝、官、哥、钧等五大名窑制品齐名。成为朝廷贡品。后来由于战乱等原因,这门技艺失传了。耀州瓷成为一个空洞耀眼的名词,黄堡镇成为一处衰败的历史遗存。

20世纪50年代,著名古瓷专家陈万里来铜川考察,意外发现了记载耀瓷工艺的《德应侯碑》。这件事为耀瓷的复兴打下了基础。过了二十年,轻工部的李国桢工程师到铜川陈炉陶瓷厂试烧耀州瓷,终获成功。耀州青瓷在沉寂千年以后,重放光彩。王宁说到陈、李二位,常语带激情,眼放光彩。毫无疑问,他的青瓷事业也是由此开始的。

近年来,随着国内经济的发展,瓷艺市场也不断拓展。陶瓷制作成为一个时尚而又不乏经济效益的行当。很多人纷纷投入其中。不说全国,光是铜川,烧制、出售瓷器的厂子与作坊就为数不少。王宁的"春牛画坊"自然也算一家。

世上的人和事,很多时候,搭眼一看,大体不差。但若细加究察就会发现,其实人与人不同,事与事各异。王宁和他的"春牛画坊"在耀州瓷行就显得与众不同。

王宁从事耀瓷的研究与制作已有几十年的历史。他从一开始就不只着眼于市场,而是潜心于瓷艺的探索与改良。耀瓷的特点是胎薄釉匀,色彩翠绿。但耀瓷釉面亮丽有加,而温润略嫌不足,这是一个显在的缺陷。对此，王宁倾尽心力，数十年艰苦摸索，终于克服了这一大难题。他的"春牛画坊"所出的瓷品，色泽绿润，浸心滋肺，无逼人的亮光。提高了耀瓷的品质。这一成就已得到业界的认可与嘉誉。

大凡和王宁有过接触的人，都能感受得到他身上的质朴与诚恳。王不圣，也不愚。对于日益勃大的市场，他也不排斥。他要生活。他的事业要发展。再说了，市场的需求也是人的需求的反映。所以，王宁和他的"春牛画坊"也不能不放下身段，走进市场。但王宁毕竟是以瓷为艺，创新永远是他的瓷品创制之前提与基础。当许多人机械地仿造、粗制古代传承的几件青瓷作品——如倒流壶、双耳凤瓶——以充斥市场时，他把自己几经试验成功的耀州青瓷浮雕艺术挂盘推向市场，赢得了很好的艺术评价与经济效益。过去，耀瓷精品主要进献宫廷，供王公贵族玩赏。现在，王宁把耀瓷做成各种不同题材——如人物像、动物像、花果图等——的艺术挂盘，使之进入寻常百姓家。

另外，青瓷印章也是王宁的一大发明。此前，王先生托人赠我一枚方形瓷印。印体与普通石印大小相当，色墨绿，通体泽润似玉。其刻字笔画劲健，有汉风。我国治印的历史很长。始于商，盛于汉。明清在文人间甚为流行。材质也多种多样。有石，有铜，更有玉。但瓷印却极少见。王宁先生凭着他春牛奋蹄的执着劲儿，经过无数次失败的尝试，终于摸索、练就在经受1300℃高温烧成的青瓷上篆刻的高难技艺。青瓷印章由此成为中国印史上一个新品种。也为耀瓷添加了一个新的品类。这是王宁先生在瓷艺上的又一创造。

王宁现已成为耀瓷界的名人了。但他并不满足于此。对于王宁来讲，名和利不是他的目的。对于青瓷艺术的挚爱与孜孜探求，才是他生命的根本所在。

那么，我们不禁要问，是什么东西让王宁如此痴迷于青瓷艺术呢？当然，你可以说是一个人对于艺术的挚爱。但这还不够。

我以为，王宁先生对于耀瓷艺术的深情根植于他脚下的土地。

一般来讲，人与土地的关系，最显见的一层，是土地养育了人，收纳了人。土地是生命的根源与归宿。所以，人以重土慎迁、落叶归根，表达对土地的深爱。但土地之于人，不仅在养护他的身体。人也不仅仅只是索取于土地。土地也有她潜在的特性与功能，一些有心人发现并醉心于此，陶土制瓷，使得沉默不语的泥土焕发出耀人心眼的光泽与色彩。这就是王宁的手艺与事业。在瓷艺家那里，人与土地的关系更深一层。艺术使得人与土地之间摆脱了单纯的实用关系，而上升为一种深在、恒久的审美关系。

现在，王宁先生的作品摆在那里。昭示我们，耀州的土，不仅生长粮食与果木，养人身体，而且能烧成别致的青瓷艺品，拿来清赏，滋人精神。粮食和果木，吃了就完了。土制的青瓷艺品，能供人长久地凝视，启人深思。土地所给予的，人们领受，亦须有回报。王宁比谁都懂得这一点。所以，王先生与青瓷艺术的厮守，就是他与脚下这片土地的厮守。对青瓷艺术不舍地追求，是他用来表达对故乡土地深厚感情的一种具体而真切的方式。

这就是王宁先生的青瓷人生吧。

2014年4月3日

人与命运的言和

夏阳炎炎,微风入窗。

嵯峨山下龙泉山庄的一间屋子里,我给三十几位文学爱好者讲课。

这些文学的信客,此前我一个也不熟识。

我不知道他们的身体多有不同程度的残疾与病痛。

轮椅和拐杖停靠一旁。我们晤言一室,交流诗文,互通生命的经验与感悟。

实话讲,现在我们城市的大街小巷,残障人士并不易见:人们几乎要遗忘他们的存在。猛然置身于这么多残病人中间,我起初真有些讶异。但很快就心平气和下来。我知道这是我们生活最真实的一面。这是此刻我生命的真切存在。

我们的讲题是——诗与人生。

这么个大题目,拿给这些普通而又特殊的文学爱好者们来讨论,实在妥帖不过了。

记得那个尼采吧,他说,文艺是生命的自救。我把自己和身边这些朋友比,感觉他们才是这句格言实实在在的践行者。他们最有资格来讲诗与人生这堂课。

比如说左右,一位聋哑诗人。这群朋友中唯一一位我略有知闻的诗作者。他靠写诗发出声音。此前,匆匆照过一面,印象模糊。依稀记得他写过一首《聋子》的诗。诗曰:我想做一个能听见声音的聋子。

此刻,左右坐我对面,和我微笑。我们同桌共饭,他给我添菜。我永远记住了这个与他的诗一样自信而又平易的青年诗人。

课后,我悄声问别人,左右如何听讲?人说,看口型。

我唯唯,哦,哦。

我似乎明白了。

我确乎明白,这世上终究有我的不能、不明与不白。

下午,告别左右。告别几位新结识的文学朋友,下山回城。路上,脑子里时不时地现出"想做一个能听见声音的聋子"这句诗。我问自己,这是一个人的宿命,还是心有不甘?是人之于命运莞尔一笑之超脱,还是心下坦然之握手言和?

我给自己的回答:

也许是。

也许,不都是吧!

2015 年 8 月 10 日

送你一朵花

一天中午。两个小姑娘。

大概是小学三四年级的样子,边走边追喊:送你一朵花,表示你爱他!送你一朵花,表示你爱他!

俩人你一句我一句,喊得欢乐开怀,旁若无人。我看得心里也乐了。直到拐过弯儿。她们也跑远了。

送你一朵花,表示你爱他。挺好玩,蛮有意思的一句话。我走着,琢磨着。突然,感觉不对呀:送你一朵花,送花的人是谁?是我。那么应该是,表示我爱你呀!或者送花的人不是我,是他。我代他转送。那么,后一句应是,表示他爱你才对呀!这么一琢磨,一句蛮好玩的话逻辑上倒有了问题。可是真的这样修正过来,反倒喊不出口,也顿觉无趣。

世上的事是这样,有意义的不一定有意思,有意思的一定有意义。

晋时有个王子猷,雪夜访友。跑了一晚的水路,到人家门口却不进去,掉转船头,走了。人问为什么,他说,我乘兴而来,兴尽而归,何必要见。这话说得有意思,听来也很潇洒。但按一般的逻辑,王子猷是个怪人。疯疯癫癫。他显然做了件没意义的傻事儿。

不过你仔细想想,王的行为真的没意义吗?我看未必。

假想一下,王子猷没有扭头就走,而是既来之,则安之。于是叩门。于是友人开门迎客。于是主人热水沏茶。主客围炉寒暄。主人热情有加,而客人意兴阑珊,全无谈趣。这场会面,肯定不怎么美妙。如此,刘义庆不会记录,后人也无从谈起。所以,王子猷这一走,不仅走出了他的好心情,也走出了别人的好文章。这不是于己有意思,于人有意义的事儿嘛。

那两个学生也是。放学回家,走走说说,说说笑笑。嘴里未必有什么意义的一句话,却让她们开心不已。无意中也给旁人带来乐趣。这不是有意思又有意义吗?

由此,我想到艺术的创造。艺术家随心所欲,任性而为。原本都是循着有意思而去的。不经意地,他们的创造也给别人带来快乐。这就是意义。

诗人叶维廉写过一件趣事。几位朋友外出散步，过一片野地，一个人惊呼：看，禁止的鱼！大家都惊奇，拢过去一瞧，原来一块木牌子斜插在池塘边，上面写着：禁止钓鱼。误会解除了，众人顿觉无趣。

看来有意义的，不一定有意思。禁止的鱼，虽说于理不通，但令人惊异，耐人寻味。有意思。一旦清楚了，便觉索然。世事往往如此。如果有谁认真起来，非要把那两个孩子的话给纠正过来，意义倒是有了些，但就一点意思也没了。

回到家，我把小学生的话说给儿子听，立马引起他的共鸣。饭前饭后念叨。背书包下楼，嘴里也喊着——

送你一朵花，表示你爱他！

文学的香火

写在《馨火》五周年

一天下午,接到一个学生电话,说《馨火》已经五年了,叫我写一些纪念文字。我二话没说,就应承了。

《馨火》是一本学生刊物。我亦与之有缘。

建科大由学院而大学,成立中文系,是2003年。我第二年调来工作。《馨火》杂志就是当年创办的。记得第一期的扉页上有校长徐德龙院士的寄语。长篇大论,语重心长。

《馨火》杂志由中文系学生主编,主要的撰稿者也都是本专业的学生。为强壮力量,大其影响,几个爱点文墨的老师被隆重地邀做编委。我的名字便忝列其中。名为编委,其实杂志的一切事务都是学生自己做。我少有过问。有时学生来约稿,我手头有什么就给他们拿去。过一阵子，又有学生送新印的杂志来。翻开看，我的诗文一字不落地刊在上面，散发着浓郁的油墨香。

为写这篇文章，近日，我把手头能找到的七八本《馨火》杂志翻了翻，发现登在上面我的诗文也还不少。其实，我是一个性情懒散的人，做事作文俱无常性。平时偶尔写就的一些文字也像没人管的孩子，随它们去了。少有交给报纸、杂志刊发的。后来，有了《馨火》，也因为学生恭敬热情地约稿，不敢怠慢，就像学生完成老师布置的作业那样，认真写，细心改，以图不要留个歹印象。《馨火》虽说是一本学生习文刊物，没身份，没地位，许多人对它不屑一顾，但我觉得我们有缘，偏爱它。在《馨火》这片园子里，我的文字，或长或短，或高或低，都能随地落脚，自在舒展。它们随意抽出的枝条，偶然生发的花朵，被经过这个园子的人有心或者无意看到了，彼此也起了心灵的犀动与交通。说不定因这点缘分，彼此的生命与生活有些许的改变，而结出不同的果来。

我相信这个缘。也珍重与《馨火》的这份缘。

五年来，《馨火》换了三任主编。有男有女，他们都是我教过的学生。说实话，老师和学生在课堂上的交流有限，学生展示自己的机会更少。所以一个学期，甚或大学四年下来，真正给我留下深刻印象的学生，没多少。但因为《馨火》的关系,我和几个学生有了更多的联系与交往,彼此留下很深的印象,至今不忘。

谭建就是其中一位。

这个个头高挑、性情豪爽的山东小伙是《馨火》杂志的第一任主编。也许是心怀了开创业绩的使命感,也许是生就的风风火火的好脾性,他和几位同学真把这事当事干。策划,组稿,排版,印刷,一个环节都不放松。听说他们经常通宵达旦,加班加点。杂志印出来,分送出去,征询意见,期期以求精进。他们干得河响山动,杂志质量也月升日上。不但校内校外产生了影响,还听说在上边获得这个奖那个奖。谭主编在这个位上尽了应尽的责任。有一次我问他工作的甘苦,他憨憨一笑,说,主要是学习。大学毕业后,谭建应聘到广州某个房地产公司工作。我想,他一定从编辑杂志的实际工作中学到了比在课堂上和书本里更多,而且更加有用的知识。

2006年,学校五十年校庆,《馨火》出了一期特刊。杂志设计印刷得庄重而喜庆,刊载的文章亦活泼可读。其中有篇文章谈诗论人,署名言西早建。我一看笑了,知道是谭建。还有一篇辰恩的散文《吾师韩先生》。写中文系教授韩鲁华。描形绘神,声色俱在,真是把身边一个大活人搬到纸上去了。我私下里问过,好像还是谭建所作。由此,我在内心里把这个年轻人看得格外的重了。毋庸说，谭建的成长与《馨火》杂志有着密不可分的关系。当然，不只是谭建一人。所有直接或者间接跟这本杂志发生过关系的人，都会有他们的故事，也会留下属于他们自己的生命的痕迹。

所以，《馨火》虽然是本小刊物，但它的作用不可小觑。它是许多文学爱好者的精神集散地。这里，自会聚成它的人气，发生它的故事，也会形成它的传统与历史。

有一年年终，《馨火》编辑部开会，请了许多人座谈。我说，给杂志改个名吧。馨火换成香火，意思不俗，好读也好认。大家议了一番，也没什么结果。

后来想想，其实一本杂志跟人一样，名字只是个符号。重要的是，《馨火》本来就是一炷由爱力与热情生成的文学香火，自打点燃那一刻起，它就香烟袅袅光亮灼灼，而今历经数个春秋，不但不曾熄灭，且愈燃愈烈。

我相信，《馨火》会有它的未来。长长久久，其实无量。

2009 年 4 月 5 日

卷 三

沈奇诗学批评的批评
兼议《台湾诗人散论》

沈奇是从诗歌创作转入诗学批评的。

有着二十年以上诗龄的沈奇,于1986年《文学家》第四期发表了集数年思考而全面评价第三代诗人的重要论文《过渡的诗坛》,引起诗界强烈反响。从此要把主要精力投注到现代诗学批评,尤其是对第三代诗人、诗歌的研究上,时有重要文论刊发。1991年5月,沈奇在西安与台湾著名诗人张默、大荒、管管、碧果结识,随后渐次开始了对台湾现代诗的研究。1994年,他又作为访问学者到北京大学,师从当代著名学者、诗评家谢冕教授研习一年之久。其间,他继续潜心于台湾现代诗学研究,发表了一批很有分量的研究论文,在两岸诗坛引起大的反响。1996年,积数年之成果,结集出版《台湾诗人散论》。至此,沈奇在诗学批评的路途上整整跋涉了十年,共发表诗学论文五十余篇,出版诗评论集一部,还编选了七十余万字的《西方诗论精华》及《台湾诗论精华》,可谓所获不薄了。

当然,数量上的多寡从不足以用来说明问题的实质。那么,拿什么标准衡量一个有成就的批评家呢?我认为有两点至为重要:其一,批评的个性。一个优秀的批评家,必然以其具有艺术性的批评文本表现出独特的批评个性。其二,理论上的贡献。一个重要的批评家,必定以其具有突破性、创建性的理论影响当时文坛,并在文学发展史上确立自己的位置。实际的情形是,有的批评家优秀但不重要,有的批评家重要但不优秀,有的批评家既优秀又重要。以此标准检视沈奇的诗学批评,我认为他属于后者。

一

指认沈奇是一位优秀的批评家,是因为在他所提供的那些极具艺术性的诗学批评文本中,表现出的与众不同的批评个性。

(一)从文本出发的本色批评

从文本出发,而不是从人或别的什么东西出发,这是保证本色批评的出发点和可靠依据。文本是诗人存在之根本,诗人最终要靠作品说话。而当下盛行的批评异端恰是抛开文本本身,随意泼洒的专为作者欺世的"捧场"笔墨。阅读沈奇的批评文字,我发现,在他的批评视野里"没有诗人,只有诗"[1]。

《静水流深》这篇长达六千余字的诗评,来自许多年前某个深秋的早晨,一位未名的校园女诗人的天才诗作对他诗性灵魂的真诚约请。在文中,通过对诗歌文本的细致解读,沈奇认为,杨于军是"那种天造自成式的特殊的诗人","她的诗根子似乎扎在一个我们不熟悉的地方","她的诗格外是本能的,表现了她天性深处的东西,保持了她自己对生命、自然和世界独特的感悟和由此产生的独立的诗性"。[2] 几乎是一夜之间,杨于军的名字和她的诗作便频频闪现在《飞天》《诗刊》《人民文学》《作家》《诗歌报》等刊物上,并入选数种诗集。20世纪90年代后期,青年诗人伊沙和他的颇具后现代色彩的口语诗,走出陕西,响遍大江南北;青年诗人李汉荣与他的颇具野心的现代浪漫抒情长诗日渐为诗坛所重视,都得力于沈奇伯

---

[1] 沈奇:《谁是诗人——当前诗坛断想A、B、C》,《诗歌报》1989年5月21日第1版。
[2] 沈奇:《静水流深——评杨于军和她的诗》,《社会科学探索》1989年第1期。

乐式的发现与推介。当然,沈奇相的是"马",而不是马的主人和别的什么东西。

在台湾诗学研究中,沈奇坚守一贯的批评立场,潜心细研文本,绝不人云亦云,好处说好,坏处说坏,显示了诚实批评的本色和力量。郑愁予是名重台湾诗坛的大诗人,沈奇并未闭着眼睛,好歌送到家。在《美丽的错位》一文中,他既肯定了前期的诗人因错开主流思潮,保持个在本真写作,而形成的独具一格的"愁予诗风",也毫不保留地指出,晚期由于"错开本土,错开母语环境……在异国他乡中创化的新的'愁予诗风',便大变了味"[1]。相反,诗人大荒在台湾诗坛名不甚大,位不甚高,然而一部《存愁》使沈奇无法避开一位真正的诗人而言他。在《历史情怀与当下关切》长文中,沈奇用较多篇幅对长诗《存愁》的意义价值进行剖析,指出"为历史作巨镜,为苍生刻大碑,是诗人大荒发自生命底蕴的意愿。故大荒的作品一开始就避轻就重,以个体生命与历史交融为一,作为'血的蒸汽',作为'醒过来的人的真声音'(鲁迅语),关注大时代、大状态、大生命意识,且以大意象、大架构、大诗、长诗的艺术空间予以容纳和展现,充分显示了一位高品味诗人的大家气度"。

---

[1] 沈奇:《台湾诗人散论》,台湾尔雅出版社,1996年版,第262页。

他认为,大荒的诗"尽管尚有某些未完全突破的局限,但他的基本风骨,是我们这个时代所缺失的,他的诗,是为那些心智成熟了的人们所写的,或不为当下所青睐,却可能为历史所铭记"。[1]

不"求疵",不"捧场",从文本出发,为作者设想而不为作者欺世,保持一种健康本色的批评姿态,这是沈奇独有的极具个性的批评立场。

(二) 独特的切入角度

从文本出发是健康本色批评的基点,并不能必然构成有个性的诗学批评文本。时下流行的那种"引—述—评"式的从作品到作品的肤浅的公式化批评便是明证。

沈奇的诗学批评文章,几乎每一篇都别具一格,面目各异,既不落俗套,亦不形成固定的模式,关键在于对独特的切入角度的选择。

当然,切入角度的选择、深入,离不开相应的诗学理论的观照。独特的切入角度也是为相应的理论实践提供恰当的切入点。

沈奇在《痖弦诗歌艺术论》一文的上篇,论析痖弦诗歌的"精神向度"时,把反驳"论者称痖弦为抒情诗人"这一"误读"选作文章的切入角度,用现代

---

[1] 沈奇:《台湾诗人散论》,台湾尔雅出版社,1996年版,第54、80页。

诗学理论做支架,从诗人"面对存在"所持有的"消解非反抗的""态度","走出情与梦锁闭的现代诗",同外部事物对话,"将它看作是可言说的世界一部分"的观察"角度","客观、冷凝、超然其外"的感受"方式",以及"超现实、跨时空"的"民族性与世界性"的诗歌精神等几个方面,揭示了痖弦诗歌"彻底的现代主义"的本质特征。下篇仍以现代诗学理论十分关注的诗歌语言问题为焦点,将痖弦倡导的"准确和简洁"之"创造语言的不二法门"的诗学原则作为切入角度,分别从"对口语的运用与对叙述性语言的再造""浓缩意向与重构非意向成分""卓然独步的戏剧性效果与张力效应""渐趋进完善的形式感"四个方面对痖弦诗歌的"语言向度"进行了解析。结果表明,作为一个真正的现代主义大诗人,他的独特的"话语方式"与他"自身的天性和生命体验"是相契合的。[1] 这样捅破了"抒情诗人"薄薄的窗纸,一个更为深在、广泛的诗性世界便凸显眼前,读者也看清了痖弦真实的诗歌面貌。

一个独特的切入角度的选择也并非易事。沈奇自白:"像评痖弦的长文,从收到赠书,到下心细读,作笔记、打腹稿、找思路,直至落笔,前后竟一年时

---

[1] 沈奇:《台湾诗人散论》,台湾尔雅出版社,1996年版,第86—116页。

间",其中"难在研读作品和寻找理论切入点上"。[1]没有找到独特的切入角度,即为理论准备的恰当的切入点,宁可不写,绝不轻易下笔。这就是沈奇。这就是沈奇极具个性的诗学批评。

(三) 散点式研究方式

所谓散点式研究,即没有预定的研究目标,没有预设的体系框架,完全顺其天性、随遇而安、随缘就遇式地研究,"不求学术格局"。沈奇在谈及他的台湾诗学研究时说,"所论作品与诗人,或因一时心热,或因一时好奇,或恰与当时思考中的诗学问题相契合,无涉价值判断和功利性操作","在这种消解了价值判断和体系束缚的散点式研究中,批评已不单是关于作品的指认,而成为批评者同作品/作者的一种际遇与对话,注重的是精神的契合和审美激情的开启"。翻开一本不薄的《台湾诗人散论》,我们发现书中所评论的也不过十三位诗人。沈奇既没有按照编年的顺序依次研究下去,也不是照约定俗成的大诗人、中诗人、小诗人的等级序列分类研究,像余光中、纪弦这样的重要诗人也不知什么时候能与他"幸遇",我们不得而知,恐怕就是沈奇自己也难以知晓。因为这种散点式研究不是说要做就能做的,它缘自批评家"散

---

[1] 沈奇:《台湾诗人散论》,台湾尔雅出版社,1996年版,第327—328页。

漫的激情"。沈奇说,"批评同创作一样,不能没有激情,且同样是可遇不可求",这种散漫的心境,"可以保持每一次投入的鲜活,保持一种诚实而个性化的批评,不至于陷于功利,也就同时保证了批评的质量"。[1] 窃以为,在这个物欲横流的社会中,像沈奇这样执着,坚守自己的信念,保持自己批评个性的人,虽非仅见,也属凤毛麟角了。这完全来自他诗人的本性。

(四)东、西方诗学批评相融合而成的独特的诗学批评方法

新时期以来,在东、西方文化大碰撞的时代背景下,东、西方诗学批评的相互融合,取长补短,为我所用,已成为历史的趋势,沈奇的诗学批评方法与其他大多数批评家一样,也做了这种融合的选择。然而,融合并非两种批评方法简单地相加,其中有一个融合者的主观调节的因素。如此,这种融合的结果便会因融合者的个性气质、学识修养、诗学观念等的不同而各有千秋。沈奇的"散文化批评"取向使他不愿将诗歌批评"仅仅看作为一种单一而枯燥的解码活动,在追求批评的科学性时,完全弃批评的自在性和

---

[1] 沈奇:《散漫的激情,固守的诗意》,《台湾诗人散论》自序,台湾尔雅出版社,1996年版。

审美性于不顾"。他认为，诗学批评"是诗之思，亦是思之诗；是论文，亦是美文"。[1]《台湾诗人散论》可以说是这种诗学观念之物化形态。台湾TVBS，《每日一书》栏目曾这样介绍此书："在评论的过程中，他（沈奇）一部分遵循过去诗话词话的传统，用了一些很优美的比喻手法，比方说，他评论到陈义芝的诗时，说他好像在瓷器上面上釉一样，非常光滑又不影响他原来物质的面貌；同时他也用了一些西方比较文学的手法，他提到米兰·昆德拉文学的意境，跟台湾某些诗人的作品来互相作比较。"这段话主要是对沈奇糅合东、西方诗学方法而形成的灵活多变的诗学批评方法而言的。概而言之，沈奇的诗学批评方法是这样生成的：他以中国古典诗话、词话为血肉，以西方严密的逻辑批评为骨架，再把自己个在的诗性灵魂安置在这么一个铮铮铁骨的血肉之躯上。沈奇的许多批评文本，如《1995：散落于夏季的诗学断想》《拒绝与再造》《无核之云》系列等，都是既不乏论理，同时又充满诗情的"好读有味"的批评文章，使灰色的理论之门挂满了绿色的常青藤，你不能不承认沈奇有一支难得的生花妙笔。

---

[1] 沈奇：《散漫的激情，固守的诗意》，《台湾诗人散论》自序，台湾尔雅出版社，1996年版。

二

沈奇不仅仅是一个有着独特批评个性的,为诗坛提供了极高艺术性批评文本的优秀的批评家,他在诗学理论方面的贡献同样值得重视。

(一)提出"过渡诗坛"的理论

沈奇是随着第三代诗人而出场的诗评家。他是"第三代诗歌最早的和始终重要的理论发言人"[1]。然而,沈奇绝不是一个盲目的吹鼓手,而是历史清醒的洞察者。

当诗坛多数人沉浸在对朦胧诗的胜利狂欢中时,沈奇及时发表了本文开头提到的那篇重要论文《过渡的诗坛》。在文章中,他尖锐指出,"客观派对朦胧派是一种历史的否定,但绝非历史的代替","新的多元化的诗歌群体在朦胧诗之后全面发展与形成,标志着当代中国诗坛渐次进入了一个多元化发展的过渡时期"。这一论断无疑给当时诗坛降了温,敲了警钟。沈奇认为,诗人、理论家和批评家都应认清自己所处历史阶段的过渡性,多一份冷静和自省,少一些偏执和浮躁,不要驻脚于轻易的"拒绝",须向艰辛的

---

[1] 伊沙:《诗城守望者》,《文化艺术报》,1996年4月13日第3版。

"再造"投足,"过渡"之后更需要自身的建设。[1] "过渡理论"的要义不仅对当时的诗坛有指涉意义,而且它对今天,乃至未来的诗坛都会有所裨益。

(二) 揭示"运动情结"

"运动情结"是沈奇从传统文化角度揭示影响现代汉诗发展的病根之一。

沈奇在回顾和反思了中国现代主义诗歌运动发展态势后,指出:"我们在过去十年的策略性运作中,不知不觉所借重的'运动情结',已同样不知不觉地形成了新的遮蔽。"[2] 他认为:"一场文学运动,在其发动初期,必然要依赖于一种群体的驱动力,而一旦形成并走向成熟后,这种群体的驱动的惯性则常常导致负面效应,不及时消解,便成沉疴。"[3] 长期以来,诗坛上,诗人此起彼伏的创新举旗、驱流赶潮,理论与批评家的"抢山头""占领理论制高点",都是"运动情结"在作祟。基于此,沈奇认为,要从根本上消解一切新、旧"运动情结",提倡独立思考和科学精神,"返回自身",返回诗,"从混杂繁乱'市

---

[1] 沈奇:《拒绝与再造——谈中国当代诗歌》,香港中文大学《二十一世纪》杂志1992年4月总第10期。
[2] 沈奇:《运动情结与科学精神》,台湾《创世纪》诗刊1991年7月号。
[3] 沈奇:《运动情结与科学精神》,台湾《创世纪》诗刊1991年7月号。

场'和'运动会'退出","转为水静流深式的个体劳作",[1] 真正创建"面向未来的现代汉诗之诗学殿堂"。

(三) 明察"角色意识"

沈奇认为"角色意识"是一个长期被忽视了的理论问题。在《角色意识与女性诗歌》一文中,沈奇对包括性别角色意识在内的所有角色意识进行了检视和清理,结果发现:"整个中国现代新诗潮的进程,多见于角色生命的出演,而难得有本真生命的自由呼吸。"他进一步指出:"无论在男性诗人和女性诗人那里,角色意识一直是个被暗自加强的东西,只不过在女性诗人那里表现得更为明显、特别亦即多了一层性别角色而已。"沈奇认为"艺术生命的最高层面应该是超性别、超角色的,由此才能触及人类意识之共同的视点和深度,去'混沌'而真实地把握这个世界"。所以,只有退出角色,才能进入生命的本真写作。引申一步讲,"退出角色便是退出至今困扰我们的二元话语场,去寻求另一种话语方式,乃至对所有既定话语范式、模式及权力的全面清理和重构"。其意义已经超出诗学范畴,涉及社会、人生更为广深的层面。

---

[1] 沈奇:《沉寂、造势、导引、清理,以及……当前诗坛若干问题》,《诗歌报月刊》1994年第6期。

（四）提出新诗"三大板块"理论，确立台湾现代诗之历史地位

台湾现代诗与大陆现代诗同出一源。由于历史的原因，20世纪50年代后各自为阵。但毕竟都在不同的环境氛围中为现代汉诗的发展尽了力。新时代的到来又为两岸诗坛提供了共同发展的良机。因此，沈奇认为，应该从一个大中国诗坛的概念出发，重新审视现代汉诗发展史态。在《中国新诗的历史定位与两岸诗歌交流》一文中，沈奇提出了新诗"三大板块"理论。

沈奇将中国新诗八十年（截至20世纪末）的发展历史，划分成三大板块：第一板块为20年代至40年代的新诗拓荒期；第二板块为50年代至70年代的台湾诗坛；第三板块即大陆自70年代末崛起、横贯整个80年代的现代主义诗歌大潮。他指出："三大板块构成中国新诗山系的三座高峰，共同的标志是：1. 拥有一批水平很高的代表诗人和诗人群体；2. 产生了大批有广泛影响的诗作品；3. 形成了整体的诗歌运动，并由此推动了中国新诗的发展，乃至促进了整个文学的繁荣；4. 对新诗艺术的成熟有突破性的贡献；5. 与世界文学的对接和人类意识的交汇。"这一理论的提出不仅提供了宏观把握中国新诗发展的尺度，更重要的是给了长期被大陆诗坛忽略的台湾现代

史以应有的历史地位。

沈奇在台湾诗学的研究上成绩卓著。他从20世纪90年代初致力于此，发表近二十篇很有分量的论文，"其中如《痖弦诗歌艺术论》以及关于台湾重要诗人向明、管管、碧果等的研究论文在海峡两岸获得了广泛的关注"（谢冕语）。1996年出版的《台湾诗人散论》一书，再次引起强烈的反响。大陆著名诗评家陈超教授称赞此书"写得颇有深度和专业作风"[1]。著名学者陈忠义认为，沈奇"对台湾诗学的研究真正进入深层次"[2]。可以肯定地说，借助于沈奇对台湾诗学的深层次研究所取得的成果，以及它所提供的精彩的批评文本，大陆诗界会对台湾诗学真正的面貌有所了解，渐次廓清对台湾诗歌"美而小"、精神堂庑不大的误识。沈奇以一个大陆诗评家的身份，潜心于台湾诗学研究，相信通过他的努力必将促进两岸诗坛"世纪之握"的步伐，从而更加有力地推进中国现代诗的发展。

上文我着重从积极的一面，对沈奇十年来的诗学批评做了一番检视，绝不是一味说好话。就像任何事物都有它的两面一样，沈奇诗学批评的长处与短处、优点与缺点、特点与局限也是相伴共生的。比如他

---

[1] 见陈超1997年1月21日致沈奇信。
[2] 见陈仲义1997年2月1日致沈奇信。

说:"就现代诗学来讲,我向来习惯于检视其发生与发展的进程中多了些什么,少了些什么,而不愿纠缠于什么是对的,什么是错的。"

沈奇所自喻的这种"化验师"的身份,总让人觉得态度的模糊,立场的缺失。再如,沈奇诗学批评中那种"散漫的激情",致使他对许多有影响的重要诗人的漏评,也不能不说是一种遗憾。

(原载北京《诗探索》1998年第3辑总31辑)

时代的和声
《诗刊》2019 年 10 月号读后

好多年没这么认真地阅读一本诗歌杂志了。

因缘际会,这段时间,我断续而专注地读完今年 10 月号上半月与下半月两册《诗刊》,共计 160 个页码的诗作与评论文章,很受触动,感慨良多。沉静下来,理一理思绪,谈谈我最切心的几点感受。

时代的和声。这是我阅读 10 月号两册《诗刊》最初也是最深的印象。正如诗人西格夫里·萨松写道:"每个人忽然都迸发出歌声;/于是我心中充满欢畅。"这时代的和声,源发自每个人内心的自由之声。细检这时代大合唱的音声,主要由三股声力聚合而成——时代精神的高歌、生活情谊的唱叹与生命意志之沉吟。

金秋十月是收获之季。也恰逢共和国七十岁生日。上半月刊《新时代》栏目以"我和我的祖国小辑"为题,推出胡丘陵、简明、阿华等七人歌咏祖国新貌及赞颂建设者的诗作。胡丘陵的《中国高铁》以质朴、有力的诗句,状写新时代中国社会的发展,国家精神与面貌的改变。"神州大地的纸张上","中国高铁,终以汉字狂草的速度/在时光盾构的隧道穿行";"中国高铁,一个乡村一个乡村打着招呼","轻轻地跟每一个城市聊几句/便风驰电掣"地前行。胡诗人笔下的"中国高铁",既是写实,也是象征。它是新世纪现实中国的写照,也是新时代国家与民族的精神征象。

阿华的组诗《你好,水兵》抒写了一群当代军人的新形象。这里有刚刚"戴上沉甸甸的肩章""青春正式起航"的"列兵"(《列兵同志,请入列》),也有"祖国,如果需要/我愿为你再一次穿上军装"的"退伍的海军航空兵"(《退伍的海军航空兵》)。有"手指在键盘上舞动/就像一束光追逐着另一束光"的通信女兵(《铿锵玫瑰——献给海军通信女兵》),也有被爱人爱了三十年,还将继续被爱三十年的英俊水兵(《你好,水兵》)。

马飚的组诗《送你一块铁》赞美脚踩大地的劳动者,任慧君的《如果将来——致敬"天眼"之父南仁东》歌颂仰望天空的科学家。这些诗作朴实、大气,抒写的是国家的建设者、守卫者的庄正形象,抒发着新时代的堂皇大音。

下半月刊《诗旅·一带一路》栏目推出一组十五人的"佛山诗歌小辑"。刘立云动情地抒写"南风从南海方向吹过来/从丰饶的珠江三角洲吹过来","南风""吹着大地上的好山好水/他们的好日子/就像他们烧出的瓷,晶莹剔透"(《南风吹》)。蒲小林生动地描绘"在佛山之南,火焰一燃五百年,只为/给风造型","当土窑被烧成龙窑,火焰成为/风的旗帜"(《南风古灶》)。包悦借对"汉陶馆的陶俑"之追问,溯源历史,面向未来,深情地"在佛山回眸青春"(《在佛山回眸青春》)。诗人们以自己个在的视角、切身的感受,抒写一城一镇的古风新变,一事一人的情迁志转,折射"一带一路"经济新政给国家社会带来的新景况、新变化。是新时代精神的一个现实标本。

生活情谊——乡情、亲情、友情与爱情等情愫,是人类精神生活的根底,是诗的永恒主题。虽说这类诗作常见不鲜,但不同的人以不同的手法表现各自的情感经验,其作品定会涵有独特的诗艺性与审美价值。

上半月刊《气象》栏目编发了满全、卜用、李辛斌等七人诗作,是这一主题的集中体现。满全的《阿尔山》写边陲小镇阿尔山,它"茂密的森林如同少女的思绪""丰满辽阔的姿态""如同上帝的背影",以虚状实,虚实结合,营造了一幅神妙、壮美的山景图画,也传达了诗人对家乡的一片深情。张建星的诗用一个梦中独特的细节——"凌晨六点/您用最后的力量/轻轻咬住我的手指/向您的儿子/做最后的告别"(《疼和痛的思念——致父亲》),来写父子间的生死深情。这种质朴而感人的诗艺肌理,只能出自生命的创造,不会是诗人凭空的虚构。

下半月刊《银河》栏目十二位诗人的作品也集中在对家乡人情的歌咏。马占祥写乡野所见,"风吹草低:原野上的人轻轻俯下身子/有一粒籽,被捡起来"(《野草歌》)。叶来写触景之情,"风过枋湖路/对面别墅成群/噢,这就是两年前的工地/有星星的夜晚,我蹲在矮墙上给你发短信"(《卡车在夜晚沉闷地经过》)。荫丽娟写不一样的"爱情账":"要用一生的时间/做出一笔糊涂账/算不清你也厘不清我"(《会计思维》)。……乡情、爱情或友情,这些看似熟悉而又抽象的概念,自每个诗人的独特经验落实到纸面上,无不带有地域、时代的痕迹,个人生命体验的烙印,必然传达出新鲜的陌生感与现实的触动感。这才是真切的诗意、诗力之所在。10月号《诗刊》上,这类优秀诗作不少。恕不多言。

生命意志之沉吟，是一种最深沉、最具生之价值与底气的声音。生命意志之于诗人来讲，就是对生命状态的体验、省思与诗艺表达。

上半月刊特别值得关注的是《方阵》栏目推出的龚学敏、李元胜、侯马、金铃子等八位成名诗人的诗作。李元胜的组诗《月亮背后》，无论写旅行、写登山、写下午茶、写大众书局里的情侣阅读等，无不是对日常生活经验的哲理体悟，与独到的诗艺表达。

《油松的旅行》以"镜像"式的叙述，移情与比拟的手法，写"沁水两岸"，油松如"疾行的巨人"，"灵空山的悬崖之上/满头大汗，浑身枝条空空"；再返观自身，慨叹"多么熟悉的旅行，无数次/从那些翻开的诗集中/我低着头出来"；最后怃然醒觉："这样的过程中/我丢失了自己的松果"。

《群峰之上》开篇即道："获得一座山的方式有两种：/在它空出来的地方喝茶/或者徒步登高，和它一起盘旋而上"。这种象征性的断语要揭示的是，人生的路，你只能二选其一——要么散淡美赏，要么艰苦登高。自然"两种方式，得到的山并不相同/造成的后果也大相径庭"。诗人表白，他是"无意间"置身"群峰之上"的。回望山下，既"像迷雾重重，又像万丈深渊"。是喜是忧，是好是坏，没有一个确定答案。读这首诗,易令人想起美国诗人罗伯特·弗罗斯特的名作《未选择的路》。两首诗都由日常事态经由哲思,向诗美的凝练与升华。但细察之下,李诗始于哲思,止于写景,更具中国诗风之经典气质。

与李元胜代表的现代汉诗睿智、雅正的路向不同,侯马是当代口语诗的出色代表。其一组《齐唱》,语言直白,叙事简约,在不经意间转景移情,引人思味。《烟》《别梦》《打井》等,都写到了死亡的痛感。《别梦》的结尾:"原来你没有死/你只是疯了/我张开双臂向你跑去/眼里含着喜悦的泪水"。以喜景写悲情,深刺人心。侯马的这类口语诗,以直白的口语,处理"严正"题材。是一种可喜的尝试。也昭示着现代汉诗于后现代语境中显出通脱、切实的新面目。

其他几位诗人,如金铃子的诗充满灵性与巫气的魅惑力,卢卫平的诗多有坚执与犀利的穿透力。八位中年诗人的诗体现出成熟而多彩的诗艺风貌。

下半月刊《双子星座》栏目隆重推出70后诗人李树侠、80后诗人蒋志武的诗作。显示了青年诗人的锐气与底气。

李诗人说,写诗是其生命的"另一种救赎"。"万物暗淡"时,她"学会用诗歌慰劳自己",并坚信诗能拯救人"逐渐下坠的灵魂"(《另一种救赎》)。蒋诗人也是"一边工作,一边写诗"。他认为,写诗不为追求"语言的冒险",而是为语言找到它的精神栖居地(《诗歌的山峦,藏着落日的光辉》)。这种诗性的天然兴发与语言的自觉意识,在两位诗人的诗作中都有鲜明而强烈的体现。试读李诗《故乡》《乡下的鸟》《苦楝树》、蒋诗《深秋的山野》《你在我前面走着》《在两个城市之间》等。虽说两个人诗风一清丽、一深沉,语言一纯净、一厚重,但都凸显了诗立其诚的艺术自觉与生命担当。

下半月刊的《校园》栏目也是值得关注的一个亮点。集中展示的七位作者,刘雨桥年龄最大,生于1991年。龙可韩与张可函年龄最小,都生于2002年,还只是高一、高二的学生。但他们的诗性敏感与语言运用,俱有雏凤清音,不让老凤的妙得与自信。从某种意义上讲,他们的表现预示着中国现代汉诗的未来。

10月号《诗刊》除了诗人的深沉吟唱,诗评家、理论家的发声也格外引人耳目。

上半月刊《诗学广场》栏目以较大篇幅推出诗学论家吴投文的《新诗文化的理论建构与公共价值维度》一文。吴从新诗文化意义的合法性为百年新诗张目。他指出,"新诗作为文学形式,其文化功能远超出单纯的文学形式范围之外"。继而从新诗的发生、新诗的百年历程及其现状,进行了深入的分析论证,替那些忧心新诗未来的人们扫除了心理迷障。最后指出,汉语新诗作为整个国家、民族文化发展的一部分,必将有其广阔的前景。

下半月刊的《锐评》栏目,诗评家谭畅与刘康凯作为正反两方,对青年诗人吴小虫的组诗《完整》所作的针锋相对的评论颇有看点。谭文认为吴诗有"苍凉的寒意"(《从生活现场到精神现场——吴小虫诗歌印象》),刘文认为吴诗遣词乖异、句法古怪,"不易理解"。那么,吴诗究竟如何?相信读者看过吴诗,参以谭、刘两家之论,自有评判。另外,上半月刊《每月诗星》推出的甘肃诗人包苞的西部组诗《草原》,与配发的诗评家罗振亚的评论《向西部平凡的事物致敬》,俱有可观、可圈点之处。

总之,10月号上、下半月《诗刊》内容丰富,诗文编排重点突出,雅俗有致。诗人们以时代之风、雅、颂,咏歌故国之天、地、人。各类之诗并呈,众妙之声和鸣。如周赞所言,渴望自由的每个人的心曲,相互激发,汇聚成团结、高昂的集体之声,具有不可阻挡的震撼力与感染力(《集体之声的感染力》)。《诗刊》10月号,真是一册在手,开卷有得。

2019年10月22日

王朝政治的病与痛
读易中天《帝国的惆怅》

《帝国的惆怅》是"文汇原创丛书"三十九本中的一本。此书自去年8月初版到今年年初,已经六次印刷,发行42000余册。我读的是最近一次印刷的本子。这么好的销售业绩,原因何在?我看不外两条:一是作者易中天在央视《百家讲坛》上的"广告"作用,另外一条自然是书的内容与品质了。而且这恐怕是最为重要的原因。我是一个读书极为挑剔,买书更为慎重的人(少花钱,读好书)。说句实话,《帝国的惆怅》这本书是犹豫多时买得,一气未歇读完的。感受是,文章好。说文章好,不仅指笔法活,引人眼目,尤其是角度新、思想深,启人心智。

易中天是大学教授、学者,但是做文章没有学者架势、教授派头,摆史事、讲道理,完全是一种平常的心态、平和的口气,娓娓道来,徐徐展开,扣人心弦,引人入巷。何为而能如此?我想,关键是易先生把握住了治学与为文的玄机。什么玄机?说白了也简单,就是他作文的出发点与最终目的,俱落于"人性"。

《帝国的惆怅》共收文章十篇。其中《明月何曾照渠沟》《变法帮了腐败的忙》《荒唐的正义》三篇是读史心得;《人是要有一点精神的》《鸦片的战争与战争的鸦片》《非典型腐败》《好制度,坏制度》《从"出入两难"到"进退自如"》《千年一梦》是读书随笔,当然与史有关;《〈水浒〉四章》是小说观感,自然也与历史脱不了干系。这些非一时所著,体例不整的"零碎"文字,却贯穿着同一个主题,就是从"人性"的角度看待中国社会的政治历史,也在历史演变的过程中考察"人性"。这就是此书副题"中国传统社会的政治与人性"所欲昭示的内涵。

如易先生所言,"历史总是让人惦记"[1]。因为人只有在了解历史的前提下才能创造将来。但是历史已成陈迹,历史的面貌不能复原,我们又如何认识历

---

[1] 易中天:《帝国的惆怅》,文汇出版社,2006年版,第270页。

史？自然搜寻历史遗留下来的残砖断瓦，挖掘、整理历史的文献都很有必要，但最为重要的恐怕是要以古今相通的"人性"与历史相约，与古人沟通。以古今共通的"人性"为视点，去体贴人情、体会事理，而不是拿固有的政治理念或思想标准去评判，易中天常能对于政治事件、历史问题做中肯的分析，给出合乎情理的结论。其中自不乏见解独特的新发现。

中国两千余年来社会发展缓慢，至近代落后挨打的原因是什么？有人以为是文化，有人以为是政治制度，遂有胡适等人发起的五四新文化运动，孙文等人领导的辛亥革命。时至今日，人们越来越发现民主制度的建立对于社会长期稳定发展之迫切与重要。那么，中国政治制度的历史如何？是否中国的政治制度一开始就是"坏的"？中国历史上究竟有没有过"好的"政治制度？或者说曾经的"好的"制度是何时、如何变坏的？原因是什么？这些问题在读易中天文章以前许多人恐怕跟我一样是笔糊涂账。读了《好制度，坏制度》一文后方才有了较为清晰的答案。

易先生在文中明确指出，历史上秦汉制度是"好的"。正所谓"百代皆行秦政治"[1]。那么，秦汉制度究竟是怎样的情形？到底好在哪里？文中有可靠的、

---

[1] 易中天：《帝国的惆怅》，文汇出版社，2006年版，第192页。

令人信服的论述。

秦和汉的政治制度，就中央政府而言，区分了"宫廷"与"朝廷"，也就是"皇权"与"相权"，权责分明，公私有度。就地方政府而言，中央之下只有郡、县两级，机构简单，官员精少。这样的制度，宰相与皇帝互相牵制，不易独裁；政府机构层次少，效率高，不易腐败。谁都知道权力需要监督，政府机构要尽量精简，这样当权者不易独裁，人民负担不会过重。这个道理应是人皆知而易解的。

可惜"这个制度很快就遭到了破坏"[1]，易中天指认，这个人就是"雄才大略"的汉武帝。元封五年（公元前106年），也就是汉武帝执政第三十五个年头，他下令把全国分为十三个州，每州派一位刺史，监督地方官。这一做法产生了极坏的历史影响，后来历朝历代都有中央下派机构和官员，直接造成冗官增多与政府机构的复杂。"汉代是郡县之上加派刺史，结果变成州；唐代是州县之上加派观察使和节度使，结果变成道；宋代是府州之上加派帅、漕、宪、仓，结果变成路；元代则在道和路之上又加派行省、行院、行台，结果变成省"[2]；到了明清，地方行政区

---

1 易中天：《帝国的惆怅》，文汇出版社，2006年版，第202页。
2 易中天：《帝国的惆怅》，文汇出版社，2006年版，第204页。

划变成省、府、州县三级。于是官场腐败，人民负担加重，"好制度"变坏了。

为什么"好制度"变成了"坏制度"呢？

钱穆先生给出的理由是"中央政府有逐步集权的倾向"[1]。易中天不赞同这个说法。他认为权力没有集中到"中央政府"那里。实际情形是，官多府杂以后，以宰相为首脑的政府权力不是越来越大而是越来越小——"东汉的相权小于西汉，隋唐的相权小于东汉，宋元的相权小于隋唐，明清则干脆取消了宰相"，"收回来的权力集中到了一个人的手里"，[2] 那就是皇帝。所以自汉武帝以来，中央下派官员监督地方政府，名义上是官员监管官员，实际上是皇帝借此收权。

当然皇帝也是人，大权独揽，便可以为所欲为，从"人性"的角度讲，似乎也是"常情"。试想我们哪一个人没有对于权力的欲望，何况绝对的权力可以带来绝对的自由。由此便不难理解皇帝要限制甚至解除宰相权力获得最大自由的心理动机了。问题是皇帝把国家当成他们一姓甚至他一个人的国家，在满足自己权力的同时毫不顾及他人的权利，这种权力意志以

---

[1] 易中天：《帝国的惆怅》，文汇出版社，2006年版，第211页。
[2] 易中天：《帝国的惆怅》，文汇出版社，2006年版，第212页。

及由此造成的后果必然压制、扭曲大多数人的人性，从而阻碍社会的进步，到时候危及的就不仅是他一家一人的性命安危，而是整个国家、民族的前途了。《鸦片的战争与战争的鸦片》一文用大量真实的史料生动地描写了晚清官员如何用谎话来哄骗皇帝，遂导致老大帝国最终走向衰败与崩溃的。

1841年，英国人攻下广州，打了败仗的"靖逆将军"奕山却向道光皇帝假报战情，谎言清军如何克敌制胜，骗得朝廷的嘉奖。另一个事例是，以钦差大臣的身份主持浙闽军务的伊布里到前线后发现情况不妙，便对皇帝虚与委蛇，不再言战，结果被免了职。其后见形势不妙，便漫天撒谎。作者指出，"在整个鸦片战争史上"，几乎"很难找到完全不撒谎的清廷官员和将领"。[1] 很多身临战区的官员明知大清不是英夷的对手，根本没有取胜的可能，但是谁也不说实话。为什么？因为谁说谁就是"汉奸"，谁说谁就要倒霉。所以就事情的表面看似乎是官员们撒谎，实际上谎话多是被逼出来的。因为在皇权专制下的帝国，人们没有言论的自由。"专制制度决定了，一个官员只能看着万岁爷的脸色说话，甚至看着顶头上司的脸

---

[1] 易中天：《帝国的惆怅》，文汇出版社，2006年版，第119页。

色说话"[1]，于是就出现"不负责任的就唱高调，负有责任的就说谎话"[2] 的局面。如此说来，难道没有一人讲实话？有。比如林则徐就基本不说谎话，结果呢，被贬到伊犁戍边去了。还有一个叫刘韵珂的讲了实话，那是他"精心"准备的折子专给皇帝心坎上说话。

当然，易先生没有轻而易举地对这些官员的行为做简单的道德评价。用个别人高水准高素质来要求大多数人也是不合常理的。毕竟像林则徐这样的官员是极少数。问题的关键在于专制制度。皇帝一人说了算，龙颜的喜怒决定着其他人的生死。官员们不说真话，只讲"好话"。其结果是上行下效，潜移默化成我们民族根深蒂固的文化心理。易先生不无沉痛地指出，喜欢听谎言，就像鸦片的毒素一样已渗入我们民族的骨髓，上自皇帝，下到寻常百姓，概莫能外。甚至我们将历史上那场耻辱的中英"贸易之战"命名为"鸦片战争"都是为自己争面子的"不实"之辞。

易中天没有像往常那样从政治的、道德的高度，把清代皇帝和官僚批判一通了事，而是从人性的角度，从民族文化心理的层面，分析了导致鸦片战争失

---

[1] 易中天：《帝国的惆怅》，文汇出版社，2006年版，第141页。
[2] 易中天：《帝国的惆怅》，文汇出版社，2006年版，第132页。

败的根本原因。这样的分析真切、深刻，使人心悦诚服，又感同身受，引发读者进行内省式的深沉思考。

《非典型腐败》一文是易中天先生对明清以降之官场腐败现象的独特透视，不乏深在的现实意义。什么是"非典型腐败"？就是由官场潜规则带来看起来不像是腐败的隐性腐败。所谓"潜规则"，就是"历史上的中国官场实际上不是按照中央精神和红头文件来运作，而是靠一系列虽不成文却约定俗成、彼此心照不宣且行之有效的规矩来维持"[1]。这些不被认为是腐败的腐败其实对官场的腐蚀更大，对社会风气的影响也更坏。不谈"典型腐败"，而专讲"非典型腐败"，可见易先生治学与为问的独辟眼光。当然这也与其"以人为本"的文学、史学观有关。

"典型腐败"是公开地违法乱纪，人们因种种理由或可拒绝；而"非典型腐败"由于具有隐蔽性，甚至已成为人们心照不宣的"陋规"，也就更易在人情的掩盖下交易成功，所以人人乐意接受。这种腐败就连林则徐这样有操守的好官都难以拒绝。可见其在官场蔓延的程度。其实这种"非典型腐败"不但由官场影响到民间，也由过去影响到现在。更为严重的是生活中，人人都可能是这种病毒的受害者，同时又是这

---

[1] 易中天：《帝国的惆怅》，文汇出版社，2006年版，第152页。

种病毒的携带者与传染者。

要根除社会肌体中的"非典型腐败"病毒,就要改变它生存的环境和土壤。这就是权力社会和权力可以赎买及必须赎买的民族文化心理。易先生指出,"非典型腐败"不但与专制的政治制度有关,还涉及社会生活中人们对于权力的心态。我们今天的社会制度已远离专制越来越走向民主,按说"非典型腐败"赖以存在的土壤发生了变化,为什么还会存在"非典型腐败"这样的丑恶现象呢?因为我们民族文化心理中的不健康因子随着民族命脉的延续存留了下来。这不能不引起我们的警觉与防范。

易先生把一个由来已久至今还发生在我们身边的看似"非典型"的腐败问题重重提起,徐徐道来,却是非常典型地揭开了民族文化心理最为隐秘的一角:"中国人对待腐败的态度,其实是一贯采取双重标准的。别人搞腐败,他痛恨;自己搞,或者自己家里人搞,就不痛恨了。他们的义愤填膺,往往是因为自己没有份。"[1] 笔墨所及,痛彻骨髓。当然如果由此得出中国社会问题的根源在于国人的人性,那就本末倒置了。古语曰,橘生淮南则为橘,生于淮北则为枳。为什么?水土异也。人类社会问题也一样,病发于人

---

[1] 易中天:《帝国的惆怅》,文汇出版社,2006年版,第176页。

性之痛，根子在于社会政治制度的溃疡。《变法帮了腐败的忙》很好地说明了政治制度及与此相关的社会环境对于人性和人事有着怎样的影响。

这篇文章写宋代王安石变法。公元1068年新上任的神宗皇帝为了改变大宋王朝长期以来积贫积弱的局面，加强国力，遂起用王安石变法。王安石遵照皇帝的旨意，按照自己的想法，从救济农民、治理财政、整饬军队等几个方面进行改革。不久即遭到以司马光为代表的朝臣的反对。在以往的观念里，人们把王安石变法的失败简单地归之于司马光等守旧派的反对。易先生不赞同这种说法。他以为，王安石的变法固然不错，最初也都是从国家和农民的利益出发而设想，理论上具有可行性。但是司马光的反对也有道理，因为变法的结果"事与愿违"，胥吏们"假借改革之名行腐败之实"。[1] 这些在权力掩盖下的腐败行为侵害了农民的利益，败坏了改革的名声，结果弄得民怨沸腾。所以说"改革帮了腐败的忙"。

其实司马光并不守旧。相反，他也主张改革，只不过不大赞成王安石的某些做法。从道德与人品上看，王安石与司马光都既非佞臣，也非小人。相反，两个人都有着政治家的气度与正人君子的品格。司马

---

[1] 易中天：《帝国的惆怅》，文汇出版社，2006年版，第45页。

光反对王安石是对事不对人。王安石去世后,司马光建议朝廷"赠恤""宜厚大哉"。王安石处分反对变法的人也仅是降职或外放,没有利用手中的权力置人于死地。相反,当"乌台诗案"发生时,他已经辞官归里,还上书皇帝,营救政敌苏东坡。易先生以为,宋代政坛之所以能出现这样的"政治文明",与宋政府优待士大夫的政策有关。好的政治政策有助于人性的健康发展,也有助于良好人格的形成。紧接着,易先生也不无感慨地指出,"当时的体制未能为这种政治文明提供一个制度平台"[1],遂导致改革的最终失败。日本学者西田几多郎说:"只有生活在一个社会里的每个人都能充分地活动,分别发挥他们的天才,社会才能进步。"[2] 宋政府虽从局部政策上优待读书人,但是没有好的制度保证王安石、司马光等士大夫同时发挥他们的政治才能。

易中天的文章总是从普通而又普遍的"人性"出发,抱着与"人"为善、替"人"设想的心态,进入历史,端详事态,努力为人性的生发与移异寻找证明。易中天的文章从"人性"出发,最后又回到"人性"。所以说"人性"不仅是写作视点的选择问题,

---

[1] 易中天:《帝国的惆怅》,文汇出版社,2006年版,第50页。
[2] 王海明:《人性论》,商务印书馆,2005年版,第145页。

更是作者艺术观、价值观的体现。易中天说:"文学是人学,史学也是人学。没有人,就不会有历史,也不会有文学。"[1] 这个观念是重要的,也是深刻的。它保证了易中天文章的思想深度与艺术品质。

易中天是学者身份,研究的是历史,这就决定了其文之艺术品质不同于一般文人之作。拿同属"文汇原创丛书"之作家朱鸿创作的历史散文《大时代的英雄与美人》做一比较就非常清楚。朱鸿也写历史,但是你在他的文章中看不出"学问"的痕迹。这并不是说朱鸿缺乏对于相关历史的知识。完全不是。只是他把那些历史材料和历史知识裹挟在强烈的抒情中了。重情感,重文采,这是文人历史散文的特点。相较而言,易中天的文章似乎少有感情的抒发却显得特别有"学问"。这不是说学者、教授就没有感情只好为人师。完全不是。只是他把感情化作力量移动那些用来论理之材料与知识的基石了。重理趣,重学问,这是学者历史散文的优长。

《帝国的惆怅》受人欢迎的另一个原因就是有学问,有理趣。历史散文要有相关的历史知识,这是喜欢历史的读者一个基本的阅读诉求。易中天的文章能够满足读者的需求。比如,《明月何曾照渠沟》一文

---

[1] 易中天:《帝国的惆怅》,文汇出版社,2006年版,第272页。

第一节"晁错之死"中对于汉代中央政府之"三公九卿"制的介绍。明了这些知识,对于理解朝中三大臣——丞相陶青、中尉陈嘉、廷尉张欧,联名打报告要求处决晁错的内容会有更深切的理解。再比如《好制度,坏制度》一文之第二节对于秦汉以来"中央机关"职权的演变、第三节对于"地方行政"区划与职能变化过程的介绍,帮助读者更加细致而深入地了解中国古代政治制度是如何嬗变、皇权专制制度是如何形成的。另外《千年一梦》之第一节讲"侠"与"刺客"的区别,第四节讲"冠"与"剑"之关系等,显示了作者扎实深厚的史学功底。这也是易中天散文显得厚重而可靠,能够赢得读者喜爱与信赖的原因吧。

易中天的文章虽不在文体本身着力经营、刻意追求,这并不表明他不用心为文。否则其文章的诱人魅力从何谈起。《帝国的惆怅》所收文章篇幅都不在短,少则万字有余,多则超过两万。如此长篇大论的文章,如果无趣,肯定难以卒读。更不用说把厚厚的一本书一口气读完。

易中天文章的魅力在哪里?其诱人的趣味是什么呢?

首先,通过文章结构的巧妙安排造成阅读趣味。比如"晁错之错"(《明月何曾照渠沟》第六节)用这么一个句子开始——"晁错是穿着上朝的衣服(朝衣)被杀死在刑场的"[1]。仿佛一个特写的电影镜头,突兀而醒目,惊心又动魄,吸引读者的注意力。《鸦片的战争与战争的鸦片》第一节的小标题是"弹冠相庆的战败者",就显得特别吊诡。按说"弹冠相庆"的应该是"胜利者",战败者何以会"弹冠相庆"?光是这个题目就显出矛盾与诡异的色彩,不由人不往下看。《非典型腐败》由"一个被人讲过的老故事"开始,叙论明清以来官场的"陋规",即"非典型腐败"的现象及成因。第四节讲到"高薪未必养廉"时,捎带谈及低薪导致腐败的现实情状。再回到过去。第五节"有监督就行吗",从自己一段经历谈起,转入中国古代的监察制度,最后以屡禁不止的送红包之现代版的"非典型腐败"收束。文章由古入今,今古贯通,经由结构的巧妙安排,抒发自己的忧思与感慨。发人深省。

其次,通过类比或打比喻的方式,以今喻古,古今相较,加强阅读趣味。比如《荒唐的正义》里讲古代官员与皇帝的关系,有一段话:"从理论上讲,官员是皇帝的儿子(因此叫臣子)、奴仆(因此叫臣仆)、打工仔(因此叫臣工)。作为父亲(君父)、主

---

[1] 易中天:《帝国的惆怅》,文汇出版社,2006年版,第3页。

子（君主）、老板（君王），皇帝在制度上拥有对官员生杀予夺之权。"[1] 其中"打工仔""老板"等词语是鲜活的口语，用来形容古代官员与皇帝的关系就显得特别生动，容易拉近历史与现实的距离，使读者从切身的生活感受中去理解历史。再如《变法帮了腐败的忙》中，用"抵押贷款"来解释"青苗法"，用"国营企业"来类比"发运使衙门"，用"寻租"来比喻官员的权钱交易等。这些说法未必都十分妥帖，但至少是便捷而生动地帮助读者理解历史，同时又促使读者生发想象与联想，跨越时空，贯通古今，真切地感受到历史与现实的密切关系，无意之间拓展了文章的内涵。

总之，《帝国的惆怅》这本书，如作者夫子自道，因为"是历史其里，文学其表，既有历史的真相，又有文学的趣味"[2]，所以有趣；有趣，又不缺乏深刻的思想，堪称助酒的妙文了。

---

[1] 易中天：《帝国的惆怅》，文汇出版社，2006年版，第92页。
[2] 易中天：《帝国的惆怅》，文汇出版社，2006年版，第272页。

每个诗人都是自己的方向

《方向诗丛》之五诗人散论[1]

我特别喜欢这句话,每个诗人都是自己的方向。

这是海豚出版社刚刚推出的"方向诗丛"发布会之广告词。

最近天热,什么正经事也做不成,我就读"方向诗丛"之五位诗人的诗。

这五本诗集——李光泽《对一片草地的颂词》、秦客《虚构一场雪》、宋宁刚《小远与阿巴斯》、高兴涛《小镇的诗:等一个寂静的人来》、破破《我在

---

[1] 《方向诗丛》,宋宁刚主编,海豚出版社,2019年版。包含五部诗集:李光泽《对一片草地的颂词》,秦客《虚构一场雪》,宋宁刚《小远与阿巴斯》,高兴涛《小镇的诗:等一个寂静的人来》,破破《我在我的诗句中诞生》。

我的诗句中诞生》,我是一本一本、一首一首、一行一行来读的。有些诗我读了不止一遍。我的总体感觉,这几位诗人都是好样的。他们的诗各有各的样子。各自有各自的特点与方向。五本诗集中都有写得极好的诗。我觉得一个诗人一辈子写一首好诗,就值得赞美。一本诗集里有一首好诗就值得拥有。我们的先人曾经有过如此的胸怀与虚心。唐代有过孤篇盖全唐的张若虚,我们也应该有一位一首盖全中国的现代诗人。我看这五位诗人中就有人有这样的资格。而且他们一本书里不止有一首好诗。大家去读,大家去选,看看我说的是谁?你认为的是哪一个?

这五位诗人的诗,我不能多说。就谈谈我的阅读印象吧。

先说宋宁刚的《小远与阿巴斯》。这书名就很有意思。小远是宁刚的儿子,刚上小学,极聪明乖巧。阿巴斯大家知道,伊朗名导演,也是位有个性的极简主义诗人。宁刚把儿子与大导演放一起,有人以为是诗人自恋,我觉着是出自他的深爱。父爱子,不用讲。宁刚爱阿巴斯,大家读读辑一《阿巴斯集》中的诗便自有体悟。当然,前提是你读过阿巴斯。

所以我以为宁刚这样命名他的诗集,是出自常人的爱。但我们一般人想得到,做不来。宁刚不仅想常人之所想,而且做了常人所没做的。

读宋宁刚的诗,我脑里现出一个概念——"常态"。

宁刚是个常态的诗人,他的诗是常态的诗。

什么是常态?就是中正,是不偏不倚。

我们一般人——当然也是被某种社会文化塑形出来的——会把诗人想象得跟常人不一样。要么很帅,把他的诗作预设得很超然;要么很狂,把他的诗想得不可理喻。后来呢,又有诗人把自己扮得很酷,把他的诗也尽力朝酷里做。总而言之,诗与诗人,不是帅,或是狂,就是酷;不是左,就是右。反正不正常。

我读宁刚的诗,感觉他的情思及其表现都极正常。不过,也无不及。

有人会问这还有诗意吗?有。你看宁刚《阿巴斯集》与《小远集》中的作品。

《夏雷前后》:

> 白雨乘乌云而来
> 黑夜的火车
> 载着黎明

这种生活中的景观,太常见,但一般人仅停留在看见，或是视而不见的状态，故不会有诗。但这寻常景况经宁刚写出来，你就感觉到了生活的情趣与语言的魅力。

比如第一句中"白雨"与"乌云"，二、三句中"黑夜"与"黎明"，及一、二句中"白雨"的"白"与"黑夜"的"黑"之间形成的意象色调与张力。简明，而饱满。

《夜》：

> 天还没有黑
> 太阳花合上花苞
> 夜里　黄瓜和豆角
> 又蹿出一截
>
> 它们拥有同样的夜色

在"同样的夜色"里，"太阳花合上花苞"，"黄瓜和豆角"却"又蹿出一截"。这种看似矛盾的物象，诗人不深究其理，只把事象呈现出来，便觉得自然界的事物也那么"乖张"、有趣。

《小远集》中写"小远""冲妈妈喊"，"我把饼/吃成裙子了"。写"小远一边赶蚊子/一边说"，"我爸爸"，"就像这些/会飞的虫子"。

人说，孩子是天生的诗人。这些充满童趣的话，我相信一个成年人编不出，孩子说了也会随风而逝。但作为诗人爸爸的宁刚把它记录下来，便有了永恒的诗，与诗意。

《叙事集》中写《种树》，写《吃鱼》，写《一只蚂蚁搅动午后》，写《女人的好》，等等。都是如此。宁刚的诗，质料无不取自日常，描写多触及细节，在人情物理的交感处，制造张力，呈现诗意。

宁刚诗的味道是清淡而悠长的。这是一种正常的、健康的味道。对于那些习惯了重口味的读者，可能有些不过瘾。但我以为，要改变的不是诗人，是这些读者的阅读习惯。犹如漂泊在外的人，要回家，吃妈妈做的家常饭。而不总是下馆子，吃食堂，叫外卖。

宁刚的诗都不长，读起来不费劲儿。但我不想一口气读完。我读一读，从木椅里站起来，冲杯咖啡，看看阳台上的花草、天上的浮云，再读。

高兴涛是一个特别喜欢"安静"的诗人。

可以说，"安静"是他诗歌的主导词，也是他渴望的心灵状态。

诗集中以"安静"为题的有《房子里的安静》《安静的人》《请往安静里爱》，还有与"安静"近义的"寂静",如《听寂静》《等一个寂静的人来》《和寂静一样好听》等。诗中写到"安静""寂静"的句子就更多。不在此列举。

高诗人住在"小镇,更像一个安静的词语"。但你读高兴涛的诗,发现他的周遭、他的内心并不"安静"。社会的变动,生命的成长,都会刺激人心的"欲望"。诗人也难以避免。

高诗人在一首诗里说,"独自在陕北/迷信诗歌",我以为,"迷信"在这儿不是个贬义词,而是迷恋、相信的意思。这是个人的精神层面。接着他写道,"不好意思面对妻儿/独自哭",这是现实的物质层面。诗的信仰让他灵魂安静,物质的困顿又令他内心躁动。诗人写出了一个人灵与肉纠缠的真实状态。极具生命与语言的张力。

高兴涛的诗充满了这种"树欲静而风不止"的生命紧张感。

另外,高诗中一些句子我很喜欢。如"内心突然紧缩/像被安静烧着一样"(《不会说话的植物》)、"蝉鸣是较小的安静"(《夏天的诗》)、"有一朵云/在车窗里/游不出去"(《云》)等,都内涵着人的心事物态间虚与实、静与动之相对相承的诗性和谐之美。

高兴涛有一首诗——《下午》——很棒,很能说明这一点。我引他的前半段：

> 阳光很好
> 一个人坐在地球上
> 心里
> 有难以说出的平静

破破是一位极有"野心"的诗人。他说："青史扬虚名。"他知道，青史扬名，是虚空一场。但他还是想"扬"一下。

破破写诗极"卖力"。他写《在唐朝》，写《李白的孤独》，写《现在，请允许我介绍李白》，写《西山落雪遥想杜甫》。你以为他爱唐朝，爱李白，爱杜甫。也许是。但我觉得这是他施展野心的战场。他把李诗人、杜诗人引为同调，又当作对手。他觉得自己和杜甫一样，"有才华而无钱花"，他和李白一样，"只在特别无用的地方/显得与众不同"。他在《云》中写道：

> 我朝天空狠狠抛起我的鞋子
> 在一个又一个滚烫的沙丘上我的脚
> 在变成两片云，运载我的少年心志
> 我想总有一天我会长大，够到那片云

这是现代诗版的"少年心事当拿云"。在《蝉声如锯》中，他以反讽的、黑色幽默的手法，于"蝉声"所具有的古典美的诗意背景下，建构了"蝉声如电锯"的反美学的现代性诗意。破破的野心在于，欲以一己之力，为现代诗，自唐诗那里"扳回一局"。

破破有大志向，但他写诗又极耐心。他知道构筑汉语新诗大厦的基础在语言文字。读他的诗，你不难发现——诸如"日历正在变成病历"（《我的病历》）、"新年，欢度旧人"（《新年》）、"湖泊引用河流"（《引用是对作者无上的恩宠》）等，现代诗自由的句式与汉语独特的词性特征所造成的微妙诗意。

我还注意到，破破在新诗形式上所做的努力。辑五之《死于成名作》的十几首诗，几乎都是用了不分行的"散文"排列的方式。当然，这不是破诗人的首创。但至少表明他的一种姿态，诗就是诗，不靠外在的形式。诗人就是诗人自己，不靠一切外在的势力。

秦客是一位小说家。他写诗也长于叙事。但诗的叙事与小说不同，不是目的，是手段。这一点，秦诗人心明肚知，运用娴熟。看他的《长安》：

来长安的诗人

　　从我的身边经过

　　他们正朝一个强盗团伙走去

这是讲故事吗？好像是，有人物，有情节，有悬疑。但它更是一个隐喻、一个象征。唐朝的诗人去长安，无论为了什么，无非是去投靠一个统治集团。现在我们看得很清楚，那就是"一个强盗团伙"。因为诗中引进了"我"，我们不难确知诗里"长安"不是历史上"那一个"。那它又是哪一个呢？这"强盗团伙"又是哪一伙呢？你去猜一猜，想一想。这就是诗道。诗的路径与味道。

看来小说家秦客写起诗来，也多是小说家言那一套。

读秦客的诗，有很不一样的感觉。起初你会怀疑这是诗？如《虚构一场雪》：

　　在冬天写下

　　虚构一场雪的到来

　　划掉了末尾的三个字

　　雪还没有到来之时

　　无须过多地抒情

一路"虚构"下来,明目,又张胆。读者多知道,小说家爱虚构。但虚构并非不真实。写小说的秦客写起诗来也一样,他明明白白地"虚构一场雪的到来"。但他又多么真实。真实到连"划掉了末尾的三个字"也交代。这都是小说家的手法——大体虚构,细节真实;人物虚构,情感真实。诗人"虚构一场雪","虚构天空、鸟、人、湖泊",直到"那只虚构的猫",你耐着性子,慢慢读,到结尾——

窗外正飘着几片鹅毛
雪啊

诗人那种对一场久盼方来的雪的情感瞬间释放。真实的、压抑的情绪,全在结尾那个"啊"上,无以言表。正也无须言表!

由此可以看出,秦客的诗,叙事多,抒情少。但他并非反对抒情。他强调的是,诗"无须过多地抒情"。否则,就假了。

李光泽是一个对物质生活要求很低的人。大学毕业,他在一所偏远的中学教书。由于爱好写诗,微薄的工资,除过吃饭,大多用来订阅文学刊物。他说,

"兜里经常是空的,连买邮票的钱都没有"。他就到镇上邮电所"赊了邮票和信封",向外投稿。光泽的诗生长在如此贫瘠的土地上。但他依然心存感激,性灵悦意。请看他《对一片草地的颂词》:

> 我的世界注定不会长出大树
> 我的世界长满了青草
> 青草芳菲的时候
> 我就在草地上肆意打滚

青草没有树高。但她芳菲的境界一样宽广。在草地上打滚。诗人的身子低下去了,但他内心喜悦,精神自由。灵魂居于高处。

光泽是这么一类诗人。他爱自然,爱诗歌,于世无多求,与人不相争。他活在自己的世界里,写他自己的诗。如此而已。在光泽看来,写诗如同养花。"花开了,赏心悦目,这就够了;如果有人看见了,说这花好,自然又多了一份快乐"。光泽为人低调。他不大在乎时人的眼光与论调。但他不是没有自己的标准与判断。在一首里,他这样表白:"如果我是一名裁判/就让草原上的一群马/输给一群散漫的牛羊","就让一群人的狂欢/输给一个人的寂寞"(《如果我是一名裁判》)。

读"方向诗丛",我有一个突出的感受,五位青年诗人的诗作,如同五树花放,各有色彩,各有姿态,各有芳香。每一个诗人都是自己的方向。但其共通之处也很鲜明。五位诗人,李光泽是70后,其他的四位都是80后。宋宁刚是陕西西府人。其他四位诗人,三位都是陕北人,另一位长期工作在陕北。但他们的诗,大多摆脱了狭隘的地域性色彩,几近根除了肤浅的时代性因素。使得新世纪的现代诗走上了康庄、自性之正道。

2019 年 7 月 31 日

诗的想象力与幽默感

读《鲐背诗草》

我在一篇文章里说，阎先生是个有诗心的人。可惜他后来不写诗了，否则，阎先生一定会成为新诗诗人呢。

文章寄给宗涛兄看。不久，宗涛兄就给我发来阎先生的新诗稿《鲐背诗草》。我细细读过一遍，傻眼了！仿佛阎先生立在我当面，指着自己的作品道：有诗为证，你说不是么？

我得立即就此更正，阎先生真是新诗诗人呢。这一百多首诗作，在在都是明证。

虽说如此，我还是纳闷，和阎先生交往这么多年，每每见面，谈及新诗，他总是问我有没有新作，也会就某人某诗论评一二，却从未听他提到过自己的新诗作品。在我的印象里,他就是一位散文家和小说家。

那么现在,先生为什么要把这部诗集公布出来?就是为了一个正名,为了让人知道,"一个九十岁老人/还在写诗"吗?

当然不是。答案就在他诗里。

他说,"我快要走了/不写下诗句/怎么好走",他"将在诗神的带领下/走进诗的天国"。我似乎明白,阎先生少时受冰心《繁星》《春水》影响,自新诗开始的写作,后因种种原因,改作小说与散文,但诗的情结还在。故而晚年重拾诗笔,欣然有作,集成这部诗稿。他借这些长长短短的诗句,表达他散淡、率真的情性与生活感触,是开心而受用的。

《鲐背诗草》分十辑,共一百一十七首诗歌——如把第二辑《节气》组诗的二十四首分开来计,应是整整一百四十首作品。多为阎先生晚年所作。就内容看,主要抒写他退休后日常的生活情思,读书心得,吊古感怀。也有对童年生活的追忆与慨叹。

阎先生的诗,语言质朴,题材极为日常化。但读后,总有令人感发、隽永的诗意,使人难忘。为什么?我觉得,这源于先生诗作两个突出的艺术特性。

其一,孩童般的好奇心与想象力。阎先生是在六十五岁,退休以后,重拾诗笔的。作为一个"老"诗人,他对宇宙、自然的好奇心,对人情物事的想象力,令人讶异与赞叹。

《立春》是《节气》组诗中的一首:

> 太阳到了黄经315度
> 315度是个什么样子
> 是给太阳加油加热的站吗
> 那里有一堆火吗

我们一般人对于立春、黄经315度线这类问题,去翻翻词典,寻个答案,就算完事。这样得到的是知识,不是诗。但阎先生是个有童心的人。对"立春"后季候的变化、对黄经315度的问题,充满了好奇心。他于是发挥想象,就有了"是给太阳加油加热的站吗""那里有一堆火吗"这样令人解颐又好玩的"诗想"。试想,这样的说法,如出自一个孩童之口,也算不坏。但现由阎先生写出来,就觉着有说不出的好。这不禁让我想到老先生那沧桑的脸上时常绽开的孩子般的笑。

《雪夜》写下雪后,"雪地上/有一行/深深浅浅的兽的脚印/比猫的大/比狗的小","这是谁在落雪的后半夜/来到这里""它来干什么/窃听什么/偷看什么"。读这些诗句,你看到的完全是一个老顽童的心态。他惊奇，他思索，他试图寻找那个未知的答案。他完全活在一个纯然自我的世界里。这是阎先生与他的诗歌可爱、值得玩味的一面。

阎先生生于20世纪20年代末。少年离乡求学，中年丧父，晚年丧妻。一生命运坎坷。生活给了他太多的折损与磨砺。其诗自然有不那么"单纯"的一面。

比如《问树》，就有点复杂、沉重。他"问大树"，"你有千万片叶子/为什么只让这一片""先黄/后枯/掉下来/再让风吹去"。表面上，这首诗仍着眼于自然。实在已是对生命、对命运的关切与追问。这让我想起阎先生写他因病亡故的姐姐的那篇散文《病叶》来。这个"病叶"的文学意象，在他的散文与诗歌中反复出现，隐含着先生对于亲情、生命与人的命运之珍重、怜惜与感慨的复杂心情。

《晾衣绳的悲哀》诗旨就更加明显。阎先生用拟人的手法来写生命消逝的"悲哀"："一绳的衣裳它都认识"，"但好长时间/它没见到那件衣服/很怀疑/也有点悲伤"。后来，"晾衣绳"知道，"那小姑娘已不在家了/什么原因/它不敢问/不敢让这一绳的衣裳/同时也悲伤"。这首诗，婉转地表达了先生对人的命运的同情，对生命的爱怜。他这样写，是把"我"隐藏在"物"（晾衣绳）的背后，免得自己直接出场的突尬，言语的尴尬，能最大限度地引起读者的阅读兴趣与情感共鸣。

其实，到这个地方，就不难看出阎先生诗歌的另一个特性，即智者的慧心与幽默感。

我们知道，孩童对世界有着极大的好奇心与想象力。但这种"初心"完全出于生命的天性与本能。它会随着生命的成长，在生活中磨损、消减，甚至丧失殆尽。所以，一般人在真正步入社会以后，反倒对生活失去热情，没有了爱意。而诗人、艺术家却不然。他们是人群中不多的葆有"童心"的人。对世界不离不弃，对生命热爱有加。

这又有两种不同。

如果我们把诗看作诗人介入与把握现实生活的一种艺术方式的话，那么，好奇心与想象力无疑是正面、直接的手段。但这多少有些一厢情愿，不明克让。要知道，对象世界是复杂多变的。凭人的情力常常是介而不入、把而难握。这时候，智者以慧心，便即采取旁敲侧击、委婉迂回的幽默方式，退开一半步，立得廓然之境界。请看阎先生的诗。

《爸爸，你不能走》抒写一个四岁的女孩对要"出外打工"的"爸爸"的"祈求"。前两节，写女孩"流着眼泪"说、"怯怯地"说，"爸爸，你不要走"，后来以果决的语气说，"爸爸，你不能走"。许是受了孩子勇气的感动,"爸爸"从目前的困境中跳脱出来,称赞"多么大胆的孩子/她竟敢向这被生计驱使的命运""挑战"。本来是一首悲情的诗,读到这里,你定会心里一亮,从生的重压中,瞬间解脱出来,情绪放松,会心一笑。这就是诗的幽默感。是现代诗非常可贵的艺术品质。

再看《希望》:

> 这几年
> 我编了几个故事
> 还印了几本小书
> 我把它们送给朋友
> 朋友一再说谢谢
> 回家后却扔在了墙角

这首诗写出了当下许多著书者的尴尬与悲哀。但这就是现实。沉不住气儿的人,就会感慨,甚至怨怼。但阎先生没有。他跳脱出来,自我解嘲,"墙角是最好的地方/因为我写它们/就是为了打发日子/墙角的日子最安静/只有老鼠在啃桌脚"。阎先生在一篇文章里也说过,他现在的写作,不为名,不为利,只为不让大脑痴呆的话。话虽如此,但既然写出来,印出来,送出去,总还是愿意人家读读的。否则,他为什么要"希望"呢!但他知道现在没有多少人读书了。连同他送书时说"谢谢"的那些朋友。于是,他从对人的失望跳转到对老鼠的"希望"上去:

老鼠啃罢桌脚
会不会再啃我的书
我希望它肯

老鼠的啃,绝不是阅读,而是毁坏。但即使是毁坏,也"希望它肯"。这不是煞风景,是放下,是与生活和解的幽默。这心态里,虽说有一丝深刻的悲凉在,而诗人终究从沉闷的生活里挥发出一种"冷静"的诗性快感,把人领入廓然无羁的艺术境界中来。这不值得首肯,不值得称道吗?

读阎先生的诗,让我悟得,想象力与幽默感是造成好诗的两个重要元素。想象力是诗人介入生活的活力,幽默感是诗人超脱现实的定力。前者偏于感性,后者偏于理性。前者热,后者冷。想象力与幽默感的契合,犹如冷热空气的对流,便有诗如"好雨"的"当春乃发生"。当然,这其间的时机与度,全在诗人的灵感捕捉与机智传达。阎先生集中,像这样的好诗很多。有心的读者自会领悟与把握。

阎景翰先生如今已到鲐背之年的高龄。他早年写散文与小说，以侯雁北的笔名行世。20世纪四五十年代，就是有名望的作家。到晚年，又重拾诗笔。他把自己的诗集命名为《鲐背诗草》，显然有自谦，又有自得的意思在其中。当日，宗涛兄寄来诗稿，附有先生的两条嘱托：一、选出十五六首诗，以备刊用；二、写一篇诗序。实话讲，选诗好办。作序，我有点为难。自度才力不逮，慧心不足，有什么能耐给先生的诗作序呢？但阎先生又寄望于我，于是就记下以上唠哩唠叨的读后感言。

这算不算是敷衍先生的嘱托呢？

2018年10月7日

小中见大　以选寓史
简评《现代小诗300首》

几年前读王佐良先生《我想看到的几本书》，颇怀感慨。心想，什么时候能有一本简明中国新诗作品选，使如我这般的诗歌爱好者，既能从中读到好的诗歌作品，又能给人以大致的新诗史的线索，那该多好。于是，一直留心着。20世纪末以来，坊间倒是有了几本像模像样的选本，但都不大令人满意。要么史的线索不明，要么所选作品多而且杂，难合"好"的标准。最近，读到由沈奇编选，山东文艺出版社印行的《现代小诗300首》，才有了一个较满意的达成。

这本装帧素朴大方、定价也不离谱的《现代小诗300首》，收录了"自新诗以降至2004年间，见诸海内外以各种形式印行发表的现代华文小诗314首"，

"入选作品均依作者出生年序先后编排"。[1] 一册在手,既能读到"经典有味"的"小诗";掩卷长思,近百年中国新诗史的路径又隐约在目前。可算是一本难得的"好诗"之选,"诗史"之编。

当然,要使一册诗歌选本既成"好诗"之选,又得"诗史"之编,实在是得费几番学理之深思、实践之考量的功夫的。比如这"好诗"标准的确定,"诗史"路向的划定,都要有明确的诗学理念做依据,仅凭经验、靠感觉,是行不通的。

好在编者沈奇先生,有着近三十年集新诗写作、评论、编选与研究于一身的综合质素与丰富经验,于此可为有备而来。尤其是20世纪80年代中后期以来,沈奇对海内外现代汉诗诗潮、现代诗学问题广泛而深入的研究,逐渐形成了自己稳妥而独到的诗学理念——如对新诗诗学本体的个在思考,对百年新诗历史的重新定位,等等。这些都成为沈奇编选诗歌选本的理论支持。一部《现代小诗300首》便也由此体现出诸多特色。

特色之一,"好诗"之选。

《现代小诗300首》可说是百年新诗历史中较为

---

[1] 沈奇:《小诗好读——编选前言》,《现代小诗300首》,山东文艺出版社,2006年版。

独特的一个选本，所选皆为"现代小诗"，不录"长诗"和"短诗"，自然就把许多"长"而"好"的诗作排除在外了。而长诗、短诗与小诗是如何划分的，诗学界也没有确定的说法，多是约定俗成。比如较早的时候，周作人说过，所谓小诗，是指一至四行的新诗；后来有人主张，小诗的行数可以是十六行、十二行、十行、九行、七行；也有人提出以字数而不以行数划线，把百字以内作为小诗规格的界限。沈奇编选此书时，既依据自己的审美经验，也参照他人的意见，提出"百字十二行"的标准，所选小诗，皆严格照此辑录，都在十二行、百字以内。

何以只选小诗？又如何说这些小诗就是"好诗"？

关键与沈奇对新诗本体问题的思考有关。编这样一册小诗选本，如沈奇在"编选前言"中坦言，除过"偏爱"小诗的感性缘由以外，更出于"对新诗诗学本体的一些挥之不去的思考"。

20世纪80年代中后期以来，由于新诗语言策略的转变，"口语"与"叙事"的倡行，诗越写越长，越写越滥，读者敬而远之，作为新诗本身，也丧失了"诗之为诗"的起码文体特征。为此，沈奇指出，"汉诗语言的第一义的诗美元素"是"简约"。他认为，"无论新诗再怎么'自由'怎么变，'简约'这个底线不能丢"。"简约""不只是语言品相，更是一种精神气质";强调"简约",就是要求诗"以最少的字来聚敛并表现最多的涵义与韵味"。[1] 沈奇正是以外在形式的简短与内在质地的简练之双重标准,来检视与选编这些小诗的。集中所选,都是"经典有味"又"好读"的小诗佳品。

从另一层面看,"在当代文化语境中,简约本身也是一种特别的力量,既是直击人心的力量,又是亲合的力量"[2]。那么,小诗之"小",就既合新诗"简约"之本,又切当代读众之阅读心理,以此希望逐渐收复诗歌在读者中的失地,可谓用心良苦。

特色之二,"诗史"之编。

《现代小诗300首》虽是一部纯粹的小诗选本,但是编选者除意欲填补此类编选一直阙如的历史空白外,还暗藏有自觉的"史"的意识。这不仅体现在诗人诗作按年代编排的具体体例上,还体现在其宏观编选理念基于对新诗发展路向的重新划定与认证上。

我所谓"自觉的'史'"的意识,主要指后者。作为一个诗歌理论与批评家,沈奇对百年中国新诗史有着独到的见解。十年以前,他在一篇题为《中国新

---

[1] 沈奇:《小诗好读——编选前言》,《现代小诗300首》,山东文艺出版社,2006年版。
[2] 沈奇:《小诗好读——编选前言》,《现代小诗300首》,山东文艺出版社,2006年版。

诗的历史定位与两岸诗歌交流》的文章中,就提出了"中国新诗的三大板块"[1]理论。此论将近百年的新诗史划为三个板块:20世纪20年代至40年代初的新诗拓荒期为第一板块;50年代至70年代的台湾现代诗为第二板块,70年代末起,横贯整个80年代的大陆现代主义诗歌大潮为第三板块。这一理论从新诗发展的实绩和跨海跨代的大视野出发,将大陆、台湾整合为一,得到诗界广泛的认同。而这一含有重写新诗史的理念,在《现代小诗300首》的编选中,得到了充分的体现。

细心的读者不难发现,在这本诗选中,我们熟知的现、当代大诗人名诗人,如胡适、闻一多、徐志摩、卞之琳、冯至、艾青、北岛、顾城等无不在列,一些"小诗人"乃至未名诗人也厕身其间,而在五六十年代影响一时的大陆著名诗人,如贺敬之、郭小川等却不见其名。这一时段的空白,则基本由台湾同期诗人诗作予以填补。

对此,沈奇在编选前言自序文中解释"现代小诗"之"现代"一词时说,"除泛指以现代汉语(包括早期白话)创作的小诗,又特指所选诗作要力求有

---

[1] 沈奇:《中国新诗的历史定位与两岸诗歌交流》,《沈奇诗学论集》(Ⅰ),中国社会科学出版社,2005年版。

现代意识和现代审美趋向"。检视20世纪五六十年代大陆诗歌的创作,主流诗界由于遭受广泛的政治运动的影响,诗人完全丧失了"现代意识",所作不是"颂歌",即是"战歌",更无存"现代审美趋向"可言,因此落选,也是理所当然。

除此之外,《现代小诗300首》还有一个不能不提的特色,即这是一本真正意义上的"诗"选,而非"诗人"之选。从某种意义上讲,"选"其实也是一种批评。作为一个有担当有良知的诗歌批评家,沈奇坚持一贯的原则和立场——在他眼里,没有诗人,只有诗。在这本诗选中,不乏我们耳熟能详的大诗人、活跃在当代诗坛的实力诗人的名作,也能看到一些新锐诗人、年轻诗人,如出生于20世纪七八十年代的沈木槿、黄春红、水晶项链等的精致新作。这也从一个角度体现出编选者深远的历史意识。

选"小诗"以见"大思",编"诗选"并寓"史观",是《现代小诗300首》的突出特色,也是这本诗选能够立得住,或许还能走得远的品质保证。如此说来,并非以为这是一本无可厚非的完美编选。其实可以商榷的问题、可再精进的空间也存在。比如书中第16页便有明显不合体例的编排:既然全书体例是以诗人生年排序,那么生于1906年的邵洵美(关于邵之生年尚有1905年、1898年两说)则不应在生于

1899年的闻一多，生于1900年的李金发、冰心等诗人之前。还有其他诸如所选作品依据的版本来源不一而致误差（尤其"第一板块"部分），以及因搜求不细难详而致"遗珠"等问题，虽无伤大体，但还是失之严谨，令人小憾。谨望以后再版时能多加考校，奉给历史与诗爱者一本更加精美完善的《现代小诗300首》。

2006年4月

一首难得的现代剧诗
之道《行李》赏析

这无疑是一首好诗。

但好在哪儿,人各有所见。此所谓诗无达诂也。

我以为,这首诗的"料"点,先在一个"重"字。

"思想很重",是贵重,还是沉重?

诗人显然觉着"沉重",所以想要"打包托运"。而安检员不同意,他认为"思想"贵重,故而照章办事——请"随身携带"。贵重的东西不一定沉重。沉重的东西不一定贵重。但于此呢,诗人与安检员都做了似是而非的理解。前者确是有意,后者乃是无心。而这一切似乎又顺理成章,颇合特殊场景的现实情境。诗的意趣由此而生。

诗的"料"点之二,在于对话场景的设置。

这是现代诗的"小说情境"或"戏剧性"手法运用。传统诗的手法惯用抒情。抒情不是不好。但直用抒情,简单直白,易成滥情。如遇事即酒,抒情未必,却成酗酒。不但于事无补,还伤肝害体,损形坏德。故现代诗后,多用客观抒情法。或曰抒情的客观化。诗人从前台退出,尽量隐身事后,把自己的情感以"人事"托出。当然,这里又须调动读者的主动性与主观性。即诗读者须由被动转而主动,积极参与,并体味与寻索诗人的用心和意图。

再来看《行李》。诗人与安检员的对话,纯属虚构。"思想"不是行李,这谁都明白。所以这场对话只能在诗人的心里发生。那么,诗人为何会突发这奇想呢?

实在是机场——现代生活的集散地,来来往往的旅客,大大小小的行李,匆匆忙忙的行程——这一切"物质"生活场景,给了诗人一个深切的刺激。在诗人看来,人之为人最重要的"思想",被人众中的大多数当作敝屣抛弃了,他们随身携带的,多如安检员口中的"贵重物品"。"物"代替"思想",成为当下人所"贵重"者。"人"变成一具活生生的行尸走肉而不自知。这才是诗人最感沉重的"思想"。是这首诗深在主旨之所在。此番情思,诗人未直接托出,而是以一出设想的短剧来展示。有人，有事，有意味。但这意味须读者观而思，思而后得。

这首短小的现代剧诗，其主题是悲剧性的。诗人没有大声疾呼，未以悲切抒情的方式去表现。而是以带点黑色幽默的喜剧形式来表达。这种美学效果，正如王夫之所谓，以喜景表哀情，倍增其哀。

《行李》以小博大，拟戏达情，似浅实深，亦庄亦谐，是一首难得的有元代小令风采的现代剧诗佳作。

2019 年 9 月 23 日于草堂寺下

附诗：

行李
之道

思想太重
起飞前我想把它打包托运

安检员断然拒绝：

贵重物品
请随身携带！

诗的用典与不用典

用典是古典诗歌表情达意最常见、最基本的一种表现方式。也是诗艺与文化传承的一种写作策略。可是,现代诗的写作,诗人基本上已不再使用这一表现手法了。现代诗在今天,被人诟病最多的,就是语言浅白、拖沓,诗意不浓、不深厚。我觉得,这与写诗不用典,用得不好,很有关系。

我这里所说的用典,主要是指引用、化用古诗文,或前人中已成经典的名句、言辞,来表达思想情感的一种手法。它是诗人们在长期的写作实践中摸索形成的技术性的东西。就像诗经时代形成的赋、比、兴的手法。本身没有好与不好、对与不对的问题。问题只在于你用得好不好、妥不妥。用得好,会事半功倍；用得不妥，也会弄巧成拙，事与愿违。

20世纪初，胡适提倡文学改良，写诗、作文，主张"八不"主义，第六条就是"不用典"。[1] 王国维也在其《人间词话》（第四十则）里，讲"隔与不隔"，主张填词、作诗造语自然，反对用典造成的"隔"。[2] 因为这些诗学家、理论家的批评与引导，自此以后，诗人写诗，尤其是写现代诗，多自说自话，少用或干脆不用典了。

我不是说胡适、王国维他们当年的主张就全然不对。相反，你细看他们的文本，详察他们的用意，其思想理论都有明确的针对性。但这些理论思想的实践与影响，有时会产生效果的偏差，常又突显出另外的问题来。

现代诗的写作，百年来，由当初的白话到今天的口语（也不是纯粹的口语，应是口语化的现代汉语），最凸显的问题，就是读者常常觉着，现代诗的语言太水、太白，与古诗相比，缺乏耐人咀嚼的味道；现代诗的叙事拖沓、琐碎，与古诗比，缺乏凝练与洁简的美感。为什么呢？用胡适《文学改良刍议》里，引用江亢虎的话说，不用典则不可作诗。话有点过，但理

---

[1] 胡适：《胡适古典文学研究论集》，上海古籍出版社，1988年版，第19页。
[2] 王国维：《人间词话》，中华书局，2009年版，第26页。

在其中。

其实这一点,许多现代诗人与诗歌理论家们都有自觉的究察与揭示,也在商讨与尝试补救之策。

大家知道,现代诗的发生,虽说有中国古典诗与现代西方诗两个源头。但很明显,无论是诗人的写作,还是理论家们的倡导,中国现代诗还是受西方现代诗与理论的影响大而深。中国古诗的传统被自觉不自觉地边缘化,甚至干脆弃之不顾了。比如作诗用典,这一很有效力的表现手法,因胡适的主张"不用"(这里可能有点冤枉胡先生。因为我这里所说的用典,恰是他不反对的"引古人之语"的广义用典),渐被弃置。现代诗与古典诗借以沟通、融合的通道被废。非常可惜。现代诗与古典诗,像河水与井水互不相犯,且愈行愈远。

近年来,在新诗百年的时代背景下,一些诗学理论家与诗人非常关切中国现代诗的发展问题,尤其是现代诗与古典诗的关系问题。著名诗论家谢冕教授,提出现代诗与古典诗"百年和合"的观点。著名诗人、诗论家沈奇教授,也从自己的创作实践与理论研究出发,提出"古典理想之现代重构"的诗学理念。他们都看到了现代诗历经百年发展所显现的病症,而古典诗内存着汉语诗自我疗救的药料与方法。

取法古典,再造现代。这一观念已为很多诗人、诗学理论家所认可，且付诸他们的写作与批评实践中。

诗人沈奇近年来所作的百余首《天生丽质》组诗，就是基于现代诗对古典诗歌资源的借鉴与传承，试图内化现代，外资古典，融汇中西，再造现代诗的新体魄，重塑现代诗的新面貌。[1] 我自前年到今年所作的《你轻拍了一下自己的肩膀》《向一派落红的致敬》和《冬雪天的一场春梦》等二行、一行组诗，也是对这一诗学理念的响应与尝试。

沈的《天生丽质》发挥汉语"字思维"的特长，着眼于汉字本身，以字逗句，因句成诗。其作极具古典意味，又不失现代品质。被誉为"沈体"。在诗界影响很大。

下面说说我自己。

如何在现代诗的写作中，用字简而含义多，如何使现代诗句葆有汉语文字最妙之意味？我想到了用典。

我在现代诗的写作中，自觉尝试用典的手法，时间不长，但效果却非常显著。我觉得，它至少有以下三方面的好处：

其一，用典使得语言凝练；其二，用典可以贯通

---

[1] 沈奇：《天生丽质》，阳光出版社，2020年版，第141页。

古今；其三，用典能够造成绵长的诗意与意想不到的诗趣。

举几个例子。

如《你轻拍了一下自己的肩膀》之第三首：

电梯里姑娘赧然一笑
撼动你一树桃之夭夭

"桃之夭夭"（《诗经·周南·桃夭》）这句古诗，一般读者都很熟悉，用来写姑娘的笑意，简洁、生动。这里的妙意在于，电梯之"现代性"，与"桃之夭夭"之古典性的对照，暗示了这是一个具有古典美的现代少女。如不用典，必然费词而难达。第四十六首：

窦娥有多冤呢
他们不信古人的戏本

用"窦娥冤"的典故，来写现实生活中人间悲剧的深重与哀痛，揭示古今社会的变换，并不能根除人性之恶。

再如《向一派落红的致敬》之第三十八首：

多情应笑我染黑华发

借用苏轼《念奴娇·赤壁怀古》"多情应笑我,早生华发"的句子,对人到中年的生命窘境的自我调侃与抒发。这种表达如不借用古代句典,必然浅白而少趣。

第三十首:

想见那个执子之手看桃之夭夭的人

"执子之手""桃之夭夭"分别出自《诗经·邶风·击鼓》与《诗经·周南·桃夭》。两句不相关的诗句,于此结合一起,表达一个现代人(读书人)的春日情思。造成古今相通、情景和合的审美诗境。如不用典,这样的表达一定浅白而没有诗意。

再如《冬雪天的一场春梦》之第二十五首:

千树万树梨花开是冬雪天的一场春梦

引括岑参《白雪歌送武判官归京》中的句子,写人的冬雪情怀。前半韵句与后半散句的结合,很自然,且节奏的变化,造成阅读中"熟"中有"涩"的陌生化美学效果。

第十八首:

她哀愁她没有诗里有的庭院深深深几许的庭院与哀愁

这里用了欧阳修《蝶恋花》中人们熟知的一个句子。写现代城市知识女性因阅读而引发的瞬间微妙复杂的心情。这个长句诗有点绕。故意而为的痕迹较明显。但因为用典，古典的语调足，意味也深。

以上例举的这些诗句，未必都是多么好的诗作。但我自信，它是一种有意义的尝试。

我体会的是，现代诗的用典，要达成好的效果，必须满足以下三个条件：一、传达诗人当下的思想情感；二、灵活运用古典诗句，使之与现代诗语融洽无间；三、最好使用一般读者较为熟知的经典语句，尽量减少阅读与欣赏障碍。

现代诗的写作要不断创新，敢于尝试。但创新的前提是承继，尝试的目的是变新。那么，现代诗的用典，无疑是对已有的古典诗歌资源的一个有效利用，是创造具有汉语特质的中国现代诗的一个方便法门。不可不引起重视。

另外，写诗用典，表面看只是一种写作的手段，实在也是一种心境与精神的体现。诗人作诗时，心向古人，借手前贤；诗成后，你中有我，我中有你。这样，一条汉诗文化的长河，不是蔚为大观，令人神旺，也令人神往吗？

2018年8月15日

一个偶像破坏者
读史雷鸣《下一个偶像是野兽》

一个月前的某天晚上,当雷鸣把他刚刚印出的诗集送给我时,着实叫我心里一惊。没有想到不久前还是白纸黑字在熟人间传看的一份薄薄的打印诗稿,转眼间由人民文学出版社正式出版了。这本名为《下一个偶像是野兽》(以下简称《偶像》)的诗集,开本大,分量重,图文并茂,印刷精美,其每一页文字和画面都是精心设计而成的。设计者就是雷鸣自己。

说实话,雷鸣的才华叫我佩服,但他的某些想法却令人难以苟同。雷鸣年轻,喜欢辩论。

前不久,我和雷鸣有过一次面对面的论辩。虽说谁也没能说服谁,由此,我还是对这位生于20世纪70年代的青年诗人有了更多、更深的了解,与理解。

雷鸣有着知识分子的家庭背景，环境的熏染自不必说，我要说的是，雷鸣的思想和个性很大程度上源自生命本能的抉择与伸张。看上去温润儒雅的雷鸣，骨子里是激荡与反叛的；身为大学教员，专业是广告与平面设计的他，却偏偏喜好哲学与诗歌，而且有着满腔热情的社会责任与自觉担当。雷鸣极为推崇屈原、李白和尼采等这一类诗人的人格与文采。与他们一样，雷鸣有着自己固守的理想与品格，有出众的才华与不可遏止的青春激情。但毕竟他们所处的时代氛围、所面临的社会问题与人生境况发生了大的变化。所以雷鸣的情感态势、作品风格都与他们大异其趣。但是，这似乎并不妨碍其精神的承继与延续。到底在命运弄人，理想受挫，精神、品格又不肯折损这一点上有相通之处。

研读雷鸣的诗，脑中生发的联想与想象，离屈原、尼采较远，离法国诗人波德莱尔和他的《恶之花》更近。这位为法国诗歌赢得世界声誉的诗人，在他的诗作中，以"恶"的意识观照19世纪的巴黎社会，发现这个光怪陆离的现代大都市原是一朵"病态的花"。它的外表悦人眼目、诱人心魂，可它的内里却病变腐烂了。

在雷鸣的《偶像》中，我也有类似的感受与发现。对于我们赖以生存的现代城市，诗人没有赞美，甚至没有所谓冷静的"客观"描绘，有的只是辛辣的讽刺与无情的诅咒。请看《纸片》的片段：

>这个城市到底有多大？
>不会有人知道
>每一天
>都会有无数的人涌入
>我们只知道
>它一直没有填满
>
>我想
>我又为我所想的笑了
>城市可能是这个世间最大的胃吧
>贪婪的胃
>不疲惫
>而且不厌倦
>
>吃进的是年轻的人
>
>身体
>还有青春
>努力的消化一生后
>留下
>一点骨灰

在这里,诗人把现代化的城市比作吞噬年轻生命的胃。这个尖新的修辞隐含着一个情感上的判断——现代化的城市远不是人生的乐土,而是无辜生命的葬身之所。城市的加速度的发展,商品和信息的急剧扩张,使得人的本能欲望无止境地膨胀,最终导致精神萎靡、灵魂丧失,人成了"物化"的存在——一群行尸和走肉。这些外表新辣光鲜,内里一片混沌,随处堆积的疯狂的石头,只有靠外力的不断击打和照射方能有所反应。所以现代城市里的人们,大家聚在一起,"互相表演,互为观众","制造偶像,不断的制造",其目的就是"唤醒你的欲望",以此来满足,同时明证"我"的存在。文明的发展走向它的反面。

那么,谁是这场欲望"偶像"的始作俑者?诗人没有给出明确的答案。其实,压根也不可能有什么确定的答案。但我们还是看到了诗人对于寄身其中的所谓艺术家和文化人的深切谴责。"那些失去了灵魂,却没有失去艺术天分的人们,在这场空前的集体交欢中快感着,尖叫着","这群敏感的神经,分泌着诲淫的思想"(《所谓》)。按说,作为知识分子的文化人、艺术家是一个社会的大脑,是时代良知的代表。但是,在这场"亿万人的精神的混乱和争夺自我价值的乱斗群殴"中,这些知识分子不但没有尽到应尽的社会责任,反而凭借他们的天资与技术随波逐流,甚至推波助澜,致使整个社会染上了精神和道德的病。

雷鸣揭示病痛的笔触是锋利而辛辣的，然其心情是沉痛而伤感的。因为他自身就是这个群体的一分子。诗人绝无"众人皆醉，而我独醒"的孤标自许，有的是"这些年　我们挤在一起　孤单"，"旁观别人的孤独缓解自己的恐怖"之自觉与自醒。

雷鸣似乎看透了这些偶像制造者的真面目，既不想袖手旁观，也不肯背过身去，他要做一个偶像破坏者。诗人用"下一个偶像是野兽"来命名自己的诗集，就具有强烈的反讽与毁坏之意味。曾几何时，现代化的城市生活是无数乡村青年的梦想；时至今日，那些朝升暮降的形形色色的偶像还在受人追捧。雷鸣却一针见血地指明，那是被唤醒的"源自你内心深处的欲望"。欲望一旦被放纵和追捧，人类的末日就将降临。雷鸣是真诚的，也是勇敢的。他禁不住在众声喧哗中发出源自心底的呐喊，他要彻底破坏这些蛊惑人心的偶像。诗中或者把城市比作埋葬"神灵"的"冢"（《冢》），或者把霓虹的闪烁喻为恍动的"蜃影"（《莲花》），或者干脆把现代化的城市看成"雌雄同体"、自我"交媾"的"野兽"（《所谓》），等等。诗人借以指明，城市这块产生偶像的土壤是虚妄的、荒蛮的，是生命的终结之所。这种同类题材作品以不同的面目反复出现，类似情绪状态以相异的方式不断抒写，使这样一个破坏性的主题得到了不断地加强与凸显。

跟波德莱尔一样，雷鸣的诗极易遭到误解。当年就是因为波德莱尔采取了"恶的意识观照"之视角及一个"爆炸性的题目"，他的诗遭受了广泛的误解与恶评，甚至官方的禁止。自然，雷鸣诗歌的生长背景要优越得多。但他对于现代城市的观照视角及诗集的"爆炸性题目"，仍不能保证他的诗歌立场和情感方向完全正确地被社会所接纳，被读者所理解。其实任何完全正确的理解也是不可能的。好在对于这一点，雷鸣早有清醒的认识和足够的思想准备。他预先在"作者提示"里写道：部分内容可能会引起读者不适/老人孩子女人不建议阅读本书。其实，我们也不妨把它理解为一个聪明而又吊诡的广告语，读与不读都是对欲望"偶像"（作者/读者）的一次具体而微的实践性"破坏"活动。

如此，读者极易把雷鸣视为一个道义上的拯救者。不能不说这恰是一个误解。实际的情形是，诗人自己也是当下中国城市现代化过程中的受伤者。"那芒/纤纤的刺入//断掉/痒了/痛"（《芒》），"时间/安静的/向我们猛扑"（《恐怖花瓣》）。这些诗句里流露的是心灵受到伤痛，生命黯然消逝的无奈和感伤情绪。诗人的敏感和不甘使他选择了自救，诗人的悲悯与同情使他在自救的同时又似乎是做了拯救的选择。当然，书生的本能与本色，决定了他自救与拯救的方式，只能是书写。他说，"我用这一点点文字，在祭奠。/祭奠我们失去的时间"(后记)。用文字祭奠,也就是通过心灵的思与诗,来实现自我的抚慰与解脱,再经由心灵的诗与思,去沟通与梳理另外的心脉。要达到这个目的,自然不能单靠思想的热力,还需要通过艺术的蓝桥。不必讳言的是,在诗艺的创造与作品的细致打磨上,雷鸣还显得心急而缺乏耐性。集中许多作品不乏精彩的诗句与段落,但整体架构往往由于缺少情绪的控制与语言的节制,显出拖沓与松懈。在此,我愿意把这理解为是诗人的率性使然,或者是有意无意对现成的诗歌观念和做法的"违规"。尽管《偶像》是雷鸣的处女作,但在那些"成熟"的诗作中,我们能够看到诗人对于意象的准确捕捉,对于诗境的恰如其分的营造,以及对于语言节奏自然的掌控,显得老辣而得体。如《花的杀气》:

> 走一步
> 饮一杯
> 酒怎会醉人?
>
> 距离
> 撕碎成回忆
> 参差的
> 大小不一

时间还在

碎片
缀着这个春夜
花落了一地

再如"一阵风/穿过我的指间//带走了视线中的一张纸片//纸片飞远/又跌落在路边"(《纸片》),"风/然后是雨/鸿鹄落下来//收起翅膀老去//失去了羽/那些云/沉重的/落了一地"(《羽》)等。这些诗句读起来顺畅而有特别的快感,似乎完全是生命自在的呼与吸,你甚至无须斟酌字面的意义,单是那些或长或短,似断且续的词句所形成的节奏感、韵律感便把你带进了别具诗意的氛围中,使你感受到浑朴与酣畅的诗意之美。

雷鸣人如其名,出手不凡,《偶像》是年轻诗人投向疲惫诗坛的一颗惊雷,不鸣则已,一鸣惊人!

2006 年 10 月 16 日

看见另一个我
读杜爱民《眼睛的沉默》[1]

至今为止,我与爱民兄只见过两三面。每次都是匆忙的聚与散。没有过多的交谈,更说不上思想的交流了。但奇怪的是,自打第一次照面,我就觉得这人面善,是值得深交的朋友。可惜,这年月大家都忙,没有更多见面的机会。

不久,我得到爱民兄新近印行的散文集《眼睛的沉默》。展读之下,他的文字紧紧抓住了我。感觉"夫子之言,与我心有戚戚焉"。于是,一篇篇,一行行,一气读完。有些篇章,不止看过一遍、两遍。每读一遍,都有新的感触与惊喜。可以说,《眼睛的沉

---

[1] 杜爱民:《眼睛的沉默》,国际文化出版公司,2006年版。

默》为我打开了进入爱民兄艺术与情感世界的通道。

爱民是诗人,我没有读过他的诗。但我要说,《眼睛的沉默》里就含着浓烈的诗意。集中那些具有代表性的篇章,在本质上就是诗。

关于诗与散文的划分,梁实秋先生早先有过这样的表述,它们"在形式上划不出一个分明的界限","'诗'时常可以用各种的媒介物表现出来,各种艺术里都可以含着诗"。中国散文历来就有一个诗化的传统。从晋末陶渊明的《桃花源记》,到北宋苏轼的《记承天寺夜游》,到明末张岱的《湖心亭看雪》,再到现代周作人的《雨天的书序》等,俱是以诗家的笔法,在看似散淡的行文中追求一种清新、超拔的诗情意趣。这种文章看似闲散,其实最难经营。其妙章佳作,也往往给人留下难以磨灭的印象。

爱民兄一定是精读、深研了这类名篇佳构,而颇有心得的。他又是诗人,由作诗转身习文,诗家笔法的运用可谓游刃有余。看他集中被诸多评家一致称好的几篇代表性作品,像《4路公共汽车》《1975年的琴声》《比水还淡的浓茶》《寻找〈瓦尔登湖〉》等,无不凸显出一个共同的征象——勃郁的诗情意绪溢于字间纸外。可以说,这些作品给每一个读者的印象是深刻,甚而是难忘的。

我觉得其中的关键在于,用艾略特的话讲,作者为他的思想意绪的表达找到了一个恰切的客观对应物,即托象以寄意。这是诗家的笔法。当然,这里的象可以是物象,也可以是事象。

试以怀念母亲的《4路公共汽车》一文来说明。这文章看似易做,实很难为。散文史上同类题材的名篇佳作也不少,但爱民能独辟蹊径,写出让人过目不忘的绝妙好文来,令人感佩。我以为,这里最绝的是把儿子对母亲的思念,通过4路公共汽车联系起来。于是,4路公共汽车这个普通的物象遂成为一个特殊的载体、一个独特的文学意象。经由爱民的妙手点化,原本一个冷冰冰的、孤立的物体,转而成为一个母子情深的承载者、连接者。甚至于它已经成为一个符号——母子深情的符号,深深地铃在人的心里,寓目难忘。

《1975年的琴声》与上文似有同工。它的好处也在于作者借助一个妙不可言的意象——琴声,来激荡与变奏一个荒诞而真实的年代里生命的尴尬与无奈。文学史上反映这个时代的作品已多如牛毛。无论正写还是反写,基本上翻不出什么新花样。爱民的文章却能给人留下"1975年的琴声"——这个特别的文学意象。那么,其所蕴含的虚虚实实实实虚虚虚实相杂的复杂意绪也就留下了。

《寻找〈瓦尔登湖〉》的笔法要复杂一些。就是说,它是事象与物象的交加。物象是《瓦尔登湖》这本书，事象是寻找《瓦尔登湖》的行为。有评论家把美国人梭罗的《瓦尔登湖》比作陶渊明的《桃花源记》。在我看来，爱民兄的《寻找〈瓦尔登湖〉》，更像是现代版的《桃花源记》。他们都写一个梦，一个理想。然后是孜孜地追寻。所不同的是，一个找到了，又失去了；一个压根就没有找到，永在追寻之中。《寻找〈瓦尔登湖〉》的那种永不停歇的追寻，又担心真的找到会失落的执着的姿态与矛盾的心态，是现代人的现代精神与现代意绪的绝妙写照。《比水还淡的浓茶》以话茶起，以写人终。而那经得起一遍遍热水浸泡的茶的意象，彰明与寄予的是人间情谊的淡远与久长。

无需再多举例，爱民文章的长处，就在于他能选择恰当的文学意象，如4路公共汽车、1975年的琴声、《瓦尔登湖》、比水还淡的浓茶等，作为叙事、抒情与思辨的依托和构架。而且这些意象在行文节点与转折处的显现与转身，又造成了作者意绪的跌宕与起伏，形成绵延与荡激的诗意。

这样谈论爱民的文章，或许是出力又不讨好。似乎爱民是着意在作文了。其实不是的。我们说，爱民的好文章是因为有诗意，是因为他找到了一个好的意象。但这个意象不是凭空而来的，来自他的生活，来自他对生活的艺术处理。当然，首先是生活。然后才是艺术。

爱民最不愿意把写作当成一种有为的创作。他说,"写作是返回到自己的一条路径","通过写作,我看见另一个我,跑过来安慰我,照看我,倾听我眼睛里的沉默"。在爱民看来,写作完全是个人的自为行为,不代人立言,也不为人发言,完全是个体生命的自语与自慰。这种作文的立场,是与月夜难眠,又无以为乐,遂往承天寺寻找张怀民的苏东坡,及冬雨天,天色阴沉,十分气闷,随手写一两行文字聊以对付难挨的光阴的周作人,颇为相近。这种书生的偶感无绪与散淡心境,最接近个体生命的本真状态,在文笔上也易形成一种诗意的气象。

爱民的文字自然也不离开这一点。但又不同。

爱民毕竟是当代人。深受西方现代甚至后现代思想的浸染。尤其是法国哲学家福柯等人对他影响很大。爱民耽于思辨。而他沉思最多的,是因个人的际遇与体验延展开来的对于人的命运和生的意义的感慨与思忖。正如作家余华所说,这"是具体的东西充分燃烧之后形成的""火焰"。这精神的火焰燃烧、映照到文字里,便升腾为浓烈的诗意。

《4路公共汽车》写母亲住院期间,偶然乘坐4路公共汽车去医院陪护的经历,由此引发了对于生的偶然性的思悟:"人一生会遇到许多事情,也会在这些事情中改变许多。这当中没有根本解脱的途径，只有承受、忍耐，和对任何平凡的事物保持内心的敬意。"《年味》中因年岁的更迭、生命的轮回，发出对于个体生命必然消亡的慨叹："时间可以改变一切，而无法更改死亡。我除了怅然，心里总觉得空空荡荡。生命就像击鼓传花，轮到谁，谁就得起身，在多米诺骨牌的效应里，都一个一个倒下，身不由己。"《半坡遗梦》中考察与剖析半坡绘画，悟得生命与艺术的内在关系："有了陶泥做成的甬道，死亡就不再是一道界限。灵魂可以在其间自由出进。"诸如此类对于生的现实及生命以艺术的方式自救的思想，并不是什么新发现。但这些"诗意的火焰"在爱民身体里燃烧，从爱民笔端升发出来，终究显得格外热烈与光亮，带给人欣喜与暖意。

爱民文章的诗意是丰厚的。不但显现在艺术意境的创造上，而且体现在人文精神的观照上。《眼睛的沉默》把对个我逝水年华的追忆与对人类不测命运的思索交织一起，兼用叙事、抒情、写景、思辨等手法，调和适度，运化自如。文章写得上下于飞，左流右盼，熠熠生辉。犹如一只展翅飞翔的大雁，心魂向往着蓝天的远景，眼睛注视着大地的消息。她是生存的，也是诗意的。

2007年9月26日

细节,还是细节
读《马治权散文·人物卷》[1]

马治权以书法家的身份执笔造文。年初,出了一本厚厚的《马治权散文·人物卷》。看来作者还准备续写《动物卷》与《植物卷》?

这本书以写人为主。所写文学、艺术、书画、财经等各界名流凡数十人之多。其中如王蒙、路遥、陈忠实、贾平凹、冯骥才、张贤亮、厉以宁、茅于轼、张艺谋、吴天明、姜文、卫俊秀、钟明善等,都是活跃于当代,影响及四方的了得人物。这些人和事无疑为此书增添了分量和光彩。单凭这一点,这书就足以吸引许多人渴望的眼光,勾起读者阅读的欲望。作者

---

[1] 马治权:《马治权散文·人物卷》,陕西人民美术出版社,2009年版。

的高明也于此可见。但马先生到底是艺文家不是商人。他的写作必无更多人情之外的考量。这些人，或远或近，或亲或疏，都与自己有过直接、密切的交往。那些陈年物事、人情光景，如同空气里的尘与水，是日常生活的一部分，濡沫他的呼吸，滋养他的生命与生活。平时不觉得，回思起来，自是点滴馈赐，难以忘怀。因而意兴之所至，行诸笔端，化成文字，俱为心性与性情的自然流溢。

谈到散文写作，记得孙犁曾在一篇文章里讲，能流传百代的文章，不外乎两个条件，一是感情的真挚，二是文字的朴素无华。流传百代的经典，我们自不敢奢望。但文章写得真挚、朴素，我想，这应是写作者具有的起码的艺术自觉。可这话说来容易，做起来却难。眼下写散文的很多，有人写文章就跟拉闲话一样，一会儿一大堆，一会儿一大堆。但好看的文章依然不多。为什么？不是感情不真，就是文字别扭。

要写出有真感情的文章很难吗？

孙犁说，"写出这些，这本来是很自然的事情，但一触及文字，很多人就做不到"。原因无外乎是涉及自己或他人、眼前或长远的利害，下笔就难，就哆嗦，以至于掩饰或扭曲。尤其是那些状写亲人友朋、跟自己关系密切的社会名流的文字，更是如此。记得曾经偶读聂绀弩先生写于20世纪40年代的《怎样做母亲》，非常惊异与欢喜。印象深远，至今难忘。就在于作者不为亲者讳，真实地写出"我对于我的母亲很少敬意。不但对于自己的母亲，对于天下人的母亲，我都不高兴"。当然这不是猎奇，聂先生也不是故作惊人之语，不过是说实话，讲真情罢了。

近读马先生的文章，又给我这样一个触动。在他所写的那些为大家所熟知的社会名流的篇章里，多有源于生活、忠于心灵的真情流露。故而蕴藏着感人的力量。读他这类文字，我特别留意其所写人物一言一行之细节。也正是这些细微的关节与脉络构成马文富有弹性的肌理，支撑与维持着他文字的活力。

马治权跟已故作家路遥是同乡好友，两人交谊很深。书中写路遥的文章有两篇，《与路遥最后的交往》和《人生最大的满足是什么——再说路遥》。作者写他最后一次与路遥交往。他们想办一份"大刊物"。那时，路遥凭借长篇小说《平凡的世界》获得茅盾文学奖。年轻气盛，意气风发。一天，路遥约请省委宣传部新闻处与新闻出版局报刊处的负责人。电话通后，开口就说，"我是路遥，晚上请你吃饭"。文章写对方在电话里似乎还想说啥，被路遥打断了。饭间，路遥和两个处长争论。作者带去的一个朋友，也是路遥的崇拜者，顺嘴插了一句。路遥毫不客气地说，"这里不是你说话的地方，你听就行了"。那人被戗得无趣，满脸通红。这两个细节活托出作家路遥的个性与气质——霸气与霸道。我想，大多数读者都会得出这个结论。但这就是路遥。如果没有一点"霸气"，他也可能写不出《人生》与《平凡的世界》，获不了茅盾文学奖。但不管怎么说，不容人说话，不给人面子，这点"霸道"的修为到底是做人的缺点。以前有许多人写路遥，生前死后的文章无数，但少有人像马先生这样写。直来直去，实话实说。我想，马能这样写，也源于他真诚的人格与心性。在他看来，名人也是人。他们有过人之处，也难免有不如人的地方。对这些名人朋友，他是敬而不仰，恭而不维。他说，"我对路遥的能力和意志是十分钦佩的，但对他的性格却不能接受"。

马治权在省政协工作，著名作家陈忠实是省政协常委，由于工作关系和共同的喜好，他们成了私交很好的朋友。《一部白鹿原两代恩怨》记述了陈忠实蜗居乡下，艰辛创作的往事。后来《白鹿原》获奖，陈成为省作协主席。一次，作者对陈说："历史常有惊人的相似之处。当年清军与李自成开了一个玩笑，现在你又与路遥开了一个玩笑。"这话说得机智，也很唐突。我甚至想象，是作者舍不得把这个猛然间闪现的奇思妙想闷死在脑壳的黑暗里，才斗胆放言的吧。但无论如何，把路遥比作李自成，把陈比作清军，这番话也够喧人的。然而陈忠实毕竟不是俗人,默然之余,竟发出一段至理至情的名言来——"从人的良知来讲,我倒真不希望是这样一个结果。作协主席的位子是什么,实在是身外之物。我当初写作《白鹿原》,只是觉得在那样一种形势下,我应该有一部大部头作品、好作品,至于其他,那只是意外的事情。我想路遥当时创作《平凡的世界》,也应该是这样的心情。这正如江姐他们在渣滓洞时的信念只是共产主义,而并没有想什么要当省长之类的事情一样。"这些话在一般散文写家的手里是要掂量再三斟酌再四才肯出手,甚或丢手的。马竟毫不修饰,秉笔直书了。而恰是这些极具私人性的谈话,无意间流露出一个人内心的秘密。让读者窥见了一个灵魂极为真实的一面。实为难得。

马治权散文中的细节,所在即是,随处可见。

《简单的冰心》是写作者对冰心老人从"不解"到"理解"的一篇难得的好文章。马曾为创办一本杂志,前去拜访八十多岁的冰心。照他的请求,老人写了"专心地学习,痛快地游玩"两句话相赠。文中说,他为此一直耿耿于怀,觉得是两句没有什么的大白话。"不够曲折,不够震撼"。我能理解作者的真情表白。其实许多人都会以为这样两句大白话与冰心大作家的身份不相符。只不过,他们不会轻易把自己的感受表达出来。文中,作者写,一次在一棵松树下停歇,一块核桃般的积雪砸在肩上,他才恍然顿悟了冰心老人的话——学习和游玩——"人类的终极目标,说到底,不就是这么两句话吗?"作者感叹,"活了半辈子,只知道前者,却不知道后者"。这番话道出了人世的秘密,翻开了人生的底牌。也把我们文化及教育的天幕捅了一个透明的窟窿。人要学习,要工作,但那不是全部,甚至不是终极目的,只是手段与途径。游玩和思想,才是人生真正需要的东西。但这番话似乎只能与会者道,不可与俗人言也。故而许多人终生蔽而不明。现在马先生明明白白把他的会悟心得写出来,叫人看后喜悦不已。

马治权散文的可爱之处、可看之点就在他所写的这些细节。真实的生活细节含蕴着巨大的情感力量。古人语,诗从肺腑出,动辄感肺腑。马先生投入笔墨间的情感力量,一定会在读者心里激起回响的涟漪。

马治权的散文,语言质朴鲜活,读来真切感人。如《与路遥最后的交往》中,写路遥病重,给朋友打电话,"我快要完蛋了,你们来看我吧!"人物的声与情,皆在。《王蒙印象》,写"初次见王蒙,感觉他就像一头豪猪,身体呈倒三角,勇猛而机敏;时间长了,又觉得他温醇敦厚,心存幽香,像一坛老酒"。作者的情和义,俱现。读马文,无论是人物语言,还是作者的叙述文字,多有直接、鲜活之感,像是从生活之流打捞的水草,自心灵之壤抓取的根苗。

这,又是一个细节。

2009 年 5 月 15 日

张魁的字与诗

十几年前,我到张魁任社长兼总编的报纸——《各界导报》做兼职编辑。

我编文化副刊,五六年间,发了许多熟人的诗文与书画作品。张魁却从来没有给过我他的任何文稿。那时候,我只知道他是待人谦和、沉稳干练的"张总",兢兢业业,踏踏实实,经营他的报业。好像心无旁骛。

去年年底,在一个朋友的约会上,又遇到张魁。虽说十数年没见过面,也少有联系,但还是一见如旧,谈笑甚欢。彼此没有一点隔膜。末了,张魁送我一本他的书法台历。随手翻了几页,我就满心喜爱。更让我讶异与感佩的是,张魁书写的都是他自己的诗文作品。这个于今很难得。

和张魁相识已久,但他从不显山露水。我也为自己对朋友的所知甚少而心生愧意。现在张魁的这本台历,立在我书桌快要一年了。我写字累了,看书倦了,就翻翻,随意看看,不知欣赏了有多少遍。每次看了都心生喜悦,倦意顿消。觉得陈旧的日子都似水洗了一般,清清爽爽。

张魁的诗文书法,我都爱。我想,我现在要是还做编辑的话,我会向张魁约稿。我会编发他的稿子。人家看了,准会说,这个张魁啊,字与诗,都好!

实话说,对于书法,我几乎是个外行。但我还是有我的好恶。张魁的字,无论行草隶楷,自有它的渊源,它的法理。我总爱它的清新有趣。这种感觉,我看于右任的书法有,看齐白石的字画有。他们的作品,各有兴相,各有追求,但一个共通的特点,是有情趣,有意趣,生动活泼,与人亲近、亲和;不张扬,不作怪,不拒人,也不腻人。我不是拿于、齐这样的大家来恭维张魁。张魁有他自己的作品在。他不需要借助名人来树立自己。张魁就是张魁。他不可能,也没有必要依靠别人。我只是想表达这样的意思,同样的汉字,张魁写来,就觉得对劲,横竖都对。合适,恰当。像俊姑娘进门,巧媳妇下厨,教人舒心、放心。你看张魁的有魏碑风的"仗剑江湖"四个字——"江湖",多么险恶;"仗剑",多有气势。

他把这四个字,写活了。写得生气勃勃。仿佛这句话,这四个汉字,是第一次被创造出来,被书写下来的。教人一目难忘。

张魁的字,多是行书。有行楷,也有行草。他不大写楷书,也少有狂草。为什么?大概是狂草太张扬,楷书太死板,皆不如行书活泼有趣。我看张魁这个人也是如此。他的心性作为,就活泼有趣,而不呆板,不张扬。

前一向,我顺路去看张魁。聊得高兴,张魁把他十几年的甘辛苦辣全都说给我听。最后说到他的诗、他的书法。那意思是,没有那十数年的人生苦难,就没有这些诗、这些书法作品。看来"文章憎命达""诗穷而后工",是千古不易的道理。真正的文艺家都明白,自己在艺术上的那点成绩,都是蚌病成珠。不值得在人前炫耀。大概正因为如此,张魁没有把他今天的成就看得多么了不得。他至今没有正式印行他的书法作品集。甚至他的办公桌上,不见笔墨纸砚,墙上也没有张挂半张书法作品。我问,为什么?他说,办公室是办公的地方,写字作诗是自家事。这就是张魁。与众不同。

张魁是个诚恳人。这,你从他的诗文看得出来。张魁有一幅书法作品——"自然无妆"四个大字居中,几句解释性文字星罗四围——是他的"读书感悟"。张魁说,"一位真正的化妆师说,化妆的最高境界是无妆,是自然。由此我想,做人做学问的至高境界都是如此"。

张魁的诗就自然而无妆。有点陶潜、王维的味儿,又不完全一样。像"嫩麦铺大野,远山生青烟"的句子,写眼前景,道胸中情。后味比旧诗人昂扬许多。"嫩麦"一词,新鲜上口,但我没见谁用过。其与"大野"形成句中对,极富张力感。再如"山风移浓雾,新枝掩枯藜",也是难得的佳句。作者内心的情志隐约在自然景致的描绘里,天衣无缝,妥帖无比。

我说,张总,你的诗法了得,直逼古人啊!张魁赧然一笑,说,今人写古诗,平仄押韵究竟是个问题。这是一句大实话。又说,我的办法是,既然作古诗格律上难合要求,干脆不叫律诗,就叫古风。以上我所例举的诗句,分别出自张魁的《古风·白鹿原金秋》和《古风·平利看天书峡》。其实,两首诗都是五律的格局与成色,却以"古风"题名。这一面见出一个人态度的诚恳,另一面又显出他手段的机智来。张魁在报业上的一段波折,借助他在诗艺与书法上的凸起达成一个平衡。这恐怕多少有些天意吧!

现在,张魁的事业越来越顺,诗文、书法的影响也越来越大。但他是一如既往的低调与平和。

今年夏天特别热。空调吹着也不舒服。我干脆坐在阳台看《金刚经》。看着看着，心静下来。看着看着，天阴凉下来。于是，我去见张魁。我送一本书给他。他也送一本书给我。又请我吃饭。我们说了很多话。我印象最深的，是他讲自己如何在父母跟前做儿子，在女儿面前做父亲，如何跟同事相处，如何把报纸做好。一个人要做好这一切，得有大包容，有大担当。于是，我渐渐明白，作为一个平常人的张魁，内心是多么紧张，担荷有多么沉重啊！他需要到艺术的天地里去舒展自己，放松自己，求得精神上、心理上的一个平衡。就像山峰从山谷那里，白天从黑夜那里求得平衡一样。而且是谷愈深，则峰愈高；夜愈黑，则日愈白。所以我想，张魁的作诗与写字，大概从来也没企盼要成就什么。他只是借此来调整生活的状态，充盈生命，完善他的人生而已。

《金刚经》里，记有佛与弟子的一段对话。大意是说，不可以三十二相得见如来。其实，人生何不如此呢？你看张魁这个人，他的诗书真是好，但他从不住书家与诗家之诸妄相，所以愈加地令人心生十二分的敬爱意呢。

2010 年 10 月 28 日

时间累积的爱
序许娟莉《人来人往》[1]

娟莉的文集要刊印行世了。她嘱我作序,我没有推辞,就一口答应了。我和娟莉有着近三十年的交往。一直都在高校教师这个行当,做同事,又是情谊很深的朋友,两家大人和孩子都有密切的往来。这么一件要紧事,娟莉开口,我没有理由不应承。

娟莉1984年自西北大学中文系毕业,分到渭南师专教书。我1987年从陕西师大中文系毕业,到西安师专中文系任教。20世纪90年代初,她从渭南师专调到西安大学。2000年,西安大学与西安师专合并成西安联合大学(现更名为西安文理学院)。我和娟

---

[1] 许娟莉:《人来人往》,西北大学出版社,2019年版。

莉成了同事。四年后，我们又不约而同地一前一后调至西安建筑科技大学文学院，继续做同事，到现在也有十四五个年头了。我们平常一道乘车上课，一同下课回家。有时两人给同一个班的学生上课。我讲完前两节，她接着讲后两节。期末考试，也常在一个教室里监考，我坐在这头，她坐在那头。课余，或是节假日，我们两家人常和共同的朋友一起聚会，喝茶聊天，外出郊游，甚至出国旅行。我一直以为，作为朋友，我对娟莉有很深的了解。其实，我错了。读了娟莉的这些文章，我才发现，一个情思更为丰富、深邃的娟莉的形象，隐藏在她那张历经岁月沧桑依然美丽的面孔的背后。

这本名为《人来人往》的散文集，共收文章七卷一百多篇。是娟莉自2008年至今约十年间的作品。其内容无非是写日常生活中的亲情、友情与乡情，及其读书、观剧，对于人生、人情的思考与慨叹。问题是，这些题材、这些话题，由她自其具体而微的生活经验与生命体验中，一笔笔、一字字记叙下来，呈现出的不仅是与别人同中有异的生活与生命的样貌。更重要的是，这些文字，也给我们展现了难得以眼观言传的娟莉内在心灵幽深、细腻的面相。我是在这个暑热的假期里，一口气读完娟莉的这些文字，才对这位几十年"熟悉"的老朋友颇为"陌生"的一面，有了更多的了解与深在的体会。

古人云,与人交,不读其书,不知其心,而谬托知己,悲矣夫!几天来,我一边读娟莉的文字,一边时时遭受这种"谬托知己"之悲情的打击与责难,难以自持。心中多有愧意!

老实说,娟莉的这些文章原来在她的博客里断断续续读过一些。但后来随着"博客"这种载体的过气,与日常琐事的乱杂,我也就很少去看谁的博客了。再说娟莉作文,全是为生活的记录与备忘,她从来不以"写作"为自己的志业,更没有要成为作家的志愿,所以她也几乎不拿自己的作品示人。加之这几年,我们都到了多事之秋的年岁。娟莉的女儿结婚、生子,父母生病住院,又相继过世,里里外外,忙得不可开交。想着她早就搁笔不写了。谁知她一直坚持着,多年来,分分没有停止过这种笔记"个人历史"的琐细工作。单是这份耐性与情怀,就令我十分生敬佩心。

娟莉为人妻,堪称贤妻。为人母,足为良母。故而,丈夫有担当,女儿有作为。做老师呢?她更是兢兢业业,德业并彰,深受学生喜爱。娟莉是一个把里里外外分得很清,又能兼顾而不违和的人。

自打做了外婆,娟莉把她绝大的心思与精力都倾在小外孙女身上。这些年,与我们这伙老朋友都聚少了。即使见面,谈得最多的也是孙女——。这一点,作为朋友，我们大家都能理会。但让我觉着最可珍贵的是，娟莉没有把对——的爱止于风过水流的言行上。而是用文字记录了这一爱的过程与细节。这样，爱作为一种精神性的情感，获得了它的文字载体。成为一种可读可感的永恒存在。我觉得娟莉做这份笔录工作，有一种自觉不自觉的意念与持力在。这对我们是一个生活的示范。

《感谢神爱——》一卷共十八篇文字，全与——有关。其中有六篇是娟莉写给——的信。一年一封。今年——六岁。我想，这样的，一个外婆写给小外孙女的信，如无意外，娟莉是肯一直写下去的。等到——再大一些，读这样的文字，那是一种怎样的感受，这些文字会对一个幼小心灵产生什么样的影响，都难以估量。其他几篇记写——的言行与奇思。《亲爱的，你对爱情过敏吗》，让人看到像——这么小的孩子脑中偶发的诗一般的奇思妙想——"我对爱情过敏"。日常生活里，四五岁的孩子，口中常出诸如此类的绮语。我们很多人，说说笑笑，就轻易放去了。但在时光的河流里，娟莉用竹篮打水，竟也时有所获。不能不说，她是个分外有心的人。

娟莉这么爱孩子，大概缘于她童年的苦涩记忆。卷三《如何是好》的《母爱无边》与卷七《无处不在的你》之《大寒祭母》两篇文字，写娟莉自己童年的不幸遭际与内心痛楚。娟莉出生不久,就被从县城过继给乡下她后来的养父母。这件事情她早先给我们讲过。虽然养父母也尽心尽力给了娟莉跟同龄孩子一样有饭吃、有学上的青少年生活,甚至供她上了大学。但人因命运的抛转,造成性情的扭结,心灵的伤痛难能抚平与补救。这种感受,除非亲历,言语的表达终究有限。恰如西语所说,可以描述的火,都不是猛烈的火。

几十年后,娟莉也相继为人母,为人祖母。她也试图切身地理解一个母亲的心思与情感。她从来都没废止过与生母沟通、理解,期盼情感融合的努力。直到生母离世。读她用泪渍浸透的文字,你分明感到,虽然在理性上,她不是不能通达,但身感心受的裂痕,究竟无从磨灭。读过这两篇文字,我愈加理解了娟莉敏感与包容、脆弱与执着的性格特征。她尽量对人施于无私的爱,但也从来不惮因缘失却的无谓的情爱。娟莉有过生命坠到谷底的痛彻经验。她的人生到底与众不同。这是不幸?也可是不幸中的有幸!她对人生与生命有了更多更深一层的体会与解悟。娟莉就是这样的人。

读娟莉的文字,看生命中人来人往,体会人世间的爱恨情怨。我深有两得。其一,如娟莉一篇文题所言——"时间累积爱"。娟莉笔下无论记人写事,读书感言,观影感怀,都不过一个"爱"字。娟莉对人世极少偏见,充满了爱意。《城南旧事》中那个"真假表弟"。虽说老老实实地骗了她,她还是对表弟表达了自己的同情与理解。这是娟莉的豁达处。其二,文字储藏爱。娟莉著文,不用力经营结构,不费心挑剔文字。她没有一般所谓文人的职业毛病,因文害辞,因辞害意。她援笔为文,一定是情到笔到,水到渠成。所以,读娟莉的文章,你不会遭遇文字的障碍,只觉得文字如水如流,浮动着、漾溢着情感与爱意。娟莉是这样一个天然自在人,她的文笔自有其天然自在处。

我爱娟莉的这种自在与豁达。

她的为人与为文,不做作,不计较。一派纯真与天然。

拉拉杂杂,写了这许多话。算是我读娟莉文章,对其人其文的一点心得。我以为自得的,不知老友娟莉以为然否?

是为序。

2018年9月7日

我的七般慨叹
读《旅行日记》

红芯这册不到五万字的行旅日记,粗略地勾勒了她半月之间,西行南下,北上东归,游历欧洲四国九城之所见所闻与所感。原本是为备忘而作的文字,读来却令我心生七般慨叹。

哪七般呢?

其一,慨叹于红芯之胆量。红芯一文弱女子,略通英文,未知德语与法语,竟然只身去了一趟欧洲。时间达半月之久。到德国固然是送儿子求学,母子相伴,并不孤单。但随后南下瑞士,道经摩纳哥,再北上巴黎,全是一人之独行孤旅。虽说出国前做了种种准备,毕竟言语不通,亲故全无。所到之处,买票、住店、点餐、问路,时时都得自己操心,事事都得自己亲为。一开始,她也是满心的狐疑与胆怯。可一路下来,竟渐渐地得心应手,心旷神怡起来。半个月的旅行,让她开眼界,长见识,颇多心得。实在叫人艳羡!话虽如此,我也曾扪心自问,这事如若到自己眼前,敢不敢身体力行呢?你一定要问我个答案,那我也先请你问问自己。

其二,慨叹于欧洲社会之文明。说句实话,欧洲社会制度与人之文明,是红芯完成她此次旅行的重要保障。我想,如果她去的不是欧洲,而是别的地方。试想想,一个女子,十五个日日夜夜的孤身行走。真让人放心不下!

红芯文中记载,她刚到法兰克福,就遇到办理入境手续的问题。审查官也只是看看她手机上的英文说明,再问问同行的儿子,就放行了。一点没有为难她。一个社会的文明与否,不在于大张旗鼓地宣扬什么,而是最终落实在每一个人切身的经验与感受上。

读红芯的文字,看她一路的见闻,可以这么说,绝大多数欧洲人,面对一个来自己国家旅行的外国人,表现出的是极大的热情与耐心。难怪红芯会发出"世界是友爱的"之感慨。这种话,如果只是刷在墙上的标语,就是大话、空话。现在,由一个有切身经历的人说出来，竟是如此地掷地有声。

其三，慨叹于游旅途中之意外之喜。外出游旅，自然山水，人文景观，一切都因陌生新奇，而使人欣喜。但行旅途中的意外经验，更是让人情不自禁。红芯这一番欧洲之旅——西进德国，南下瑞士，再北上法国，是近年国内游客梦寐求往的黄金路线。红芯是这么计划，也是如此实行的。但我想，红芯此行更大的喜悦，是她意外地去了一趟摩纳哥。

摩纳哥本不在红芯的旅行计划之内。在去埃兹途中，遇见一位中国游客。他乡闻故音，彼此都觉得亲切。互通言语后，这位老游客告诉她，埃兹到摩纳哥仅仅半个小时的路程。于是，他们结伴而行，去了这个仅有两平方公里土地的袖珍之国。摩纳哥虽小，但也有大教堂、大宫殿，有玫瑰园，有年轻妈妈推着婴儿车晒太阳，有老太太在午后阳光下专心读书。摩纳哥绝不是地图上不起眼的一个小点，她是活生生的一个人的大千世界。我这番话，你如果和红芯一样去了，看到了，必会信我所言不虚。

其四，慨叹于世界各地中国游客之多。红芯此番旅行，所到之处，常常能遇见中国人，尤其是国内游客。这不是坏事情，是好事情。如文中所记，她几次外出,遇到问题,多亏身边有国内游客,给了她必要的帮助与额外的游兴。摩纳哥之旅说过了。游卢塞恩湖时,景色固然很美,但语言不通,无法与人交流。等到人群散去,在船头甲板上,遇见一位上海先生。于是,两人撇开蹩脚的英语,狠狠地说了一通中国话。那种痛快的感觉,我想,绝不让于可餐之山水秀色。

其五,慨叹于红芯夫妇之恩爱有加。红芯与丈夫小闫是大学同班同学,两人恋爱结婚,育有一子。她此次亲送儿子去德国留学,顺便到法国旅行,小闫也是既支持又担心。这不,刚一出境,移动电话就不灵了。小闫在这边那个急啊!先是联系移动公司,又跑到营业厅咨询。问题得不到解决,就发短信过去——叮咛妻子,打开流量漫游,不要省钱。红芯说,她当时简直要"泪奔"了。我后来听说,红芯每天写旅行日记,发到朋友圈里,也是小闫出于红芯的安全考虑而想的妙法。这真所谓"智慧因爱而生"的例证。红芯也是,每到一处,有什么好东西,都忘不了丈夫的喜爱。在苏黎世一家厨具店,她"一口气给老公买了九个不同的香槟塞"。这般夫妻感情,说恩爱有加,我想,大概不会有谁有异议吧?

其六,慨叹外语学习之必要。到欧洲旅行,语言不通,至少是不能熟练运用英语,会有很大的不便与缺陷。首先,交流是个问题;其次,难能对一国之人文境况有深入的了解与体验。所以,红芯发愿——"如果再要出国,一定要过语言关"。这一点,我此前去尼泊尔也深有同感。尼国的英语教育非常普及。下到十几岁的孩子,上自七十岁的老人,多能讲一口流利的英语。而我们这些读了几十年书的人,却说不出一个完整流利的句子。真是羞愧!

其七,慨叹爱心之紧要。红芯在文中讲,这次的欧洲之旅,令她深深地感到世界的友爱。她说,如果没有好心人的热情帮助,她不会这么愉快地完成这次旅行。所以,去欧洲一趟,红芯不仅阅历了美景佳境,丰富了生命的体验,也有了境界的提升。她说,"以后我再遇到旅途中需要帮助的人,也一定会尽力去帮的"。我想,这是许多走出去的人都会有的差不多的旅行经历与悟性吧。爱自然,也爱人类。此乃行旅生活所能给予人的最为重要的经验与启示。

半个月前,小闫拿红芯的《旅行日记》让我看,叮嘱我写点文字。才看了几页,经不住几个朋友的撺掇,我们"烟花三月"下了一趟扬州。回来再看红芯的文字,许是有了切近的游旅体验,竟然感慨万端,拉拉杂杂,说了这多废话与昏话。就此打住吧。

2015年5月3日

我的浅草矮木

《诗文记忆》后记[1]

这是我公开印行的第二本书。第一本诗文合集。

为什么要把诗和文合在一起呢?

这是一个无谓的问题。问在这儿,是想借题发挥,说点儿闲话。

我的答案,有两点:

其一,我是一个懒散人。自打十年前印过一册薄薄的诗集后,至今所作的诗和散文没有多少,各自成书,太过单薄。合在一起,勉强充数。

其二,我有一个一厢情愿的想法,就是把诗和文放一起看,方便,有趣。记得曾经翻阅徐志摩的一本

---

[1] 吕刚:《诗文记忆》,陕西人民出版社,2010年版。

选集，读了《再别康桥》的诗，再看《我所见过的康桥》的散文。那种感觉，多姿多彩，喜悦无比。此前，在黄河边一个古镇小住，见小贩沿街叫卖，挑笼里的蔬菜，紫绿红蓝，茄子韭菜西红柿葱蒜，竟有万物皆备于我的自在与大气。

于此，我有一个浅见。

不要物事分得那么清。鸡与鸭，上与下，官与民，诗与文。分一分，必要。打成一片，更好。有物混成，惚兮恍兮，恍兮惚兮。是何等气派，何等气象！

试想人文之初，仓颉造字，命名万有，那就是诗文之始。其间没有绝对的界限，森严的壁垒。一字一物，一义一情，竟是那样的眉清目秀，通透谐和。

所以，诗与文有别，是自然，文与诗无碍，是自在。全在人事情态的状貌。合于诗的，排成跃动的诗行，适于文的，缀成联翩的文章。

此外，别的情态，合有别样的文学。

我用《诗文记忆》来命名这本小书，就想表达一个意思，这些文字是我日常生活宜诗宜文的记录。当然是经心打理后的记录。

我总觉得，文学首先是个人的事情，最后还是个人的事情。

我不想把文学看得那么大。当然也不愿看她那么小。

文学不大不小，恰恰等于人的生命。

所以我们读古人，陶潜的诗，苏轼的文，云行水流的文字，其间运化的是天地月日，悸动的是心性活泼。同情与尊重人，怜惜与珍爱生命，是文学亘古不变的核。

我一直不大同意如下两种观念："为艺术的艺术"与"为人生的艺术"。前者把文艺看得太轻，没有意义；后者把文艺看得过重，少了些意思。我赞同周作人先生的话，文学乃"人生的艺术"。不过，不要视之为栽种蔷薇果蔬的"园地"，而是人生旅途的一派风物——山川湖泊，草花林木。当然，你可以随意看取，也不妨动手植艺。但凡心想意随，自然而然，皆为好。

我的文字是我一路行来随手植下的浅草矮木。不为好，但自然。

王仲生先生和我是忘年交，是我尊敬的文学批评家。多年来，他一直呵护我，关心我。酷暑天，执笔写下热情而有灼见的批评文字。我不为他对我的誉美之词沾沾自喜，为他对于诗艺的理解、生命的关注而激动。常言道，一滴水里见太阳，一叶花里看世界。我以为，王先生有着一颗热爱的心，一双静慧的眼。

朱鸿是当代散文的名家，我的同乡好友。我们常在一起谈诗论文,交通思想。要出书了,请他作序。他慨然允诺,为我们数十年的友谊留下一片婆娑的念想。

这是我必要点到的两个名字。一种礼意!

今年夏月,酷热难耐。不想,日间一场大雨,清凉万物,浴沐人心。仿佛一切复归于天地之初。

下午,两杯淡茶,一窗清风,我和雏莉闲话。说东说西,说到我要出的书,还没定下名字。我问,魔术师,好不好?雏莉摇头。问,日常记忆?雏莉又摇头。干脆叫《诗文记忆》吧。雏莉说。我想想,就这了。一本书的名字,也像一个人的名字,既合着实际,又要向着将来。

雏莉是我妻子。二十年来,看护、催生我的写作。是我作品最早的欣赏者,最严的批评家。两人之间,如切如磋,如琢如磨。说起来,她算我文学上的一个诤友。同时,她理解我,支持我。我的作品能印行面世。就有她的情意在!

其实,在我不算太长,也不太短的写作生涯里,一直关注和关怀我的亲人、朋友,很多。对于他们,我始终怀着感恩的心。他们是我生活中的空气、水和阳光。没有他们,我的人生就是空的,我的文字也没有内容。感谢他们的赐予。

最后,我也要感谢那些见面不见面,知名不知名的读者朋友。无论何时何地,何种心境,当你轻轻掀动了这本书页,就是为一只不甚美的蝴蝶插上了飞的翅翼。

2009 年 8 月 3 日

吃蜜交上了养蜂人

《大海的真相》后记[1]

一

这是我三十年诗作的一个选集。

说选集，给人的感觉好像是从很多作品中精选出来的。本来我也想这么精选一下的。谁知三十年来所写的诗本就不多，这样"精"着一选，结果就所剩无几，难以成册了。所以我这里的"选"，自然是把自己觉得不好的、实在不忍示人的扔掉，剩下的就都在这里了。

---

[1] 吕刚：《大海的真相：吕刚诗选（1989—2018）》，陕西师范大学出版总社，2019年版。

集中所选之诗，除过几首未刊的近作外，全部来自三本书——《秋水那边》《诗文记忆》和《诗说》。第一本书，是二十年前印行的我的处女诗集。第三本书，是前年出版的一本诗与诗论的合集。第二本书是十年前刊印的一本诗文集。

全书共分四卷。除最后一卷外，前三卷基本按时间线索，由近及远，又自远而近，大体以十年为一个单元来编排。卷四的四首诗——两行组诗一首、一行组诗三首，是近五六年来，我在现代诗形式上、情调上的一个摸索与尝试。单排于后。

诗选卷三之《三月》，是我1988年春上带一队中学生在乡间一所中学的校门口修路时忽来灵感写成的。至今记忆犹新。从那时算起，我写现代诗已有三十多个年头了。以十年为一个阶段，三十年，大体正是我人生的青年期、中年期和壮年期。是我生命中最可宝贵之时光。光阴如水流。流逝的生命之水，我无法把它们重聚到一起。追忆又是多么的虚空缥缈。好在这几十年，我有诗存焉。但这些诗，分印在三本不同的书里，时空久远，如兄弟离散，各在天涯。谁也没见过谁，谁也不认得谁。他们却是有着血亲关系的。现在有机会把它们汇集一起，仿佛是青年的我，与中年的我，与壮年的我，大家彼此照个面，叙叙旧，拉拉家常，构成一个完整的"我"的样子。这真是一件难得的开心事。

那么设想一下,这样的三个"我",他们聚在一起说些什么话呢?

肯定与诗有关。

二

诗的缘分。

我是怎么写起诗来的?

这得从我的大学说起。20世纪80年代初,我到陕西师大读中文系。教我们写作课的刘明琪老师就是一位青年作家。那时候,他写小说、写散文。经常有作品在报纸、杂志发表。有了稿费,就请我们几个爱好文学的同学吃饭、聊天。聊的多是文学与创作。这自然刺激了我学习写作的欲望。我跃跃欲试,写散文、写小说。都是照着葫芦画瓢。虽然间或我的习作受到过肯定与表扬,但事后刘老师告诉我,那时候他根本不主张同学们搞创作。鼓动的少,泼冷水的多。但青年人的心,极像天上的风筝。绳线愈朝下抻,风筝愈向上飞。

我不记得刘老师泼给我的冷水。

却记着读《约翰·克里斯朵夫》时,罗曼·罗兰一句话给我的启发。罗作家说,为文学者,有人默然不语，如厨师，能烧一手好菜；有人像品尝师，自己手艺不佳，还要对别人说三道四。那会儿我就想，将来我要写出自己的作品来，绝不做空头理论家。

但要写出自己的作品，谈何容易。且不说写，现在想想，那时的自己，跟大多懵懂的文艺青年一样，读了几年中文系，盲目地迷恋过几等朦胧的诗人，其实根本就如钱锺书所言，大体上还是个不懂文学，不懂诗的"文盲"。

1987年大学毕业。不久，我被派到一个偏远的乡村中学支教。一天傍晚，一位瘦小的高中男生，拿一册自己的诗作来找我。后来又把他翻烂的一本台湾现代诗选送给我看。那一夜，我彻夜未眠。我真的被现代诗中的汉语之美与情思之妙打动了——"爱恋中的伊是一柄春光灿烂的小刀""瑞士表说都七点了""烦忧是一个不可见的/天才的雕刻家"等句子，至今都深刻在我脑子里。

我爱上了现代诗。

同时，我也爱上了一个女孩子。

我感受到了，爱恋中的姑娘确如一把小刀，她春光灿烂，她像一个雕刻家，她在我心上划下无数烦忧的刻痕。

但我欢喜。我知道，她正和时光一起一点一点地革新我和我的生活。自此以后，我与她约会，每每都要准备两样见面礼——一块热乎乎的烤红薯，一首刚刚写好的诗。

我是在写一首情诗的时候，猛然悟得什么是诗的：

>不敢吃
>那橘
>怕滑下喉咙的种子
>长出你的树
>
>不敢进
>那门
>怕我这头　发
>又长长你爹的脸

写下这几个句子，我觉得自己真正捅破了诗与非诗的一层纸。后来教书，告诉学生诗与文的区别，就以此为例。

"怕我这头　发"这句子，如用散文表达，就一定是"怕我这一头的长头发"。否则，别人读不明白。诗的表达要凝练，要更有节奏感。就必须减字省词，分行排列，有时非得使用空格不可。过去我也不大懂，为什么字与字、词与词，要这么排，要这么断，要空一格？写过这句诗，我懂了。此即古人所谓，绝知此事要躬行。

写了一阵情诗，就娶妻生子了。二十出头，三十不到，在大学里教书，不可避免地面临一个人生的选择。如你不甘于一辈子做个谋为稻粮的教书匠，那么是做研究呢，还是从事写作？这对一个涉世未深的年轻人来说，是个艰难的选择。

犹豫不决时，我便向忘年之交的王仲生先生请教。王先生是我的同事，是有影响的、受人尊敬的文学评论家。但他喜欢我的诗。也爱和我谈文论诗。我一有新作就拿去给他看。常常得到赞扬与鼓励。他逢人就说，这位是诗人。一脸的真诚与恳切。有时却搞得我与客人都尴尬。因为客人不认识我，我也不觉得自己是诗人。但王先生的认真不容置疑。一次，王先生说自己搞小说评论，于诗，尤其是现代诗，只是喜欢。终不大懂。他推荐我去见沈奇。他说沈奇是他认识的身边最值得信任的诗人与诗评家。

一天，我怀揣着一叠打印好的诗稿，到咸宁路复聪巷一个家属院去见沈奇。路上我想，如果沈诗人沈批评家认可，我就继续写诗；否则，就放下诗笔，做点学问。虽说心念已决，但当我呈上诗稿，坐在沈兄（后来熟了，我就直呼他沈兄）当面，心里仍是上下打鼓，忐忑不安。记得那天，沈兄并没有跟我多谈诗，而是说了许多闲话。没过多久，我接到沈兄的电话，看到他写给我的诗评文章。沈兄指认我的诗为"语境透明"的"禅诗"一路。我那时并不懂得何为禅诗，但总是明了沈兄对我的诗是肯定的。这就使我有信心走写诗的路了。

三

但写诗的路好走吗？

我的回答，难。难在哪儿？

难在我写诗的状态。

既然决定了写诗，就得多写。可我写得很少。

我没有把写诗当事业。只是兴趣。所以，兴来了就写，无趣便不作。我羡慕那些一天能作八首诗、一年能写千首诗的人。可我做不到。我曾有过一次尝试。要求自己一周完成五首诗。结果是，数量上勉强达标，但质量呢，实在糟糕。由此我明白一个道理，作诗不能计划，不能强迫。诗兴要靠生活的刺激，心的感悟。写诗须待灵感。没有灵感，我不硬写。但实话讲，一个人被日常的琐事缠绕，被烦杂的工作覆盖，身心哪得自由，灵感怎会常有？所以，我一年所作的诗，能拿出见人的，也就那么三四首、四五首。少得可怜！

于是有一段时间，我就利用寒暑假，把自己从熟悉的、麻木的生活状态中拿出来，放到另一个陌生的新环境里，令身心受些格外的刺激，寻求灵感。果然，游旅回来，我会写些纪游诗。曾有朋友戏称我为游旅诗人。但其实我不会游则必写。每次外出回来，我最怕别人问我，写诗没有？

我不习惯在旅途作诗。我没把写诗当成游旅的目的。在旅途，我会放松身心。我就是一个看客、一个过客。一个休息的劳作者。事后，若思有所得，我会窝在一个安静角落，把脑中那个挥之不去的意象，加以点染，加以伸展，用文字落实到纸面。随后打磨，修补。修补，再打磨。我的诗大多是这样写成的。所以我写诗，既慢又少。不可能快，也不可能多。

另外，我写诗不多还有一个原因。

我不愿意重复自己。一段时间，游旅诗写得多了，我都烦了。于是，把注意力转到日常生活方面。我力图在生活细节里感受并发掘诗。于是，我写了《春日的诗》《你轻拍了一下自己的肩膀》《日常一束》等作品。这些诗意趣清淡，但实在有味。

在诗的形式方面，我也尝试着变化。我写过格律体诗，主要还是写自由体。过去写诗在诗句上也有过着意的追求。像早期的《在秦俑馆里》《黄果树瀑布》等。后来就变得随意、自然一些。近年来，也是受到日本俳句的影响,写过像《你轻拍了一下自己的肩膀》《向一派落红的致敬》《冬雪天的一场春梦》这样的两行诗、一行诗。

在语言方式上,我也尝试过口语诗的写作。但成功的不多。

总而言之,我写诗不爱重复。无论是形式、语言,还是主题。一次,一个朋友说,你把那一行诗写上五十首,可以好好出一个集子。我笑而不答。我知道那不可能。我五十岁那年,写《向一派落红的致敬》,从头至尾,整整五十句,连一句多的都没有。

所以,我的诗不可能多。

我有时也安慰自己,诗不在写得多,贵在写得好。

但人心很贪。总觉得多写点好。

四

写得少不怕。可以写得长些啊。

可惜我的诗,大多都写得短。

我自小营养不良,身心懒缓。读书时,最怕文字繁复,卷帙浩大。一本二三百页的小说,很少一气读完过。三十行以上的诗歌,读来也会觉得累。我的阅读无形中影响了我的写作。几十年间,我所作的多是短诗。我也试着写过长诗。比如卷二中那首《龙的来龙去脉》,有二百多行。那应该是唯一的一次尝试。但试过后,我就再也不写长诗了。长诗中非诗的东西太多。美国诗人爱伦·坡就否认长诗的存在。他说,诗是刺激,大凡刺激都是短的。这话我信。

但有人不信。他们把写长诗看作一种能力。有个诗人朋友写一手极好的短诗。有一天,他忽然寄来自己新作的几首长诗,都在二百行以上。我看后答复他,徐志摩徐诗人的短诗多好。但他写过一首四百多行的长诗《爱的灵感》,一个好句子也没有。我话中有话。此后这老兄再也不寄诗给我。我是伤人家心了。真悔不该泼人冷水。其实由己推人,便不难理解,谁都信好诗无论短长的话,但写诗人总情愿把诗写长些。

可我能力不济,写不了长诗。

写得短,写得少。写得好(我自以为是的好)总行啊。

但我又有担心。我能这样写一辈子吗?

如果哪天突然不写了,写不来诗了?我还算一个诗人吗?

这样的担心我很早就有。记得当年读英国诗人艾略特的文章,他说过一句话,二十五岁以前,人人都是诗人。但是不是真正的诗人,要看你二十五岁以后还能不能写诗。我的忧心就从二十五岁那年开始，每一年都在想，我今年还能不能写出诗来？生怕自己的写诗生涯哪一年就断掉了。

好在三十多年，年年都有那么几首。写诗于我而言，真是命若悬丝啊！

五

写诗这么难，为什么还要写？

写诗有乐趣。

首先是发现的乐趣。

现代诗自由排列的方式，汉语文字因字构词、以形（音）显义的特性，两厢配合，往往会生发出意想不到的奇妙效果。给人带来快乐。我早年写的那首《玉兰花开》，结尾道："玉兰如玉/心　如兰"。"玉兰"本是一个双音词，拆为两个单音词后，恰恰构成上下两句诗的收尾。"玉"和"兰"在一节诗里，前后照顾，交相辉映。可以说是美不胜收吧？这种效果，我想，中国的古诗难办，外文诗许也难以奏效。

再如，我写过一首雨中看佛的诗，有个句子："佛仿佛与我/对视/却不对话"。写下这个句子，我忽然觉得汉语文字太奇太妙了。"佛"这个字，还有一个"佛"（"仿佛"的"佛"）的音。过去没把它们放在一起过,不知道这超脱的"佛",还有一个世俗的身份。也许我是一个意趣点较低的人。一点点微不足道的发现,就令我快乐无比。你看,"佛仿佛",这三个汉字的排列组合是不是特好看,读来特有趣。记得诗人卞之琳说自己,"小处敏感,大处茫然"。我感觉我也差不多是这样的人。所谓的"但见树木,不见森林"。但我觉着,看见树木,总比什么也没看见好。再说,树木看见了,总有一天会看见森林的。

另外,发现的乐趣,还表现在事理上。就是你看见了生活中隐藏的秘密。就像一个谜语,千百年了,谜底忽而由你揭穿了。这种快感,真如苏轼所说,"可与知者道,难与俗人言也"。

几年前,我写《曾经》。诗中有句,"窗外的桃花热烈/而又轻薄"。我以为这"热烈/而又轻薄"的"桃花"意象,是我的一个发明。为什么?你可能要问,《诗经》中"桃之夭夭"不是吗?唐诗中"轻薄桃花逐水流"不是吗?对。这些诗都写"桃花"。但他们不是说好,就是说不好。我以为生活中的人事没那么简单。不是这样,就是那样。我用"桃花"来写青年人的状态,窃以为恰当,而且周到。试想想,热血青年,他不热烈吗?但他也难免轻薄。等到历经世事,成熟稳重了,他不再轻薄,但也便不"热烈"了。

我为我的这个意象发明而快乐。

再举一例。去年冬上，一场大雪。我一口气作了五十多首写雪的一行诗。其中一首："水是叙述　雪是描写　气是抒情　冰是议论　H_2O 是说明"。写作上的五种表达方式，恰好对应雪的五种存在状态。太绝了。我不知道谁还有过这个发现？如果有，那他一定能体会到跟我一样的快乐。

其次是创造的乐趣。

关于这一点，晋人陆机说得好："课虚无以责有，叩寂寞而求音。"（《文赋》）写作是一种从无到有的创造。创造中有乐趣。所以，圣贤钦之，人人乐为。

诗人写一首诗，如同创造一个生命。如果这诗富有生命力的话，它可以存活，可以永生。如果幸运，它会遇见知音。求得人们的理解与同情。这是许多诗人、写作者，希望通过"立言"以不朽的梦想。

我也一样。写出一首好诗，就快乐。如果有人喜欢，也得意。过去一个老友传言给我，说春天里看见玉兰，就想起我"玉兰如玉/心　如兰"的诗。近日一个后生诗人与我坐，用我的诗夸我，"上了年纪的山水　依旧/俏江南模样"。说实话，这都令人受用的，教人快乐。

但我觉得创造的最大乐趣，不在结果，而在过程。

我的体会，一个作品完成了，带给作者百分的快乐。随后，快乐的指数与时俱减。一个作品将完未完，带给作者的快乐是百分之一百二、一百五。

这惊心动魄的超常快感，只有在创作的过程中方能体会。虽说描述的火焰，难复其亮烈。但我还是想举一两个例子。

十五年前，去新疆。写下《风中的戈壁》。这是一首登过许多选本的抒情诗。现在还记得，写下第一节，便自觉这是一首好诗。但第二节怎么写？写不好，就废了。心里紧张，但步子不能乱。我告诉自己，沉住气，往前走。那感觉真如打仗。于是按部就班，照着第一节的句式与情调，照着"我看"，来写"我想"，终于完成了这首诗。

《风中的戈壁》属于半格律体。上下两节都是七句。每句的句式大体相同，而字数不等。现在想想，正是这诗的形式，帮了我。

还有上举的"雪是描写"那首诗。如果仅仅是这一句，就既无格局，也无意蕴。写了雪，我想到水，"水是叙述"。再写气，"气是抒情"。内心的紧张与快感由此产生。我感觉这里有戏。但又担心后继无文。写下"冰是议论"，我心无把握，又不及细想。五种表达方式，就剩下说明了。什么是说明呢？只能是 H_2O。

我顺藤摸瓜，诗是成了。但能自圆其说吗？为什么"冰是议论"呢？我一思量，冰的坚硬，议论的尖锐，不是很像吗？至于H_2O，本身就是分子结构的说明嘛。忧虑消除，诗说圆通了。

这就是作诗过程中，心灵里的小小风暴。风挟雨至，雨过天青的宁静，与喜悦。

我相信，这种喜悦与乐趣存在于一切创造性的劳作中。

六

日间一场暴雨，扫除了持续的伏后之闷热。向晚时分，天清气爽，我随手抓一册旧书寓目。忽而，一句话跳出来：爱花恋上卖花的姑娘，吃蜜交上了养蜂人。这不就是我要说的话嘛！

我爱诗，写诗，这个兴趣引导了我的生活。我在大学里教书。便开了中国现代诗研究的课。来来回回讲了十几遍。这么来来回回地讲，其实，我也没有认真扎实地研究过。不过是喜欢，就带着学生阅读、赏析而已。有真要下势做学问的学生，我再介绍一些书目给他。让他多关注一下某个专家的研究。大部分学生，我只想培养、激发一下他们对现代诗的兴趣。我常常给孩子们这样说，让我们从诗、从现代诗的角度，看看过去一百年，中国的读书人是怎么看待人生、怎么看待世界的？看看他们是怎么用这些长短不齐、参差有致的句子，表达他们的生活与感受的？我还说，大家想想，现在有多少人在炎热的室外做工，有多少人在漫漫的路途奔波，而我们坐在教室里，欣赏诗人给我们写下的这些别有韵致、曼妙妖娆的句子。我们是否应该有所思，是否应该有所爱？我这不仅仅是启发学生，也是安顿自己的心。

因为写诗，我交了许多诗人朋友。大家年齿不均，职业不同，平素各居一处，各有事谋。但诗如一根红线，把大家纠结一起。隔三岔五，大家因缘聚会。不是诵诗，就是谈诗。或是喝茶、饮酒，聊聊与诗有关的闲话。

文人之交淡如水。文人之谊一张纸。

轻耶？重耶？全看你的看法。

我很看重这文字的分量。

前年，我刊印了一本小书《诗说》。文学院专门为此办了一场讨论会。很多爱诗的朋友来助兴。其中，王仲生先生、朱鸿兄、雷鸣和向力老弟专此写了文章。事后，我的恩师刘明琪先生也写了一篇奖掖后进的短文。我把它们附录于书后。

这本诗选要刊印了，我再请沈奇兄为书赐序，他没有推辞，于炎热的夏日，在忙碌的事务间隙，执笔为文。宁刚老弟更是情意恳切,写下一篇充满热度与智性的评论文章。

这些文字,皆是因诗而生,为诗而作。一方面,它饱含着诗友间俗世之情谊;另一方面,它表达了作者对于诗之理解,对于诗之理想的向往与追求。

于此,请允许我对诸君致敬谢之意。

《大海的真相》——这个书名取自集中一首近作的小诗。没有更多的、别的意思。只是叫着顺口、响亮而已。

2019 年 7 月 16 日

附录

完美追求与悲剧命运

长篇小说《五狼关》读后[1]

刘明琪老师是个会讲故事的人。

我念大学时,刘老师是我的授课老师。他教我们写作课。课里课外,他都爱讲故事。他也特会讲故事。记得有一次,刘老师带我们几个同学爬华山。人走得困乏,坐下来歇息。他就讲故事给我们听。听着听着,发现许多陌生的游客也围上来。故事讲完了,我们的脚力在欣悦的欢喜里恢复过来,借着月光继续赶路。下山回来,他写了篇《月光下的山峦》。小说

---

[1] 刘明琪:《五狼关》,作家出版社,2021年7月版。未注明出处的引文均出自本书。

刊在《延河》上。我们几个又兴奋地在字里行间，寻找自己的影子。三十多年以前，刘明琪是陕西文坛一个响亮的名字，一位颇具潜力的青年作家。他的作品时常在报纸杂志上发表。班上同学多以有这样一位老师而自豪。自然，刘老师热爱文学的种子也播撒在我们这些年轻学子的心底里。

后来我大学毕业，教书之余也从事文学写作。刘老师那时却离开教职，去师大出版社工作。我偶尔去看他，谈话间，说的最多的还是教学与写作上的事儿。我知道，老师打心底里热爱写作。他从来都没有放弃他的文学事业。果然，退休以后，他又重拾纸笔，悄然投入萦之于心的长篇小说的写作中。

现在，这部三十多万字的长篇小说——《五狼关》，由作家出版社隆重推出。老师告诉我，这部书从构思到交给出版社，断断续续，数易其稿，写了三十余年。

去年七月份，书印出不久，刘老师就送我一本。我一口气读过一遍。等忙完手头的课业与杂事，想写点读后感言，又一行行，一页页，把厚达三百多页的书，重读一遍。我边读边想，浸淫其中，掩卷思之，感慨良多。

首先，我觉着，《五狼关》这部小说，作者讲了一个好故事。好在哪？好在故事情节的传奇与曲折。

坐落在终南山间洵河北岸的左家花屋，是宁县五狼关一带的大家富户。拥有水田千亩、旱地七八百亩，还在重庆、汉口、上海及本埠五狼关开有商号，经营金银玉石、名贵药材和皮毛山货生意。主人公左焕然娶了三房太太，有一儿三女，有护家的家丁十余人，短工、长工二十几个。这样的富户人家，真是少见。左家是怎么发达的？

原来左家的先人做桐油生意失败，一次偶然的机会，在路边顽石下捡得一坛黄金，发了横财。于是，买田置地，用十年时间建起了左家庄园。与多数读者一样，开始总以为这种"小说家言"未免太离奇，太脱离实际。但静心想想，生活中的芸芸众生，哪一个是靠勤劳致富的？常言道，马无夜草不肥，人无外财不富。小说家看似离奇的虚构，其根据往往就深扎在生活的土壤里。左家先人从汉口落脚的下河川就是块风水宝地。所谓地杰而人灵，生动的故事便由此曲折展开。

然而，正如三太太所说，"世上的事情哪里有个完满"。这么个富家大户，偏是脉血不旺。主人公左焕然的父亲，不幸早亡。爷爷就把左家的希望寄托在孙辈身上。自小让他读圣贤书，盼望"左家由此飞黄腾达，焕然一新"。不巧的是，在焕然四书五经烂熟于心，要考取功名时，朝廷却下诏废除了科考。不过左倒不是一个为科考而死读书的人。受儒家思想陶染日久，他立志要像孟老夫子一样，"追求至大至高的人生境界"。主持家政后，他捐资抗日，赈灾济民，助除恶僧，兴办新学，于远远近近，赢得了好名声。甚至后来，都得到一块"忠孝仁爱"的牌匾，高挂在左家花屋的门楣上。但命运弄人，左焕然唯一的儿子瓦片却是个天生的残障（患软骨病）。这对信奉儒家孝道的他来讲，是致命的缺憾。然而事情又生转机。左在协助县府清匪时，收养了一个"匪崽"。他是真心喜欢这个孩子，也决心"将匪崽当儿子养"。整本书的情节，由此慢慢进入高潮。左的命运也因此发生了转折。最后，左焕然被新生的政府抓捕枪决，其根源也全部在此。小说由"清匪"开始，自收养"匪崽"一转，铺陈开来，如一树花发，色映堂前，香飘宇外。格外地惹眼抓心。

其次，我以为，小说成功地塑造了左焕然这个独特的乡绅形象。刘明琪是一位有着自觉的现代意识的小说家。他写小说，自然不是单纯地讲故事，愉悦读者。塑造一个立得住、存得久的文学形象是他潜心着力之所在。以我有限的阅读与粗浅的理会，我要说，左焕然这个艺术形象是立得住，也存得久的。

在当代作家笔下，左焕然这个乡绅形象，堪称独特的"这一个"。柳青的《创业史》、张炜的《古船》、陈忠实的《白鹿原》,都是描写同一历史时期中国乡村生活的小说。其中的主人公梁三老汉、隋抱朴、白嘉轩与朱先生,与左的身份与性格都不相同,命运也不一样。可以说,左这个形象填补了当代小说艺术的一个空白。

当然,写人所未写,这是艺术创造跨出的第一步。跟上的一步,即这个形象须在艺术上立得住,才至关紧要。凡是读过这部小说的人,我想,都有如此的印象:左是个开明乡绅,是个独慕亚圣孟子的读书人。但他不是一个抽象的概念化的人物。他有血有肉,有个性。甚至他身上有着不可理喻的性格缺陷。这样的人,走出书本,会与你擦肩而过,或是不期而遇,执杯话谈呢。

左焕然广有家资,读圣贤书,明理守道。每当国难民困时,他都能慷慨解囊,倾力相助。这是大爱。常人难办。自然,也不是任何一个富人都有这样的胸怀与作为。但是,作者没有把人物刻意拔高与架空,也写他作为常人的爱憎与心理。

一次,左陪母亲去观音庙进香,发现恶僧迫害良家女,便寻着驻守五狼关的岑团长,为民除祸害。但当他发现恶僧掩藏的秘密后,也心里发慌,"唯恐忍朴疑心泄其风流之事而加害于他",以至于下山时,都"腿脚有些发软"。这不是性格的软弱,也无关乎人的日常修养。这是一个人正常的生理反应。作者是贴着生活来写人物。

左不喜欢镇保安队鲍队长的为人。鲍带手下来访，他以伺候老母起居为由，拒而不见。但后来，左收养"匪崽"，想当成自己的儿子养，煞费苦心。他亲自教其读书，为其娶妻。一次，竟也屈身请鲍队长在清风阁品茶。只为托他求得一个人犯的肉蛋，为新婚的"匪崽"补身。左知道，这种不可告人的糗事儿，也只有鲍这样的人能干。这就把这个人物写活了。写出他该有的人的生气。

书中还有几处情节，颇能彰显左的心性特征。

一是左焕然为了静心护养南生（"匪崽"后取的名字），竟把亲生的残障儿子瓦片背到狗熊谷扔掉。只是在他转身的刹那，良心发现，又把儿子背了回去。这种行为对于一个孔孟之徒来讲，实在是难以理喻。但左到底是"活"的人，不是贴着理性标签的木偶、稻草人。他平日里禁锢瓦片，"不愿以瓦片示人"，也是不愿意人们对左家说三道四，为着家族的荣声着想。这都很合乎他凡事追求完美的心性。

二是小说结尾，写主人公的逃亡。左是个饱读诗书，仰慕亚圣孟子（他自号"希圣"），一生"追求至大至高"境界的人。大难临头，如何会听了长工曹二的话，逃亡他乡呢？我想，以左平素的为人，他肯定有过思量，有过纠结，有过痛心的抉择。他可以像曹二那样选择自首，甚至可以居家坐以待毙。如此，似更合乎一个堂堂正正的乡绅的行为做派。但那样就不是左焕然了。小说最后一章写左与其一生的知己曹二的对话，流露出他对生的不公的怨怼，和对死的不忍的迁延。死到临头，他选择生，选择逃亡，这是一个人的本能。

汪曾祺记述在西南联大时沈从文先生教他们小说的写法，一定"要贴到人物来写"[1]。我以为刘老师写左焕然就是贴着"人物"去写的。笔紧靠着人物的身份、感情、情绪，不游离，不置身所写人物之外。读圣贤书、守仁义礼的左乡绅，首先也必定是"人"。他说话做事，必然是合着他自己的"心性"。

书中写左焕然领着长工曹二，从五狼关岑团长手里救出爱子南生，"突然感到一种从未有过的疲累"。忽而有了"一个朦胧的欲念"——他想亲近他的女人。于是，自然而然就进了年轻活泼的三太太的屋子。这是发乎情。第二天，他又到大太太屋里，俩人说了许多话。晚上再去二太太屋里。本来只想唠唠嗑。没想到二太太脱衣钻进被窝。左"不能拂了她的

---

[1] 汪曾祺：《晚翠文谈新编》，生活·读书·新知三联书店，2002年7月版，第204页。

心意",与之再事欢爱。这是顺乎礼。

《五狼关》中左焕然的形象无疑是成功的。当然,成功的形象不止这一个。长工曹二、"匪崽"南生、鲍队长、岑团长、三太太、连香等,都是形象鲜明的人物。作者为什么能把他笔下各色人等写得活灵活现、生动感人呢?因为,刘老师小说所写的人和事,都深藏在他人生的经验与记忆中。他自小就生活在长安终南山下滈河北岸一个村子里,祖父辈都是世代躬耕的农民。十七八岁离乡当兵。1977年底考进大学读书。所以,书中描写的终南山下河川一带的自然景观、风土人情,五狼关镇街的三教九流各色人等,都是为他的家乡父老、为自己的生命记忆立此存照。自然,这里也凝聚着作者对历史转折期民族命运的关注,以及个体生命在时代进程中悲欢沉浮的关切与思考。小说《五狼关》的价值与意义就在这里。

左焕然这个生于富贵之家、自小接受孔孟之道教育的人,为人正派,温和谦恭。于私,他力行孝道,亲自伺候老母日常起居。于公,他切实忠行,响应镇府号召,指使曹二等人清匪除乱。他到底读过圣贤书。叮咛曹二在坑杀俘虏时,"不要让他们太遭罪","合着留一个坟头最好"。也许是不放心,临了,又亲自跑到现场。见着"匪崽",看上去"还是个伢子",便动了恻隐之心,将他领回家。后来,左是全身心地爱着这个"匪崽"。好言劝他,好心待他。但是,这个改名南生的"匪崽",终是忘不了杀父之仇,趁人不备,一逃再逃。左焕然呢,却是一忍再忍,从未对其发火生气。他相信"时间最是能解决问题"。但就是这么一个有修为、好心性的人,最终被抓捕枪决,落得一个悲惨的结局。

鲁迅说,"悲剧将人生的有价值的东西毁灭给人看"[1]。左焕然的一生无疑是"有价值"的。无论从他的修为还是做派看,他都不该那样死去。但他还是走向了不可挽回的死路。很多论者愿意强调左焕然作为乡绅的文化身份及其悲剧的社会因素。但我觉得人自身的因素尤其不可忽视。以左焕然的心性,正如三太太说,他"心性太高","把啥事都想做好,做啥事都想做到最好"。这种心性的人,又品行良善,处身任何一个时代,其悲剧的命运是注定的。

人生之事,起于人与人的遇合和冲突。小说中,左焕然与曹二、南生是三个主要人物,也是矛盾与冲突的焦点。左于灾年救济了曹二母子,于是曹甘心跟随,愿意伺候左右。后来曹也确实成了左的心腹与知己。我以为作者实在是把左、曹当成一个人来写。左

---

[1] 鲁迅:《鲁迅全集》(第一卷),人民文学出版社,1981年版,第192页。

的心思，曹猜得透。左的想法，曹做得来。假如不计身份与地位，左就是壮年的曹，曹就是青年的左。左与曹相遇和合。而南生呢，恰恰相反，与左相遇而起冲突。左是一个很要强的人。为了能留住南生，他"愿意做一切的事情"。辞退心腹曹二，为养子迎娶五狼关镇最漂亮的姑娘连香。南生也知道养父是"真心喜爱他"。虽然认定养父是杀父的仇人，有时也竟对他"恨不起来"。但一有机会，他还是一逃再逃，甚至为报父仇，竟手刃曹二两刀。南生身上那种"不甘心"的劲儿，左承认，他从心底里服气、钦佩。其实，从某种意义上讲，左与南生是两个互成"镜像"的形象。左是壮年的南生，南生是青年的左。把这三个形象连缀起来看，我以为，南生、曹二与左焕然，恰构成一个人生命中少年、青年与壮年的三个时期。我们完全可以把这三个人当成一个人的一生来看。

左焕然与曹二一并赴死，以悲剧收场。那么，南生呢？他是找到了自己的队伍，未来有了归宿。可是，随着革命形势的发展，像南生这样对杀害自己革命父亲的人竟"恨不起来"，且从"反动"的养父家庭逃出，就为"再看连香一眼"，又跑了回去的人，能有好的命运吗？

王国维在《人间词话》中强调："诗人对于宇宙人生，须入乎其内，又出乎其外。入乎其内，故能写之;出乎其外,故能观之。入乎其内,故有生气;出乎其外,故有高致。"[1] 其实,一切艺术创造莫不如此。甚至,文学阅读也不例外。展读《五狼关》,小说中生气勃勃的众多人物形象,一一显现在你眼前,使你身临其境;掩卷思之,小说家对个体生命的人的悲剧命运的关切与拷问,如锥在耳,又使你久久难以释怀。

2022 年 1 月 12 日

---

[1] 王国维:《人间词话》,中华书局,2009 年 5 月版,第 37 页。

后　记

这部书稿编完，交给印社，差不多又一年到头了。

去年大疫。大半年待在家里。人动弹不得，脑子变懒，什么都不肯想，不肯做。直到今年春上花开，夏阳初照。总觉得光阴不能虚度，岁月不能蹉跎。

做点什么事呀？便琢磨着把自己近二十年来零零散散写的文章整理出来，一有机会，印成书。这也是我许久的一个愿望。

于是说干就干。我把电脑里积存已久的文字一篇一篇搜罗出来，弹弹帽檐与肩上的灰尘，集合一起。再从文体上大概分分类，成为现在这个样子。

全书共计四十七篇文章。分三卷。

卷一为十几篇写人纪事的散文。其中所写人物，如阎景翰先生、李正峰先生、郭匡燮先生，都是我的文学前辈，人生的良师益友。李先生是著名书法家，上世纪50年代就有诗名的现代诗人，我在西安师专（现更名西安文理学院）教书时的同事。《与李先生的一个下午》是一篇缅怀文字。文章的前半部分，是李先生离世时写下的。没有成篇。十年后，又续写了后半部分。一篇短文，十年完成。在我的写作生涯中，算是仅此一次。

阎先生是我大学业师刘明琪先生的授课老师，属我的师爷一辈儿。退休后住在师大校园，一直笔耕不辍。我时常与刘老师去看望他。见面谈论最多的，依然是文学与写作。阎先生上世纪40年代就有文名。对文学界，尤其是陕西文学界的人与事，所知甚多。时常能从他那儿听说些文坛趣事。阎先生以散文、小说著名文坛。其实，他的写作是从学写新诗开始的。晚年又捻笔作诗，九十余岁刊印了他唯一的一本诗集——《鲐背诗选》。先生特意让我这个小字辈给他写序。我无法推辞，只好硬着头皮，写了篇千字左右的读后感。成为与先生诗歌之谊的一个见证。

郭先生是著名的书法家与散文家。他的《无标题散文》所带给我的阅读震撼，至今难忘。我也慕爱他的书法。一次，我和一个朋友去拜访他。茶兴挥毫，他即兴写下《小友来晤记》的斗方小草。多年来，一直挂在我书房的墙上。

今年六月中下旬,两位先生不幸先后离世。编校《阎先生的诗心》与《寻字记》两文时,二位先生还同在斯世。如今已遽然作古,天人两隔。念此,不禁令人心下凄然。

沈奇老兄是著名诗人、诗歌评论家。《美丽的错误》写我作为一个诗歌习作者初次拜访他的情景与趣事。可以说,是他的一篇评论文字,把我领上诗歌写作的路。我的两本诗集与一本诗论集,都是请他作的序。我们真正是因诗成友。我们有着近三十年的诗谊,并将继续下去。

朱鸿兄是著名的散文作家。90年代,他在出版社工作时,责编了我的第一本诗集。后来,他转到高校教书。我们成为同行。常常一起郊游,也交流教学与写作上的问题和心得。《夜色下的朱鸿》写他给我最初的一个人文印象。这个印象,随着时间的延续不断丰富与加深,但从未有过根本的改变。

卷二主要是读书偶得的随笔。我不是个每读必写的人。书可以拿起来便读,但文章需要一个特别的契机,方可捻笔才做。《我所读过的汪曾祺》《梁实秋散文及其他》《五四青年的爱与不爱》等几篇文章,都是我阅读时,所遇的人事与心境,使我兴发感动,促成一个契机,方才行诸笔墨。

汪曾祺是我喜欢的作家。他的散文，不但我时常读，上课时，还给学生当范文讲。有人借走我手头的《蒲桥集》，便又去书店买了一本他的《西山客话》。谁知这本书编排混乱，错误百出。一看，是家盲文出版社印的。令人哭笑不得。这才有了写读汪文的动机。

到大学教书不久，一个朋友推荐我买了四大册《梁实秋散文》。当时我们的工资菲薄。花二十几块钱买书，算是斥了巨资。但要知道，那时梁实秋这个名字、他的文章，对我们这些文青的巨大吸引力。其时多数人的印象，梁就是被鲁迅痛骂的所谓的"丧家的资本家的乏走狗"。所以我们迫切地想知道，梁的真面目。我永远记得挪用伙食费购书的月末，我和妻子清水煮挂面，读《雅舍谈吃》的情景。

胡兰成的文章是晚近才读到的。他的《山河岁月》一度风靡读书界。《五四青年的爱与不爱》直是从他书上挪下来的。胡的声名，人多知不佳。但他的文章与识见，有时你不能不服。

《我与〈鲁迅全集〉》记写我购买与阅读鲁迅著作的过程与一些难忘的细节。是早年读书生活的一个存照。

卷三收录了十数篇诗文评论文章。《沈奇诗学批评的批评》是我写的第一篇诗学评论文章。大概也是学界较早关于沈奇诗学批评与理论研究的评文。首发于《台湾诗学季刊》（1997年9月第二十期），后又在《诗探索》（1998年第3辑总31辑）上刊发。有特别的纪念意义。

《时代的和声》是给2019年10月号《诗刊》所作的评论文字。发在《诗刊》公众号上。三十年前读大学时，《诗刊》在青年学生心目中，绝对是殿堂级的神圣所在。后来，我也写诗。但不知从什么时候开始，便不读《诗刊》了。这篇文字，是应一位编辑朋友的约稿，使我与《诗刊》发生了藕断丝连的关系。《我的浅草矮木》是十年前印行的我的一本诗文合集的后记。其中有我一个初浅的文学观念：

> 我总觉得，文学首先是个人的事情，最后还是个人的事情。
>
> 我不想把文学看得那么大。当然也不愿看她那么小。
>
> 文学不大不小，恰恰等于人的生命。

至今，这都是我从事文学写作与诗文评论的根据与原则。一以贯之，不曾有变。

再说说书名。为什么叫《东墙西向》呢？其实，也没什么。一本书就像一个人，总得有个名吧。当然,名字要特别,也要好听。集中有篇文章《墙东与墙西》,又想起刘勰《文心雕龙》里"东向而望,不见西墙"的话。由此生发联想,完全是自由想象,就有了"东墙西向"这个书名。好还是不好,叫叫看吧。

这本书稿,原本是想交给另一家出版社的。我之前两本书——《诗说》与《大海的真相》,作为"诗人文摘丛书"系列,都是在那儿印的。责编是我的学生。轻车熟路,动作起来很方便。可是,因为种种原因,移交陕西人民出版社来做。这么一周折,也有出人预料的好处。比如,我结识了新的责编彭莘女士。彭真是一位热情、负责,而且值得信赖的好编辑。大热天的,约我谈稿。又冒雨登门,与我一字字、一页页地校对文稿。在这个浮躁的时代,遇到这样心静气闲,对工作认真负责、一字不马虎的编辑,真是难得的幸运。在此,我一定得说声——谢谢。我还要感谢张孔明主任。他对这部书稿给予了很大的肯定,也提出了宝贵的意见。

感谢西安建筑科技大学文学院杨延龙院长、韩蕊教授。他们长期以来无私的关切与倾力支持,令我心生敬意。

最后,我要感谢诗人周公度先生、宋宁刚博士。二位忙中拨冗,写下热情而又恳切的序文,为鄙作添彩。感谢多年来，一直默默地关注与支持我写作的亲友们。这本书中的文字，都刻记着我的感动，与你们的希寄。

2021 年 12 月 21 日

又记：这本小书筹印之际，时间不觉到了初春。去年年底西安忽遭一波疫情。禁足在家。除了上几节网课，我把大学业师刘明琪先生新著的长篇小说《五狼关》再细读一遍，写了五千余字的读后感，附录于后，谨表敬意。

2022 年 3 月 4 日